Zum Buch:

Der Fund einer Wasserleiche hat Kommissarin Svea Kopetzki ins Hamburger Drogenmilieu geführt. Und das gleich bei ihrer ersten Ermittlung nach der Beurlaubung. Da hätte Svea sich wirklich was Einfacheres vorstellen können. Der Fall stellt die Kommissarin vor so manches Rätsel, und dann taucht auch noch Sveas Ex-Freund, der ehemals drogensüchtige Yunan, vor ihrer Wohnung auf. Gibt es etwa eine Verbindung zum Mord?

Zur Autorin:

Anke Küpper arbeitet seit über zwanzig Jahren als Buchautorin. In ihren packenden Kriminalromanen macht sie ihre Wahlheimat Hamburg zum Schauplatz. Wenn sie nicht gerade mit Schreiben beschäftigt ist, kümmert sie sich um die Hühner in ihrem Garten, walkt an der Elbe, paddelt auf der Alster oder tauscht sich mit den »Mörderischen Schwestern« aus.

Lieferbare Titel:

Der Tote vom Elbhang (Svea Kopetzki, Band 1)
Tod an der Alster (Svea Kopetzki, Band 2)

Anke Küpper

MORD AM KÖHLBRAND

Kriminalroman

HarperCollins

1. Auflage 2023
Originalausgabe

Umschlaggestaltung von zero-media.net, München
Umschlaggabbildung von FinePic®, München
Gesetzt aus der Stempel Garamond
von GGP Media GmbH, Pößneck
Druck und Bindung von CPI books GmbH, Leck
ISBN 978-3-365-00079-3
www.harpercollins.de

Klimaneutral
Druckprodukt
ClimatePartner.com/15109-2009-1001

MIX
Papier
FSC FSC® C083411

PROLOG

Wie eine Marionette sackte das Schwein vor ihm zusammen. Kein Aufbäumen, kein Röcheln. Alle Fäden gleichzeitig gekappt.

Den Revolver im Anschlag, streifte er den zweiten Handschuh über und kontrollierte die Einschusslöcher. Mitten ins Herz. Zwei Mal. Er presste die Finger an den Hals. Kein Puls.

Als würde er plötzlich auftauen, begann seine Haut zu prickeln. Wärme durchströmte ihn, seine Wangen glühten. Dabei waren es höchstens zehn Grad, der Wind zauste sein Haar, eine Böe zerrte an den Büschen, die ihn von der Straße abschirmten.

Er hatte die Stelle gut gewählt. Trotzdem, so konnte er das Schwein nicht liegen lassen. Zu viel Schiffsverkehr. Bei Tageslicht von der Wasserseite leicht einzusehen.

Er trat dem Toten gegen die Hüfte, schob ihn mit dem Fuß an die Kaikante. Ein Tritt, ein letzter Schubs. Platschend fiel er ins Wasser und versank.

Das hatte er erledigt.

Endgültig.

Er schraubte den Schalldämpfer vom Revolver, verstaute beides in seiner Tasche. Dann zog er die Handschuhe aus und stopfte sie in die mitgebrachte Plastiktüte. Unterwegs würde er sie in einen Mülleimer werfen.

Jäh überkam ihn die Lust, eine zu rauchen. Aber das verkniff er sich besser. Stattdessen vergrub er die Hände in den Hosentaschen und ging leise pfeifend davon. Nicht zu schnell und nicht zu langsam. Ein Spaziergänger an einem ganz normalen Abend. Ein Mann nach getaner Arbeit.

Ein Puppenspieler auf dem Heimweg.

SAMSTAG, 03.10.2015

1

Svea Kopetzki lief über die Köhlbrandbrücke. Der Bogen aus Stahl und Beton hing an armdünnen Seilen, ein Fadenspiel zwischen Pylonenfingern. Bei jedem Schritt schwang der Asphalt unter ihren Sohlen, als hätte sie ein Bier zu viel getrunken. Das Gefühl verstärkte sich, je näher sie dem Scheitelpunkt der Brücke kam.

»Hab ich zu viel versprochen?«, fragte Alex neben ihr. Nachdem sie ihm im Sommer erzählt hatte, dass ihr der Hafen am besten an Hamburg gefiel, hatte er sie mit der Anmeldung zum Köhlbrandbrückenlauf am Tag der Deutschen Einheit überrascht. 12,3 Kilometer einmal hin und zurück, vom Windhukkai bis nach Waltershof.

Zwischenzeitlich hatte Svea gefürchtet, absagen zu müssen. Aber die Quetschung am rechten Fuß, die sie sich während der Ermittlungen in ihrem letzten Fall zugezogen hatte, war schneller als gedacht verheilt.

»Nein, es ist der Hammer.« Sie küsste die Luft zwischen ihnen.

Von hier oben war der Freihafen eine schillernde Miniaturwelt, die Ausleger der Containerbrücken ragten darüber wie gigantische Giraffen.

Träge floss unten der Köhlbrand dahin, zerteilte das Panorama in zwei Hälften. An seinem Ufer blitzten die silbernen Eier des Klärwerks in der Sonne. Ein Containerfrachter schob sich davor, winzig wie ein Spielzeugboot, beladen mit Legosteinen.

Zu ihrer Rechten, wo sie an Bergen aus Kohle und Erz vorbeigelaufen waren und der Schlot einer Müllverbrennungsanlage rauchte, tauchte weiter hinten im Fluss eine Landzunge auf, bedeckt mit einem Mosaik aus bunten Flecken. Autos. Tausende.

»Schrott«, sagte Alex. »Wird alles nach Afrika verschifft.« Die kastenartige Fähre hatte bereits ihr Maul aufgerissen.

Nur ungern guckte Svea wieder auf die Strecke vor sich. Wie schon auf dem Hinweg pausierten einige Läufer am höchsten Punkt der Brücke. Ein hagerer Typ in warngelber Weste kletterte über die Leitplanke auf den schmalen Notweg. Gehalten nur durch ein bauchhohes Geländer, das Handy am ausgestreckten Arm, lehnte er sich über den Abgrund. Ein Windstoß blähte seine Jacke auf. Kurz fürchtete Svea, er würde hinuntergeweht. Tod durch Selfie. Nicht der Erste.

Direkt vor ihr stoppte eine lilahaarige Frau im Sprintanzug, zückte ebenfalls ihr Handy.

»Ey!«, rief Svea. Im letzten Moment wich sie aus. Dabei knickte ihr Fuß zur Seite, ließ sie stolpern, nach zwei Schritten hatte sie sich wieder gefangen. Sollte sie der Frau die Meinung sagen? Aber wegen diesen Selfieverrückten Zeit verlieren? Nö!

»Alles okay?« Alex zeigte auf ihren Fuß.

Sie nickte.

Nach wenigen Metern zog ihr ein süßlicher Muff in die Nase. Sie waren wieder auf Höhe der Ölmühle angekommen.

»Ekelig«, schimpfte eine Frau neben ihr. »Leichengeruch!«

»Ach was, das riecht gut!« Ihr Begleiter reckte die Nase. »Wie gekochte Nudeln!«

Svea stieß die Luft aus. Wenn er meinte. Alex' Spaghetti rochen zum Glück anders. Sie atmete durch den Mund ein und lief schneller.

Als Alex und sie sich der Rampe näherten, ab der die Fahrbahn auf Stelzen stand, hörte nicht nur das leise Schwingen unter ihren Sohlen auf, auch die Luft roch wieder besser. Zumindest soweit das im Hafen möglich war. Sie schnupperte.

Schiffsdiesel. Aber das störte sie weniger.

Dafür stach es in ihrem Fuß.

»Humpelst du?«, fragte Alex.

Das Stechen verstärkte sich. Nicht so wie bei ihrem Unfall, aber schlimm genug. Abrupt blieb sie stehen, ging vor Schmerz in die Knie.

Alex stoppte und legte den Arm um sie, um ihr aufzuhelfen.

»Unmöglich!«, kreischte es neben ihnen. »Mitten auf der Strecke stehen bleiben!«

Svea blickte auf und erkannte die Frau im Sprintanzug. Kopfschüttelnd sah sie ihr hinterher. Gestützt von Alex, kam sie hoch, kreiste den Fuß im Gelenk, krümmte und spreizte die Zehen. Nichts. Vorsichtig trat sie auf.

»Wieder okay?«

»Ich glaub schon.« Sie fummelte ihr Handy aus der Tasche der Laufweste hervor. 13:47 Uhr. Alex und sie hatten sich vorgenommen, unter einer Stunde zu bleiben. Noch konnten sie es schaffen.

Beim ersten schnelleren Schritt war das Stechen zurück.

»Mist!« Sie zuckte zusammen. Kaputt mache sie nichts, hatte der Arzt auf ihre Frage, wann sie wieder laufen dürfe, geantwortet. Aber kaputt oder nicht – wie sollte sie weiterlaufen, wenn sich ein Messer zwischen ihre Mittelfußknochen bohrte, sobald sie fester auftrat?

»Lauf allein weiter«, sagte sie zu Alex. Sie würde am Rand der Fahrbahn gehen und zur Not in den Besenwagen steigen, der am Ende die Fußlahmen einsammelte. Ihretwegen sollte Alex nicht noch mehr Zeit verlieren.

»Sicher?«

»Sicher!« Sie küsste ihn. »Lauf!«

»Ruf an, wenn was ist.« Er sprintete los.

Während sie einen Fuß vor den anderen setzte und bei jedem Schritt nachspürte – im Spaziertempo tat zum Glück nichts weh, vielleicht hatte sie nur kurz einen Nerv eingeklemmt –, sah sie Alex hinterher. Inmitten eines bunten Pulks rannte er die Rampe hinunter.

Jetzt war er unten an der Brücke angekommen. Bevor es an der Kreuzung für die Läufer nach links ging, drehte er sich kurz um und winkte.

Sie hielt den Daumen hoch, zum Zeichen, dass alles okay war. Sie wusste, sie könnte ihn jederzeit anrufen, auch zwei Meter vorm Ziel, und er würde sofort zu ihr zurückkommen. Es lief gut zwischen ihnen, seit sie keine Geheimnisse mehr vor ihm hatte. Richtig gut.

Als sie ebenfalls die Kreuzung hinter sich gelassen hatte, waren ihr die meisten Läufer davongerannt. Die wenigen Abgehängten gingen langsam wie sie, humpelten oder saßen am Straßenrand, erschöpft vornübergebeugt. Ein Pärchen, von der Kappe bis zu den Schuhen im Partnerlook, nuckelte abwechselnd an einer Plastikflasche, die der Mann aus seinem profigerechten Marathongürtel hervorgepult hatte.

Svea hatte nichts zu trinken mitgenommen, am Wendepunkt in Waltershof weder Wasser noch Banane gewollt. Unnötig bei der kurzen Strecke, hatte sie gedacht. Von wegen. Jetzt bereute sie es. Aber bevor sie fragte, ob die beiden ihr einen Schluck abgaben, ertrug sie lieber die kratzige Trockenheit in ihrer Kehle. Nicht mehr lange, dann trank sie mit Alex zusammen ein Wasser oder Weizenbier. Bis zum Ziel waren es höchstens zwei Kilometer, eher weniger.

Sie überholte einen rotgesichtigen Mann, der so kleine Schritte machte, dass er fast auf der Stelle tänzelte. Danach lag die Strecke grau und gerade vor ihr, ein Teppich aus Asphalt, ausgerollt nur für sie. Am Horizont, zwischen Kirchtürmen und alten Hafenkränen, ragte das Dach der Elbphilharmonie auf, von hier aus wirkte sie winzig.

Als sie trotz der Sonne fröstelte, sie trug nur ein ärmelloses Shirt unter der dünnen Weste, startete sie einen erneuten Laufversuch.

Vergeblich.

Zwar stach kein Messer mehr zu, aber es pikste trotzdem. Vielleicht schmerzte gar nicht ihre alte Verletzung? War sie nicht umgeknickt bei ihrem Ausweichmanöver oben auf der Brücke? Besser, sie riskierte nichts und ging den letzten Rest der Strecke brav spazieren. Sie hatte keine Lust, schon wieder tagelang an Krücken zu humpeln.

Um warm zu werden, kreiste sie mit den Armen. Sie lief vorbei an rostigen Zäunen und graffitibeschmierten Mauern. Dahinter ein maroder Schuppen nach dem anderen. Türme aus Containern.

Auch wenn sie lieber an der Seite von Alex im Ziel eingelaufen wäre, genoss sie die Kulisse. Wo manche nur Dreck, Krach und Gestank wahrnahmen, fühlte sie sich wohl. Der Hafen erinnerte sie ans Ruhrgebiet, an ihre Kindheit und Jugend. Gigantische Industrieanlagen, vor denen die Menschen zu Ameisen wurden.

Sie schnaufte, als die Straße leicht bergan führte. Es ging auf eine Brücke zu, darunter die Schleuse, durch die Alex und sie bei ihrer Hafenrundfahrt letzten Monat gefahren waren. Es hatte den ganzen Tag geregnet, aber sie hatten die geplante Tour nicht absagen wollen. Allein mit einem Bootsführer, dessen launige Sprüche nicht besonders lustig gewesen waren, waren sie über die Elbe und durch die Kanäle geschippert. Sie erinnerte sich an das Gefühl, als die Barkasse in der Schleusenkammer schwankte und das Tor hinter ihnen zurumste. Die glitschigen hohen Wände, die tiefe Schwärze um sie herum. Einen Moment hatte Panik in ihr pulsiert.

Jetzt war das Tor ebenfalls geschlossen, das Wasser trübgrün wie in einem Aquarium voller Algen. Aber dort, wo der Wind es kräuselte, schimmerte es silbrig wie Fischhaut, schwappte friedlich gegen die Mauern.

Lag es nur am Wetter? Oder nahm sie ihre Umgebung anders wahr, weil es ihr so viel besser ging als vor einem Monat?

Sie wollte den Blick abwenden, als sie im Augenwinkel eine Bewegung bemerkte. Direkt unter der Wasseroberfläche trieb etwas Dunkles. Vorgestern war ein Seehund in der Elbe gesichtet worden, die Mopo hatte ein Foto veröffentlicht. Hatte er sich in die Schleusenkammer verirrt? Sie trat näher an den Rand der Brücke.

Falls er verletzt war, musste sie die Feuerwehr rufen, damit die ihn versorgte. Und falls nicht, musste sie sich darum kümmern, dass das Tor geöffnet wurde, bevor das nächste Schiff kam und der Seehund in die Schraube geriet. Oder war er schon tot? Er bewegte sich nicht, trieb, seit sie ihn entdeckt hatte, an derselben Stelle.

Suchend sah sie sich um. Zwischen seinen Sprüchen hatte der Bootsführer sie mit zahlreichen Fakten zum Hafen versorgt. Wenn es stimmte, was er gesagt hatte, gab es zwar keinen Schleusenwärter mehr; die meisten Schleusen in Hamburg waren auf Fernsteuerung per Video umgestellt worden. Aber selbst wenn das ehemalige Schleusenwärterhaus leer stand, musste doch irgendwo jemand sitzen, der das Ganze überwachte. In einem der beiden Häuschen auf dem Streifen zwischen den Schleusenkammern? Aber wie gelangte sie dorthin? Gab es eine Treppe?

Sie stieg über die Leitplanke am Fahrbahnrand und beugte sich über das Brückengeländer. Erneut fixierte sie den länglichen dunklen Körper im Wasser. Jetzt bewegte er sich doch, waberte hin und her.

Was hing da an den Seiten herunter? Algen? Plastikmüll? Sie hatte einen Artikel gelesen über alte Fischernetze. Fische und Seevögel verfingen sich darin und strangulierten sich selbst.

Und immer öfter traf es Seehunde. Aber …

Seehunde hatten Flossen.

Keine Arme und Beine.

Oder Haare auf dem Kopf.

Obwohl vor ihr kein fünfzig Meter tiefer Abgrund aufbrach und die Schleusenbrücke, statt an Seilen zu hängen, auf dicken Betonpfeilern ruhte, schwankte der Boden unter Sveas Füßen. Schlagartig begriff sie:

Das war kein Seehund.

Das war ein Mensch.

Sie zerrte ihr Handy hervor und wählte 110.

2

Die Kaffeetasse in der Hand, stand Tamme Claußen am Wohnzimmerfenster und sah in den Garten. Vorm Kaninchengehege, mit dem Rücken zu ihm, hockte Imke. Das knallgrüne T-Shirt-Kleid, das sich früher um ihre Kurven geschmiegt hatte, warf Falten auf ihrem Körper, ließ ihn an einen Frosch mit zu viel Haut denken. Der Stoff war nicht ausgeleiert, seine Frau war schmaler geworden in den letzten Monaten.

Marits Juchzen drang durch die angelehnte Terrassentür. Seine Kleine. Sie lief auf Imke zu, eine karamellfarbene Fellkugel in den Händen.

Nachdem Tamme einen Stall zusammengezimmert und drumherum einen Zaun gezogen hatte, hatten sie heute Vormittag zwei Angorakaninchen beim Züchter abgeholt. Eins für Marit und eins für Rike. Bente hatte das Gesicht verzogen. Kinderkram. Stattdessen hatte seine Älteste Imke eine neue Jeans abgeschwatzt. Und eine Handyhülle. Auf sein »Muss das sein?« hatte Imke ihn in die Seite geknufft. Hauptsache, die Kinder waren glücklich.

Glücklich! Darunter ging es für Imke nicht. Er stöhnte. Zufriedenheit würde ihm schon reichen. Erst vor einer Viertelstunde war er von seinem Mittagsschlaf aufgestanden. Wenn nicht um kurz nach zwei irgendein Idiot in der Nachbarschaft seine Kettensäge angeschmissen hätte, läge er noch im Bett und schliefe. Keine Ahnung, warum er in letzter Zeit so müde war. Er trank einen Schluck von dem lauwarmen Kaffee, setzte die Tasse wieder ab und betrachtete die Wölbung, die neuerdings unter der Schlafanzugjacke wuchs.

Er war nicht schmaler geworden.

Imke hatte eine Küchenmaschine gekauft. Ein teures Ding, das fast von selbst kochte. Jeden Abend überraschte sie die Kinder und ihn mit einem neuen Gericht. Auch wenn es manchmal blass aussah, die Maschine konnte nur kochen und nicht braten, schmeckte es Tamme meist gut. Zu gut.

»Mama!« Rikes Schrei ließ ihn aufblicken. Durch das Gitter des Geheges erkannte er ihren Umriss. Sie kniete auf dem Boden, den Kopf vorgebeugt, als suchte sie etwas im Gras. Wie ein Kollege von der Spurensicherung.

War ihr Kaninchen verschwunden? Bitte nicht! Nachdem ihr Hamster gestorben war, hatte sie wochenlang getrauert. Aber was machte sie da? Jetzt legte sie sich hin. War ihr übel?

Er hatte noch keinen Schritt in Richtung Tür gemacht, da sprang Rike auf, das weiße Pendant zu Marits Fellkugel an ihre schmale Brust gepresst. Sie strahlte. Imke sagte etwas zu ihr, das sie lachen und noch mehr strahlen ließ. Kurz darauf setzte sie das Kaninchen wieder auf den Rasen. Sofort flitzte es los und verschwand in einem Erdloch; während Tamme geschlafen hatte, hatte das kleine Tier offenbar ordentlich gebuddelt.

Als Rike aus dem Gehege stieg, zeigte sie in seine Richtung. Hatte sie ihn entdeckt? Imke drehte sich um und gestikulierte. Was sie sagte, verstand er nicht. Er hob den Arm, um zurückzuwinken.

Und stockte.

Was machte er hier? Er sollte längst neben Imke am Gehege hocken, die Kaninchen streicheln, mit den Kindern lachen! Das letzte Aufbäumen des Sommers genießen.

Stattdessen stand er hinter der Scheibe. Verschlafen, zerknittert. Bestimmt roch er schlecht. Er hatte geschwitzt unter der Winterdecke mit der Flanellbettwäsche, die er letzte Woche aufgezogen hatte. Niemand hatte damit gerechnet, dass es heute über zwanzig Grad warm werden würde.

Als die Sonne im Glas des Gewächshauses aufblitzte, stellte er die Tasse mit einem Ruck auf den Esstisch und wandte sich um.

Schnell unter die Dusche, kalt am besten! Und dann würde er den Rest des Nachmittags mit Imke und den Kindern im Garten genießen. Noch war es nicht zu spät. Vielleicht könnten sie ausnahmsweise die Maschine in Ruhe lassen und den Grill anschmeißen. Im Tiefkühler lagen Würstchen.

Er eilte nach oben.

»Tamme!« Klopfen an der Badezimmertür. »Tamme!«

»Bin gleich fertig!« Während er mit dem Handtuch die letzten Tropfen von seiner geröteten Haut rieb, betrachtete er sich im Spiegel. Wenn er den Bauch einzog, war er doch gut in Form für seine dreiundvierzig.

Er wartete, bis er Imke die Treppe hinuntersteigen hörte, dann eilte er ins Schlafzimmer und streifte sich Unterhose, Shorts und T-Shirt über. Socken brauchte er keine bei dem Wetter. Er wollte spüren, wie das Gras unter seinen Sohlen kitzelte.

Auf dem Weg nach unten fühlte er sich wach und fit. Die Dusche hatte geholfen. Aber den Mittagsschlaf am Wochenende sollte er sich trotzdem wieder abgewöhnen. Irgendwas daran tat ihm nicht gut, anschließend war er oft zerschlagener als vorher.

Als er ins Wohnzimmer kam, war die Terrassentür geschlossen, der Garten leer. Das hellbraune Kaninchen hoppelte durchs Gehege, das weiße hatte sich wohl wieder in sein Loch zurückgezogen. Tamme musste dringend einen Graben um den Zaun ausheben und einen Buddelschutz einlassen. Mindestens einen halben Meter tief. In der Garage standen alte Estrichmatten, die er halbieren konnte. Nicht dass eins der Tiere entwischte und von Fuchs oder Marder gefressen wurde.

Die Sonne verschwand gerade hinter dem Wäldchen, als er hinaus in den Garten trat. »Rike!«, rief er, »Marit! Wo seid ihr, Kinder?«

Ein Rascheln ließ ihn herumfahren.

Imke. Sie stand direkt hinter ihm auf dem Rasen, lächelte und klimperte mit den Lidern. Oder zwinkerte sie ihm zu?

»Billie hat die beiden abgeholt.«

»Abgeholt?«

»Hast du die Party vergessen?«

Welche Party? »Nein, nein«, murmelte er.

»Ich habe dich gerufen, damit du dich von ihnen verabschieden kannst. Sie übernachten dort.«

»Tut mir leid. Ich habe dich nicht gehört.« Zumindest das Erste war nicht gelogen.

»Wir können uns einen schönen Abend machen. Nur wir zwei.« Als er irritiert guckte, fügte sie hinzu: »Bente ist auch los, mit Mara ins Kino.«

Er sah an Imke hinab. Während er geduscht hatte, hatte sie sich umgezogen, trug ein rotes eng sitzendes Kleid. Als sie sich an ihn schmiegte und er die Hand um ihre Taille legte, fühlte es sich fast so an wie früher. War das Froschkleid doch ausgeleiert?

»Wollen wir nachher grillen?«, hörte er sich fragen.

»Gerne. Hoffentlich hast du keinen Einsatz!«

»Bestimmt nicht.« Er hatte Rufbereitschaft. Aber wenn sich bis jetzt niemand gemeldet hatte, blieb es meistens ruhig.

Meistens.

Er hatte die Tür des Tiefkühlers geöffnet, kalter Nebel schlug ihm entgegen, da klingelte sein Handy.

»Hoffentlich ist es deine Mutter!«, rief Imke. Sonst hasste sie es, wenn seine Mutter am Wochenende anrief und ihm detailliert aus dem Kuhstall in Tating berichtete.

Es war Hauptkommissar Brandt vom Kriminaldauerdienst.

An Imkes angespannter Kehle sah er, wie sie die Enttäuschung hinunterschluckte. Es gehörte zu ihren Absprachen, nicht mehr an seinem Job herumzunörgeln. Lange genug hatte er seine Karriere wegen der Familie zurückgestellt. Im letzten halben Jahr war ihm klar geworden, wie sehr ihn das erdrückt hatte.

»Ich beeil mich.« Er küsste sie auf die Wange.

Erst als er im Flur die kalten Fliesen unter seinen Füßen spürte, fiel ihm auf, dass er immer noch barfuß war.

3

»Ellerholz Lock. Ellerholz Lock.« Ein Kollege von der Wasserschutzpolizei funkte den Schleusenmeister an, der ein paar Kilometer weiter in der Leitzentrale an der Kattwykbrücke saß.

Während Svea den Anweisungen zuhörte – die Tore der Schleuse sollten geschlossen bleiben und die Schiffe umgeleitet werden –, betrachtete sie das Treiben um sich herum.

Zwei Löschfahrzeuge standen quer vor der Ellerholzbrücke auf der Fahrbahn und sicherten den Einsatzort. Hinter dem Absperrband rechts neben Svea parkte die Drehleiter, an der Stelle hatte sie vor einer Viertelstunde allein am Geländer gelehnt und in die Tiefe gestarrt. Jetzt tummelten sich dort zahlreiche Feuerwehrleute und die Kollegen von der Wasserschutzpolizei.

Das WSPK 2 lag nicht mal hundert Meter entfernt auf der anderen Seite der Schleuse; nachdem Svea den Notruf gewählt hatte, waren die Kollegen als Erste eingetroffen. Allerdings nur zu Land mit zwei Streifenwagen. Da alle Boote draußen waren, hatten sie auf die Feuerwehr warten müssen. Zum Glück kam der Löschzug nach wenigen Minuten aus Wilhelmsburg herangebraust. In Sekundenschnelle hatten die Kollegen ein Schlauchboot aufgeblasen und mit einer Seilvorrichtung, die an eine riesige Triangel erinnerte, an die Drehleiter gehängt.

Als die Taucher jetzt aus ihrem Wagen stiegen, trugen sie bereits ihre Taucheranzüge und hatten ihre Geräte auf den Rücken geschnallt. Wie gewichtige schwarze Enten wackelten sie auf das Boot zu.

Svea konnte nichts tun, als zusehen und abwarten. Noch war sie nicht wieder im Dienst. Sie trat zu der Notärztin ans Brückengeländer, ein Kollege von der WS stellte sich zu ihnen. Es war derselbe, der den Funkruf abgesetzt hatte, Svea erkannte ihn am Feuermal auf der Wange. Vukovic, stand auf seinem Namensschild. Er nahm seine Mütze ab und wies damit zur Schleusenkammer, wo der aufgedunsene Körper im Wasser trieb. »Wenn der noch lebt, bin ich der Osterhase.«

Die Notärztin hob eine Augenbraue. »Bevor eine Wasserleiche bei diesem Wetter durch Fäulnisgase an die Oberfläche kommt, dauert es mindestens zwei Tage.« Etwas gewählter drückte sie aus, dass auch sie nicht mehr damit rechnete, der Person helfen zu können. Sie wartete nur darauf, offiziell den Tod festzustellen.

Trotzdem beeilten sich die beiden Taucher, nach dem Steuermann ins Boot zu klettern.

»Tauchtrupp zum Einsatz fertig!«, befahl der Tauchereinsatzführer. Wie ein Köder an der Angel wurde das vollbesetzte Schlauchboot von der Drehleiter angehoben, übers Geländer geschwenkt und in die Schleusenkammer hinuntergelassen.

Dort angekommen, setzten sich die beiden Taucher auf den Rand des Bootes und rutschten ins Wasser.

»Frau Kopetzki?« Svea hörte eine altbekannte Stimme hinter sich.

»Tach, Herr Brandt.« Sie drehte sich zu dem Kollegen vom Kriminaldauerdienst um.

»Sind Sie zufällig hier?« Er musterte ihre Laufkleidung, winkelte die Arme an und bewegte sie wie beim Joggen.

»Ja.« Sie zögerte. Mit Sicherheit wusste er von ihrer Suspendierung Ende August. Aber sie hatte keine Lust, ihm vor Zuhörern zu erklären, welche ungeahnte Wendung ihr Fall genommen hatte und dass das Disziplinarverfahren gegen sie nach drei Wochen eingestellt worden war.

»Eigentlich habe ich noch Urlaub, offiziell geht's erst Montag wieder los.«

»Freut mich!« Brandt lächelte auch mit den Augen. Wenn er sich wunderte, so zeigte er es nicht.

Sie wandte sich wieder zur Schleusenkammer. Die beiden Taucher hatten der Person rechts und links in die Kleidung gegriffen und zogen sie ins Boot. Was Svea zuerst für Seehundhaut gehalten hatte, war ein dunkler Lederblouson. Wo normalerweise der linke Fuß saß, ragte ein Stumpf aus einer grünen Hose.

Von wegen Algen! Plötzlich war sie froh, nichts im Magen zu haben.

Sie schluckte und zwang sich, weiter zuzusehen.

Sobald die Taucher sicher saßen, gab der Einsatzführer sein Kommando, das Boot wurde wieder an den Haken gehängt und mit der Drehleiter aus dem Wasser gehoben. Auch wenn der Leichnam auf dem Bauch lag, waren die Fäulniszeichen mit jedem Meter besser zu erkennen: die verfärbten Hände, die aufgedunsene Haut im Nacken.

Zwei Feuerwehrleute traten an das Boot, bückten sich und hievten ihn heraus. »Der lebt nicht mehr«, erklärte der jüngere von ihnen überflüssigerweise.

Als sie ihn umdrehten und auf den Leichensack betteten, erstarrte Svea. Die letzten Wasserleichen im Hafen waren allesamt ertrunken. Alkoholselig nach einer Party ins Wasser gestürzt und zu spät wieder aufgetaucht.

Einfach ins Wasser getorkelt und ersoffen war der hier bestimmt nicht. Die Lederjacke bis zu den Rippenbögen geöffnet, waren die beiden Einschusslöcher in der Brust gut zu erkennen.

Der junge Feuerwehrmann stöhnte, dann hob er zusammen mit seinem Kollegen den Leichensack auf die Trage, damit die Notärztin und Brandt den Inhalt begutachten konnten.

»Sieht so aus, als könnten Sie schon heute anfangen«, rief Brandt zu ihr herüber und griff zum Telefon. »Die Kollegen Claußen und Grüner haben Rufbereitschaft.«

Ihr altes Team. Svea spürte ein Prickeln. Mit ihrem Stellvertreter Tamme hatte sie letzte Woche telefoniert. Sie hatte ihn über den Ausgang ihres Verfahrens informiert und er sie über sein Privatleben. Franzi war kein Thema zwischen ihnen gewesen. Svea hatte ihre Mitarbeiterin seit Ende August nicht mehr gesehen, und ihr offizieller Stand war, dass Franzi so schnell wie möglich kündigen wollte. Anscheinend hatte sie es sich anders überlegt. Das freute Svea sehr.

Während Brandt telefonierte, lud er Svea mit einer Handbewegung ein, zu ihm an die Trage zu treten.

Sollte sie? Sie schwankte. Noch war sie nicht offiziell wieder im Dienst, und ihre Chefin Uta Wienecke legte Wert darauf, dass der Dienstweg eingehalten wurde. Svea wollte es sich nicht gleich mit ihr verscherzen. Andererseits müsste sie dann warten, bis Tamme kam und im Präsidium meldete, dass sie die Leitung der Mordbereitschaft übernahm. Davon ging sie zwar aus. Aber während manchen Kollegen – darunter auch Tamme – Berichte, Fotos oder neuerdings die Aufnahmen vom Laserscanner genügten, schwor Svea auf den ersten unmittelbaren Eindruck. Mit allen Sinnen. Auch wenn es Schöneres gab als den käsefüßigen Mief einer Wasserleiche.

Entschlossen trat sie rechts an die Trage, gegenüber von Brandt und mit dem Wind im Rücken.

Sie zog die Handschuhe über, die er ihr reichte; es kam ihr vor, als hätte es ihre Zwangspause vom Job nie gegeben. Brandts Aufforderung, ab sofort an den Ermittlungen teilzunehmen, hatte etwas in ihr gelöst. Sie hockte nicht mehr länger auf der Zuschauertribüne, ihre Fragen und Vermutungen rannten wild übers Feld: Wer war der Tote? Wo kam er her? War der Fundort überhaupt der Tatort? Wenn nein, wie war der Mann in die Schleusenkammer gelangt? War er erst erschossen und dann ins Wasser gestürzt worden? Oder hineingesprungen und dabei erschossen worden? Suizid war unwahrscheinlich, konnte aber nicht ausgeschlossen werden. Vielleicht wollte es der Tote so aussehen lassen, als wäre er ermordet worden.

Sie stieß die Luft aus. Der Leichnam musste schnellstens obduziert werden, um zumindest darüber Gewissheit zu haben!

»Können Sie was zur Liegezeit sagen?«, fragte sie die Notärztin.

»Schwer.« Die Frau verzog die Stirn. »Wie's aussieht, lag er höchstens eine Woche im Wasser, eher weniger. Genaueres müssen Ihnen die Kollegen aus der Rechtsmedizin sagen.«

»Ob er uns verrät, wer er ist?« Brandt beugte sich über den Toten und zuppelte am halb geöffneten Reißverschluss der Lederjacke. Es knirschte, mit einem Ruck riss er die Jacke auf und fasste in die Innentaschen.

Ein Schlüsselbund. Ein Handy. Er hielt seine Fundstücke in die Höhe, bevor er sie in einen Beweisbeutel steckte.

Als Letztes zerrte er ein aufgequollenes Portemonnaie hervor und drückte es Svea in die Hand.

Im Münzfach steckten vier Eineurostücke und etwas Kupfergeld. Im Fach dahinter zwei durchweichte Fünfzigeuroscheine. Und ein Führerschein. Zum Glück kein grauer oder rosa Lappen, damit wäre womöglich nichts mehr anzufangen gewesen.

»Wilke, Niko«, entzifferte sie den Namen auf der Plastikkarte. »Geboren am 12.08.84 in Hamburg.« Sie hielt das Schwarz-Weiß-Foto neben das aufgedunsene bräunlich grüne Gesicht des Toten.

Eine gewisse Ähnlichkeit. Aber zur offiziellen Identifizierung brauchten sie Röntgenbilder oder das Zahnschema und mussten den Toten zum Abgleich ins CT schieben lassen. Es sei denn, Wilke war bereits erkennungsdienstlich behandelt worden.

Brandt rief in der Einsatzzentrale an und gab die Personalien durch.

»Bingo.« Er grinste triumphierend. »Unser Freund ist mehrfach aktenkundig, unter anderem vorbestraft wegen Drogenhandels. Letzten Monat wurde er festgenommen, ein Einbruchdiebstahl, aber freigelassen aus Mangel an Beweisen. Eine Vermisstenmeldung liegt nicht vor.«

Er schüttelte den Kopf. Sein Grinsen verschwand so

schnell, wie es gekommen war, sein Blick schweifte zu dem geschlossenen Schleusentor, vor dem eine voll besetzte Barkasse abdrehte.

Dachte Brandt das Gleiche wie Svea? Säße der Mann in Haft, würde er jetzt nicht hier liegen. Vorausgesetzt, es handelte sich um Wilke.

Svea betrachtete die schrumpeligen Finger des Toten. Noch hatte sich die Waschhaut nicht abgelöst.

»Kann man Abdrücke nehmen?«

Die Notärztin nickte. »Da gehe ich von aus.« Fragend sah sie Brandt an.

Er hob den Daumen, und sie zog den Reißverschluss des Leichensacks zu. Je schneller der Mann in die Rechtsmedizin kam, umso besser. An Feiertagen passierte es leicht, dass sich die Leichenwannen vorm Obduktionssaal stauten.

Als Svea dem kleiner werdenden Rettungswagen mit dem Leichnam darin hinterhersah, schob sich jäh das Gesicht eines anderen Mannes vor ihr inneres Auge. Yunan, ihr Ex-Freund aus Dortmund. Auch er hatte gedealt, und nicht nur das. Demnächst erwartete ihn eine Strafe wegen eines Apothekeneinbruchs, woran Svea nicht unschuldig war.

Ein Frösteln überlief sie, und sie verscheuchte das Bild wieder. Erst jetzt bemerkte sie die graue Wand, die sich am Himmel über der Köhlbrandbrücke aufbaute. Der Schönwettereinbruch war dabei, sich zu verflüchtigen. Sollte sie kurz ins Kommissariat der Wasserschutzpolizei hinübersprinten und sich umziehen? Nach dem Anruf beim Notruf hatte sie Alex gebeten, ihre Jeans, ihren Rucksack und ein Sweatshirt aus dem Kofferraum ihres Wagens dort vorbeizubringen.

Ehe sie es schaffte, sich bei Brandt abzumelden, erkannte sie Tammes roten Toyota auf der Gegenfahrbahn. Neben ihm auf dem Beifahrersitz glänzte Franzis blonder Schopf.

Sie musste wohl noch etwas in den Laufklamotten ausharren.

»Moin, Svea.« Tamme begrüßte sie beiläufig, so als wäre sie nie weg gewesen und hätte erst gestern mit ihm im Präsidium zusammengesessen. Franzi reichte ihr lächelnd die Hand: »Schön, dass du wieder da bist!« Sie wirkte energiegeladen, nicht mehr so blass wie im Sommer, die Schatten um ihre Augen waren verschwunden.

Sie schien sich ehrlich zu freuen, Svea zu treffen. Und genau wie Tamme zeigte sie sich nicht im Geringsten verwundert über ihren Aufzug. Brandt hatte die beiden offenbar aufgeklärt.

Brandt! Wo steckte der Kollege vom Kriminaldauerdienst? Suchend sah Svea sich um. Die Feuerwehrleute hatten mittlerweile die Luft aus dem Boot gelassen. Eine rote Riesenflunder, die sie zu viert zusammenfalteten und zügig auf dem Löschfahrzeug verstauten. Ihre anderen Kollegen waren bereits in den Fahrzeugen verschwunden. War etwas passiert? Zusammen mit dem Gesamteinsatzleiter kam Brandt hinter der Drehleiter hervor, das Funkgerät am Ohr.

»Großbrand auf der Veddel, der Löschzug rückt ab, die WS kümmert sich um die Absperrung der Brücke. Ich muss auch weiter. Informieren Sie Ihre Kollegen?« Er nickte Tamme und Franzi zu. Begrüßung und Abschied gleichzeitig.

»Mach ich, und – danke!«

Er klopfte ihr auf die Schulter. »Bis zum nächsten Mal!«

Tamme grinste. »Was war das denn?«

»Erklär ich dir später.« Während der Löschzug der Feuerwehr unter Sirenengeheul zum nächsten Einsatz fuhr, schilderte Svea ihm und Franzi die Lage.

Dann traf endlich die Spurensicherung ein.

Tamme bat die Kollegen, den Bereich um die Schleusenkammer auf verdächtige Spuren zu untersuchen. Die Böschung, die teils mit Gras bewachsen, teils gepflastert war, und den Betonstreifen oberhalb der Mauer, der sich bis zum Schleusentor auf der Westseite durchzog.

»Und die Brücke?«, fragte er Svea. Theoretisch hätte der Tote denselben Weg in die Schleusenkammer nehmen können wie das Feuerwehrboot. Gestürzt übers Geländer.

»Möglich.« Aber über die Brücke, auf der sie standen, waren heute fast zweitausend Läufer gerannt. Sinnlos, nach Spuren zu suchen. »Eher da drüben.« Die Kammer war mehr als hundert Meter lang. Vor dem Tor Richtung Westen führte der Steinwerder Damm hinüber, außerdem ein schmaler Fußweg und die Gleise der Hafenbahn. »Allerdings«, Svea zeigte auf die Kameras am Rand der Kammer, »ist hier alles videoüberwacht.«

Mittlerweile hatten sich ihre wilden Gedanken sortiert und zu einem Gefühl geformt. Dass der Mann in oder an der Schleusenkammer umgebracht worden war, erschien ihr immer unwahrscheinlicher.

»Unwahrscheinlich ist nicht unmöglich«, wiegelte Tamme ab. Erst kürzlich waren im US-Fernsehen zwei Journalisten vor laufender Kamera erschossen worden. Affektmorde geschahen an den verrücktesten Orten. Abgesehen davon, dass Suizidwillige von Brücken angezogen wurden, auch wenn diese hier zugegebenermaßen nicht gerade hoch war.

»Vielleicht hat jemand, der hier arbeitet, etwas gesehen.« Franzi wies auf die beiden Rotklinkerhäuschen zwischen den Schleusenkammern und das ehemalige Schleusenwärterhaus oberhalb des Tores. Auch an der Westseite der Schleuse gab es mehrere Gebäude, die allerdings ziemlich heruntergekommen wirkten.

»Hier arbeitet niemand mehr.« Die Häuschen, in denen Svea anfangs die Videoüberwachung vermutet hatte, standen leer, genau wie alles andere. Nur ins Schleusenwärterhaus war mittlerweile die katholische Seemannsmission eingezogen, wie ihr ein Kollege von der Wasserschutzpolizei gleich nach seinem Eintreffen erklärt hatte. Aber auf sein anschließendes Klingeln dort hatte niemand geöffnet. Offenbar wurde heute kein Seemann missioniert.

Aber vielleicht in den letzten sieben Tagen. Die meisten Fenster boten direkten oder seitlichen Schleusenblick. Wenn die erste Einschätzung der Notärztin stimmte, war die Tat irgendwann seit Samstag passiert.

Sie sollten später noch mal jemanden in der Seemannsmission vorbeischicken. Oder anrufen, auf dem Plakat in einem der Fenster erkannte Svea eine Telefonnummer. Aber zuerst mussten sie dringend die Videos sichern.

»Ich frag mich nur«, Franzi legte eine Hand an die Wange, »warum hat niemand von den ganzen Läufern vor dir was bemerkt?«

»Vielleicht ist die Leiche erst in dem Moment unter der Brücke hervorgetrieben, als ich vorbeigelaufen bin?«

Suchend sah Svea sich nach dem Kollegen von der WS um, der den Schleusenmeister angewiesen hatte, die Tore geschlossen zu halten. Vukovic. Er kam zurück von den beiden Streifenwagen, die jetzt anstelle der Löschfahrzeuge die Zufahrt zur Brücke blockierten. Sie winkte ihn zu sich.

»Können Sie die Leitzentrale anfunken?«

»Dass Sie keine einfache Läuferin sind, hab ich gleich an Ihren Augen erkannt«, sagte er statt einer Antwort. »Hin- und hergehuscht, um ja nichts zu verpassen.« Er kramte ein speckiges Notizbuch aus seiner Brusttasche und zeigte ihr eine Telefonnummer. »Sie können auch anrufen.«

Tamme zog sein Handy hervor und wählte die Nummer.

»Aha«, sagte er, während er dem Schleusenmeister zuhörte. Immer wieder: »Aha.«

Kopfschüttelnd legte er auf.

»Gesehen hat er nichts«, informierte er Franzi und sie. »Namen und Telefonnummern der Kollegen, die in der letzten Woche Dienst hatten, faxt er an die WS. Und eine Liste mit den Schiffen, die in den letzten vierundzwanzig Stunden durchgeschleust wurden. Immerhin der Seefunk wird aufgezeichnet.«

»Was ist mit den Videos?«, hakte Svea nach.

»Da wird nichts aufgezeichnet. Datenschutz.« Zwölf Kameras waren in, vor und hinter den beiden Schleusenkammern der Ellerholzschleuse installiert. Dazu kamen die Kameras für zwei weitere Schleusen, die aus der Leitzentrale fernbedient wurden. »Die Kameras springen nur an, wenn sich ein Schiff nähert und die Tore geöffnet werden. Wohl damit Augen und Aufmerksamkeit nicht ermüden. Aber bei der Menge an Bildausschnitten kann man natürlich trotzdem leicht was auf dem Monitor übersehen.«

Und zwischendurch hatte der Täter Narrenfreiheit auf dem Gelände. So einfach, wie Svea es sich vorgestellt hatte, war die Überprüfung der Schleuse wohl doch nicht.

4

»Wir müssen überprüfen, ob der Schlüssel zu Wilkes Wohnung passt.« Svea griff einen bröseligen Keks aus der Dose, die der Kollege Vukovic ihnen hingestellt hatte.

Sie saß mit Tamme und Franzi im Besprechungsraum der Wasserschutzpolizei, vorm Fenster die Kaianlagen. Die graue Wand hatte sich zum Glück wieder aufgelöst, gegenüber warf ein Angler seine Rute aus, rechts hatten zwei Lastenkähne und mehrere Schlepper festgemacht, weiter hinten am Containerterminal lagen die dicken Pötte vor Anker. Svea dachte an den abgetrennten Fuß des Toten. Ob das eine Schiffsschraube verursacht hatte?

Bei der Vorstellung verschluckte sie sich an dem Keks. Hustend kippte sie einen Schluck Cola hinterher und wischte die Krümel von dem Blatt Papier vor ihr auf dem Tisch. Der Durchsuchungsbeschluss. Die Beantragung war ihre erste offizielle Amtshandlung gewesen, nachdem sie wieder die Leitung der Mordbereitschaft übernommen hatte.

»Und wenn der Tote gar nicht Wilke ist?«, gab Franzi zu bedenken. »Vielleicht hat ihm der Mörder nur dessen Führerschein in die Tasche gesteckt.«

»Oder der Tote hat irgendwo aus Versehen eine andere Jacke mitgenommen«, schlug Svea vor. Theoretisch war einiges möglich, auch Suizid, aber praktisch glaubte sie nicht daran. Trotzdem ging sie auf Franzis Zweifel ein. »Falls Wilke uns quicklebendig die Tür öffnet, können wir ihn immer noch nach seinem Führerschein fragen. Warum hat er ihn nicht als gestohlen gemeldet?«

Aber vor allem wollte sie, dass sich die Kollegen in der KTU trotz des Feiertags mit den Fingerabdrücken beeilten. Danach waren hoffentlich alle Überlegungen müßig. Doch als sie dort anrief, hob nicht mal jemand ab. Svea hinterließ eine Nachricht auf dem Anrufbeantworter und bat um Rückruf.

»Nächster Punkt: mögliche Zeugen.« Da war die Lage immerhin eindeutig. Reine Fleißarbeit. Sobald der Schleusenmeister seine Listen geschickt hatte, mussten diese abtelefoniert werden. Gut möglich, dass einer seiner Kollegen oder jemand auf einem der durchgeschleusten Schiffe etwas bemerkt hatte.

»Und wenn unser Täter dabei ist?«, warf Tamme ein.

Svea schüttelte den Kopf. »Du hast den Leichnam nicht gesehen. Wenn den jemand in den letzten vierundzwanzig Stunden über Bord geschmissen hätte, sähe er anders aus. Abgesehen davon, dass er noch nicht hochgekommen wäre.« Klar hätte jemand die Leiche irgendwo versenken, nach ein paar Tagen wieder rausholen und dann zurück ins Wasser werfen können. Aber wozu? Das ergab wenig Sinn. Und auch wenn die Videos nicht aufgezeichnet wurden, war es einfach zu riskant, jemanden in der Schleuse umzubringen und von Bord zu werfen. Das Gleiche galt für einen Stoß vom Rand der Schleusenkammer. Wahrscheinlicher war, dass das Opfer hineingetrieben war.

»Ich erhoffe mir eher Erkenntnisse darüber, wie der Leichnam in die Schleuse gekommen ist.«

»Verstehe!« Tamme klopfte auf den Tisch. »Wir brauchen einen Tidekalender!« Während Franzi nachdenklich den Kopf zur Seite legte, spann er Sveas Gedanken weiter. Er zeigte aus dem Fenster, wo neben dem Angler mittlerweile mehrere Ruten ins Wasser ragten. »Bei auflaufendem Wasser kam der Leichnam von hier, bei ablaufendem aus östlicher Richtung. Wilke ist an der Harburger Chaussee gemeldet, richtig?«

Svea nickte.

»Das ist ein Wohnblock direkt hinterm Deich!« Tamme klang bestimmt, als wäre der Fall damit gelöst.

»Du meinst, er ist den Deich hinab ins Wasser gestürzt?« Vor ihrem inneren Auge erschienen zwei Männer. Der eine, in Lederjacke, hielt die Arme erhoben. Der andere, er war nur ein schwarzer Schatten, bedrohte ihn mit einer Pistole.

War das realistisch? Eine Hinrichtung auf dem Deich? So nah an einer Wohnsiedlung?

Ein Klingeln unterbrach ihre Überlegungen. Ihr Telefon. Wo hatte sie es hingesteckt? Es klang dumpf, als steckte es in ihrem Rucksack. Sie wühlte sich durch ihre Laufklamotten, fühlte das Plastik der Hülle unter den Fingern, da hörte es auf.

Sie zog das Handy hervor. Unterdrückte Nummer. Sie wartete kurz, ob der Anrufer eine Nachricht hinterließ, dann steckte sie es zurück in den Rucksack

Prompt klingelte es erneut. Aber diesmal erschien eine Handynummer auf dem Display.

Der Leiter des Spurensicherungsteams. Wegen des drohenden Regens hatten sie beschlossen, in einem ersten Durchgang das gesamte Gelände zu inspizieren. Nur um anschließend festzustellen, dass der Wind gedreht hatte und die Wolken über dem Alten Land abregnen würden. Aber da waren sie schon fertig gewesen.

»Und? Habt ihr was gefunden?« Der Wetterbericht interessierte sie weniger.

»Nichts. Keine Patronenhülsen. Keine Blutspuren. Nicht mal platt getretenes Gras. Nur ein paar Zigarettenkippen, aber die sind älter als eine Woche. Mindestens.« Er machte eine Pause. »Wenn du mich fragst, kam die Leiche direkt vom Boot, oder sie wurde von woanders angetrieben.«

»So sehe ich das auch.« Schade, großartig weiter waren die Ermittlungen dadurch nicht gekommen. »Kann man eventuell das Wasser in der Schleusenkammer ablassen und gucken, ob etwas auf dem Grund liegt?« Zum Beispiel die Tatwaffe.

Der Kollege lachte auf. »Das ist kein Dock, das ist eine Sperrschleuse, da musst du schon Taucher reinschicken.«

Okay. Dann sollte sich die WS die nähere Umgebung vornehmen. Und Svea forderte eine Taucherstaffel an, damit der Grund der Schleusenkammer so schnell wie möglich nach Waffen, Munition und sonstigen Beweismitteln abgesucht wurde.

Zwar hatte sie beim Lagedienst sofort eine Kollegin am Apparat, und das trotz des Feiertags. Doch sie freute sich zu früh.

»Vor Montag geht nichts.« Die Polizeitaucher waren zurzeit damit beschäftigt, im Allermöher See nach Diebesgut zu suchen. Anschließend ging es streng nach Liste.

Svea hatte kaum aufgelegt, als Vukovic ins Zimmer stürmte, mehrere Bögen Papier flatterten in seiner Hand wie aufgeregte Möwen. Die Liste mit den Funksprüchen der Schiffe, die in den vergangenen vierundzwanzig Stunden durchgeschleust worden waren, sechsundzwanzig insgesamt. Außerdem die Namen und Handynummern der diensthabenden Schleusenmeister der letzten Woche, fünf Männer und eine Frau.

»Ich übernehme die Schleusenmeister«, bot Franzi an.

»Kannst du dich dann um die Schiffe kümmern?«, wandte Svea sich an Vukovic. »Und bei der Seemannsmission nachhaken?«

»Mach ich.«

»Gut. Dann fahren Tamme und ich jetzt zu Wilke.« Svea stand auf. Irgendwo mussten sie ja anfangen.

Sie war noch nicht an der Tür, als der Rückruf aus der Rechtsmedizin kam. Zwar wartete die diensthabende Ärztin noch auf die KTU zur Abnahme der Fingerabdrücke. Aber sie hatte den Toten aus der Kleidung geschnitten. Parallel angeordnete schnittartige Hautdurchtrennungen am linken Unterschenkel sowie die Abtrennung des linken Fußes sprachen, wie von Svea vermutet, für eine Schiffsschraubenverletzung.

»Können Sie schon Angaben zur Liegezeit machen?«

»Die Waschhautbildung sieht mir danach aus …« Svea hörte Papier rascheln, dann fuhr die Ärztin fort: »Wir haben Anfang Oktober, meiner Erfahrung nach ist er mindestens drei und höchstens sieben Tage im Wasser gewesen.« Ähnliches hatte die Notärztin gesagt.

»Gibt es Nahschusszeichen?«, fragte Svea, bemüht, wenigstens das Thema Suizid so schnell wie möglich abzuhaken.

»Ich habe keine Schmauchspuren um die Einschusslöcher gesehen. An den Händen auch nicht. Aber wir müssen

Waschhaut und Schmutz bedenken. Bevor ich den Toten nicht obduziert habe, kann ich dazu – genau wie zur möglichen Liegezeit – keine verlässlichen Angaben machen.«

Anders als zu der Tätowierung am linken Oberarm. Ein Tigerkopf, acht mal acht Zentimeter groß, umrankt von Schnörkeln. Die Ärztin schickte Svea ein Foto davon aufs Handy.

Fünfzehn Minuten und einen Datenbankcheck später war klar: Es handelte sich um Wilkes Oberarm.

»Wer auch immer ihn umgebracht hat, hat sich nicht viel Mühe gegeben, seine Identität zu verschleiern«, meinte Franzi.

Svea nickte. Die Identifizierung war jetzt bloß noch Formsache. Die Tätowierung hatte auch die Kollegin überzeugt, dass es sich bei dem Toten um Wilke handelte.

Was hieß, nicht nur Wilkes Wohnung musste durchsucht, sondern seine Angehörigen informiert werden. Und zwar so schnell wie möglich.

»Und die Listen?«, fragte Franzi.

»Das kann warten.«

»Muss nicht«, mischte Vukovic sich ein. »Meine Kollegin Lena hat Zeit.«

»Bestens, dann übernimmst du mit Tamme die Wohnung«, entschied Svea.

Und sie mit Franzi die Trauerarbeit.

5

Tamme saß neben Vukovic auf dem Beifahrersitz des Streifenwagens und klammerte sich an den Haltegriff. Ohne den Blinker zu setzen, hatte der Kollege abrupt das Lenkrad herumgerissen und war von der Harburger Chaussee abgebogen.

»Was soll das?«

Am Ende der Straße hatte schon das Dach des Häuserblocks aufgeragt, in dem Wilke wohnte. Stattdessen fuhren sie jetzt mitten hinein in ein heruntergekommenes Gewerbegebiet. Ein Fertigflachbau neben dem nächsten. Wo wollte Vukovic hin? Schon bereute Tamme, dass er Svea und Franzi seinen Wagen überlassen hatte.

»Ich habe Hunger. Du doch sicher auch!« Mit einer Hand lenkte Vukovic, mit der anderen rieb er sich den Bauch. Vor einer Brachfläche, auf deren Randstreifen mehrere Lkws parkten, bremste er ab und quetschte den Wagen in eine Lücke.

Rechts von ihnen, hinter einer getrimmten Ligusterhecke, erkannte Tamme ein niedriges grauweiß gestrichenes Häuschen, vor den Fenstern adrette Markisen und Kästen mit Herbstastern. *Uschi's Imbiss. Frühstück ab 5:00* verkündete die Leuchtreklame.

Tamme sah auf die Uhr. »Bekommen wir da noch was?«

»Mit mir immer.«

Vukovic betrat den Plattenweg. Je näher sie dem Gebäude kamen, umso stärker roch es nach gebratenen Zwiebeln. Auf die Tafel neben dem Eingang hatte jemand mit Kreide *Schnitzel mit Bratkartoffeln* geschrieben.

Tamme schluckte seine Bedenken herunter. Wilke war längst tot, da kam es auf zehn Minuten nicht an.

Er folgte Vukovic in den kleinen Gastraum. Vor einem tapezierten Birkenwald standen zwei Sitzgruppen und ein Stehtisch. Rechts hinter dem gläsernen Tresen zwei Frauen mit Schürzen, eine weiß- und eine braunlockig, eindeutig Mutter und Tochter.

»Moin Uschi«, brummte Vukovic.

»Moin Vuko«, grüßte die Braunhaarige zurück. Ohne dass Vukovic etwas gesagt hatte, öffnete sie den gläsernen Kühlschrank hinter sich, griff zielsicher hinein und stellte ihm eine Cola auf den Tresen. Die Mutter platzierte ein Glas daneben.

Wie früher bei Tamme, wenn er ins Kuddel gekommen war. Er spürte ein sehnsüchtiges Ziehen im Magen. Nur dass er keine Cola trank.

»Und der Kollege?«, fragte Uschi. Damit war er gemeint.

»Gerne ein Bier. Alkoholfrei.«

Vukovic griff die Getränke, ging zum Stehtisch und schenkte ihnen ein. »Prost!« Er schlürfte seine Cola.

Die beiden Frauen verschwanden durch einen Perlenvorhang in die Küche.

Tamme hatte kaum den ersten Schluck von seinem Bier getrunken, da kam Uschi schon wieder zurück. Als hätte alles für Vukovic und ihn bereitgestanden.

Auf jedem Arm balancierte sie einen rechteckigen Teller.

Neben knusprigen goldbraunen Kartoffelscheiben mit Zwiebelringen dampfte das größte Schnitzel, das Tamme seit Langem gesehen hatte.

Und gegessen.

Trotzdem hatten Vukovic und er die Teller nach fünf Minuten leergeputzt.

»Noch einen Absacker?«, bot Uschi an.

»Heute nicht«, sagte Tamme widerstrebend. Er wäre liebend gern geblieben. Aber sie mussten weiter zur Wohnungsbesichtigung.

»Hier bin ich nicht zum letzten Mal gewesen«, versprach er Uschi – und sich. Höchste Zeit, dass er wieder öfter aus Farmsen-Berne herauskam. Der einzige Imbiss in fußläufiger Nähe war am U-Bahnhof, neben dem Abgang zu den Gleisen. Die Pommes waren schon immer lappig gewesen, die Bratwürste oft schrumpelig vom langen Liegen auf dem Grill. Als Tamme zuletzt dort vorbeigegangen war, hatte es dermaßen nach ranzigem Fett gestunken, dass er nicht in Versuchung gekommen war.

»Da sind wir.« Vukovic stoppte den Wagen vor einem rot verklinkerten Häuserblock, der sich gegenüber vom Deich an der Straße langzog.

Nachdem der Kollege den Motor abgestellt hatte, hörte Tamme ein Bellen. Er beugte sich vor und guckte durch die Scheibe. Ein Mann rannte hinter einem braun-weiß gefleckten Pitbull hinterher auf die Deichkrone, wo erst kürzlich der Sperrzaun des Freihafens abgebaut worden war. Wenn man der Straße folgte, gelangte man auf die Veddel und die A1. Immerhin zentral.

Beim Aussteigen stieß Tamme gegen einen herrenlosen

Müllsack. Im letzten Moment hob er den Fuß und sprang darüber hinweg. Der säuerliche Gestank verfolgte ihn bis auf den Bürgersteig.

Er sah sich um. An der Hauswand prangten Graffiti. Dort, wo jemand versucht hatte, sie zu entfernen, glänzten Schmierflecken. Vor einem Müllcontainer türmten sich ausrangierte Elektrogeräte und Matratzen, auf denen in allen Farben der Schimmel blühte. Neben der Eingangstür baumelte die Leuchte mit der Hausnummer an einem Kabel aus der Wand.

Tamme studierte das Klingelbrett. Mehrere leere Felder. Auf halber Höhe hatte jemand »ILK« auf ein Stück Klebeband gekritzelt. Er wechselte einen Blick mit Vukovic. Das musste es sein. Die anderen Namen passten gar nicht, und Niko Wilke war im zweiten Stock rechts gemeldet.

Er drückte den Knopf neben dem Klebeband. Durch das zersplitterte Glas der Tür hörte er es entfernt klingeln.

Niemand öffnete. Er versuchte es ein weiteres Mal, dann fasste er in seine Jackentasche und holte den Schlüsselbund hervor, den Svea ihm mitgegeben hatte. Zwei Schlüssel probierte er vergeblich aus, beim dritten hatte er Erfolg, er ließ sich im Schloss drehen.

Oben an der Wohnungstür klingelte er erneut, dann klopfte er. Nichts. Er tastete nach dem Durchsuchungsbeschluss in der Brusttasche und gab Vukovic ein Zeichen.

Die Hand an der Pistole, postierte sich der Kollege neben der Tür. Tamme versuchte einen der beiden Schlüssel, die unten nicht gepasst hatten, ins Schloss zu schieben. Treffer!

Als die Tür aufsprang, wehte ihnen ein süßlicher, moschusartiger Geruch entgegen.

Vukovic pfiff durch die Zähne, Tamme fluchte. Das war kein vergessener Müllbeutel. Was, wenn Wilke nicht das einzige Opfer war? Vielleicht hatten sie es mit einer Mordserie zu tun, und vor ihnen in der Wohnung lag ein zweiter Toter.

Das Adrenalin pulsierte in Tammes Adern.

Er zog seine Pistole hervor, tastete mit der anderen Hand nach dem Lichtschalter und wies Vukovic an, sich hinter ihm zu halten.

Flackernd sprang die Neonröhre an der Decke an und beleuchtete einen fensterlosen, mit fleckigem PVC ausgelegten Flur, von dem drei Türen abgingen. Auf dem Boden lag außer zwei achtlos zur Seite getretenen Turnschuhen nichts herum. Drei Schrauben ersetzten die Garderobenhaken, an einer von ihnen hing ein flusiger Seemannspulli.

Während Tamme überlegte, welche Klinke er zuerst herunterdrücken sollte, rumste es unter ihnen im Treppenhaus, eine Tür schlug ins Schloss.

Schritte hatte er keine gehört.

6

Svea stoppte an der letzten Ampel vor der Köhlbrandbrücke und setzte den Blinker Richtung Wilhelmsburg.

»Hier bin ich vorhin erst vorbeigelaufen«, erklärte sie Franzi. Die Kollegin hatte sicher genauso wenig wie sie damit gerechnet, heute schon wieder zusammen zu einem Einsatz zu fahren. Und dann noch in Tammes Toyota. Bei der WS war nur ein Streifenwagen frei, und Tamme war es recht gewesen, sich zwischendurch auf dem Beifahrersitz zurückzulehnen. Hatte er zumindest gesagt. Vukovic wiederum wollte nicht mit dem Toyota fahren. Angeblich waren ihm die rosa Ponyaufkleber auf der Heckklappe peinlich. Und so saß Svea jetzt am Steuer. Mit einem Kissen unter dem Hintern, weil Tamme über dreißig Zentimeter größer war als sie.

»Sportlich!«, kommentierte Franzi Sveas Laufleistung. »Dann ist dein Fuß wieder okay?«

»Geht so.«

»Das tut mir leid!«

Svea betrachtete ihre Mitarbeiterin von der Seite. Sie hatte schon bemerkt, dass die Schatten unter Franzis Augen verschwunden waren, ebenso wie die Blässe. Aber vor allem war ihr Blick wach, nicht mehr so abwesend wie im Sommer, da hatte sie manchmal minutenlang ins Leere gestarrt. Offenbar hatte sie ihre Krise überwunden! Trotzdem musste Svea mit ihr über ihre Zukunft sprechen, aber nicht jetzt.

Die Ampel sprang auf Grün, und Svea gab Gas.

Schweigend fuhren sie über eine Klappbrücke nach Wilhelmsburg hinein, vorbei an Containerstapeln und Lagerhallen. Nach einer zweiten Brücke begann das Wohngebiet, hinter einem Hochbunker dirigierte Tammes Navi sie nach rechts.

Svea stellte den Toyota auf dem Parkplatz eines Discounters ab. Schräg daneben stand der Hochhausriegel, in dem Wilkes nächster Angehöriger gemeldet war: sein Halbbruder Kevin Hummel. Fünf Jahre jünger, verheiratet, kinderlos.

Hummels Wohnung lag in der achten Etage. Während sie auf den Aufzug warteten, laut Anzeigetafel steckte er in der vierten fest, drückte Franzi immer wieder auf den Rufknopf. Als würde es dadurch schneller gehen.

Sie drehte sich zu Svea um. »Kommst du mit deinem Fuß die Treppen hoch?«

»Ich kann's versuchen.« Ihr tat zumindest nichts mehr weh.

Kaum wandte sie sich zum Treppenhaus, hörte sie das Surren der Aufzugseile.

»Das ist wie im Restaurant.« Svea stieg in die Kabine. »Man wartet ewig auf das Essen, und sobald man zum Klo gehen will, wird es serviert.«

Lächelnd tippte Franzi auf die Taste neben der acht. Die Tür schob sich zu, der Aufzug rumpelte nach oben. »Das Geheimnis ist loszulassen.« Auch wenn die Kollegin wieder mehr bei der Sache war, ihren Hang zu küchenpsychologischen Ratschlägen hatte sie offenbar nicht aufgegeben.

»Was woll'n Sie?« Breitbeinig und mit nacktem Oberkörper stand Kevin Hummel in der geöffneten Wohnungstür.

Aus seiner tief sitzenden Sporthose lugte der Gummibund eines Slips.

Marco Prolo. Entweder hatte sich jemand einen Witz erlaubt, oder es handelte sich um billigste Fälscherware. Svea ging von Letzterem aus. Zum Glück arbeitete sie nicht beim Zoll.

»Wir kommen wegen Ihres Bruders Niko«, flötete Franzi.

»Können wir reinkommen?« Svea hatte keine Lust, noch länger in dem zugigen, nach Kohl riechenden Hausflur zu stehen.

»Schatz, wer ist da?«, rief eine weibliche Stimme aus dem Hintergrund.

»Niemand!«, antwortete Hummel und legte die Hand an die Klinke.

Bevor er ihnen die Tür vor der Nase zuschlagen konnte, machte Svea einen Schritt nach vorn. »Kopetzki, Kriminalpolizei!« Sie zeigte ihm ihren Ausweis. »Und das ist meine Kollegin Frau Grüner.«

»Was woll'n Sie?« Hummel wiederholte die Frage, mit der er sie begrüßt hatte. Aber jetzt klang leichte Nervosität durch.

»Können wir uns setzen?«

Hummel führte sie durch den Flur, unterwegs klaubte er einen Kapuzenpulli von einer Kommode und schlüpfte hinein.

Im Wohnzimmer ließ er sich in die Mitte eines schlammfarbenen Ecksofas fallen und breitete die Arme aus. Der Fernseher gegenüber von ihm bedeckte die halbe Wand. In einer Glasvitrine erkannte Svea eine Bierglassammlung. Auf dem Boden daneben stand ein halb leerer Kasten Holsten.

Svea hockte sich auf die äußerste Kante des Fußteils. So weit wie möglich weg von Hummel, gleichzeitig konnte sie ihm besser ins Gesicht sehen, als wenn sie neben ihm sitzen würde. Franzi blieb stehen.

Sie setzte an, Hummel den Grund ihres Auftauchens mitzuteilen, da erschien seine Frau in der Tür. Über dem Jogginganzug trug sie eine Schürze. Auf den Kopf hatte sie ein Handtuch zum Turban gewickelt, feuchte blonde Haarsträhnen lugten darunter hervor.

»Schatz, das Essen steht auf dem Tisch.« Hummels Frau stockte.

»Setzen Sie sich gern auch«, lud Svea sie ein.

»Kevi, wer ist das?« Ein Blick, als wären die Besucherinnen Ratten, vor denen sie auf den nächsten Stuhl flüchten müsste.

»Komm her, Schatz, die sind von der Kripo.« Hummel klopfte auf das Polster neben sich. »Es geht um Niko.«

»Was haben wir mit dem zu tun?« Sie setzte sich.

»Nichts!« Er streichelte ihren Arm.

»Elvira Hummel?«, fragte Svea.

»Wer denn sonst?«

»Es tut mir leid, Ihnen sagen zu müssen, dass Niko Wilke tot ist.«

Keine Reaktion. Wortlos stierten Hummel und seine Frau in Richtung Fernseher. War sie zu direkt gewesen? Hatten ihre Worte den beiden einen Schock versetzt? Irritiert sah Svea zu Franzi.

»Ihr Halbbruder ist tot«, übernahm die Kollegin. »Wir haben heute Nachmittag seine Leiche gefunden und gehen davon aus, dass er vor ein paar Tagen getötet wurde.«

»Was?« Hummel sprang auf, als hätte Franzi ihm ein Messer in die Seite gestochen. »Ich brauch ein Bier. Du auch, Schatz?«

Er nahm zwei Flaschen aus dem Kasten und öffnete die eine mit der anderen. Die Gläser ließ er unangetastet in der Vitrine und setzte sich zurück aufs Sofa.

Seine Frau trank ihr Bier in einem Zug halb leer. »Wenn Sie glauben, dass uns das leidtut, muss ich Sie enttäuschen. Für uns ist Niko schon lange gestorben.«

»Bitte?« Hatte Svea sich verhört?

»Meine Frau meint«, Hummel räusperte sich, »dass wir seit Jahren keinen Kontakt zu Niko haben.«

»Weshalb?«

»Er«, Hummel stellte die Flasche vor sich auf den Boden und rieb sich mit beiden Händen den Nacken, »er hatte zu viele Probleme.«

Seine Frau stieß ein kehliges Lachen aus. »Probleme haben wir alle. Dein sauberer Bruder hat gedealt. Er hat geklaut. Er hat betrogen.« Sie zählte seine Vergehen an ihren lilafarbenen Glitzerfingernägeln ab. »Niko hat nicht ohne Grund im Knast gesessen.«

»Sei doch nicht so hart, Schatz!« Hummel versuchte den Arm um sie zu legen, sie schob ihn weg.

»Wenn es einer verdient hat, dann Niko«, legte sie nach.

Unter den Worten seiner Frau sank Hummel immer mehr in sich zusammen. Von dem Macho, der sie empfangen hatte, war wenig übrig.

»Auch wenn Sie ihn lange nicht gesehen haben, können Sie sich vorstellen, wer ihn getötet haben könnte?«, hakte Svea nach. »Hatte er Streit mit jemandem?«

»Mit uns«, sagte Hummels Frau. »Das ist nur Jahre her. Und ich würde mir an dem Kerl nicht die Finger schmutzig machen. Seinen aktuellen Umgang kennen wir nicht, und das ist gut so!«, bekräftigte sie.

»Worum ging es damals?«, fragte Svea.

»Ich hatte Geburtstag«, erklärte Hummels Frau. Sie war fünfundzwanzig geworden und hatte ein paar Leute eingeladen. Wilke war zu spät und schon komplett zugedröhnt vorbeigekommen, hatte im Flur eine Vase mit Rosen umgeschmissen und wollte ihren Mann zum Koksen animieren. Nachdem er ein paar Bier getrunken und vom Balkon gepinkelt hatte, hatte sie ihn rausgeschmissen. Danach war er ein letztes Mal da gewesen, um sich zu entschuldigen. Aber sie und ihr Mann hatten endgültig die Schnauze voll von ihm gehabt.

Hummel nickte nachdrücklich. »So war es. Leider.«

Svea bedankte sich und stand von der Sofakante auf. Sie hatte genug gehört. Mehr war aus den beiden im Moment nicht herauszubekommen. Das sagte ihr nicht nur ihr Instinkt, sondern auch Elvira Hummels Blick.

»Was gibt es eigentlich bei Ihnen zu essen?« Es musste längst angebrannt sein. Oder kalt.

»Ich habe Brote geschmiert.« Elvira Hummel löste ihren Turban und hängte sich das feuchte Handtuch um den Hals. »Und jetzt wirklich Hunger!« Sie stand auf.

»Falls Sie sich von Niko verbschieden möchten, können Sie nächste Woche in der Rechtsmedizin anrufen«, gab Svea ihr zum Abschied mit. Auch wenn sie nicht glaubte, dass einer von beiden Wilke noch mal sehen wollte.

»Nein danke.« Grußlos verließ Hummels Frau den Raum. Svea hörte eine Tür schlagen.

»Wir haben uns schon lange von ihm verabschiedet«, sagte Hummel, als er Svea und Franzi bis zum Aufzug brachte. Leise fügte er hinzu: »Entschuldigen Sie meine Frau. Sie hat ihre Art zu zeigen, dass Nikos Tod sie aufwühlt.«

»Was war das denn?«, fragte Franzi, nachdem sich die Aufzugtür hinter ihnen geschlossen hatte.

»Schrecklich!« Wenn Svea eine Todesnachricht überbrachte, war die verzweifelte Reaktion der Angehörigen oft schwer auszuhalten. Aber das war nichts gegen die sonderbare Kaltschnäuzigkeit von Kevin und Elvira Hummel. Sie schüttelte sich wie ein Hund, der aus verschmutztem Wasser kam. Aber so schnell ließ sich der Ekel nicht abstreifen.

»Glaubst du ihnen?«, hakte Franzi nach.

»Ich weiß nicht, schwer zu sagen.« Keiner von beiden hatte gefragt, wie Wilke gestorben oder wo er gefunden worden war. Aber nicht, weil sie es schon wussten. Dann hätten sie sich anders verhalten. Es schien sie wirklich nicht zu interessieren.

»Lass uns erst mal gucken, was Tamme in Wilkes Wohnung findet.« Svea trat aus dem Aufzug. Durch die gläserne Hauseingangstür konnte sie bis auf den Parkplatz sehen. Vor Tammes Wagen hatte sich ein Mitarbeiter des Ordnungsamtes aufgebaut und fotografierte das Nummernschild.

Mist! Sie hatte vergessen, die Parkscheibe aufs Armaturenbrett zu legen.

7

Vukovic hielt sich die Hand vor die Nase. So wie er das Gesicht verzog, half es nicht gegen den Gestank.

»Ob sie verhungert ist?« Tamme riss das Fenster auf. Es war viel zu warm im Zimmer.

»Glaube ich nicht.« Vukovic wies auf den Bettvorleger, wo ein Schälchen mit Trockenfutter stand. »Ich tippe, sie war krank.«

Tamme beugte sich über den mageren Katzenleichnam, der sich vor dem Nachtspeicherofen krümmte. Er zog Handschuhe an und fasste vorsichtig in das getigerte Fell.

Keine Verletzungsspuren. Keine Maden oder Würmer. Die Fäulnis hatte offenbar erst kürzlich eingesetzt.

»Wahrscheinlich hast du recht.« Er richtete sich wieder auf.

»Hier ist ein Computer.« Vukovic war an ein Kiefernholzregal getreten, zwischen zwei Ordnern klemmte ein Laptop.

»Da soll sich die KTU drum kümmern.« Nach einem ersten Blick in Küche, Bad und in das Zimmer, das sie jetzt genauer inspizierten, hatte Tamme ein Spurensicherungsteam angefordert. Bis die Kollegen kamen, sahen sie sich selbst noch ein bisschen um.

Vukovic wanderte weiter zu einer Kommode und öffnete die oberste Schublade, schob Socken und Unterhosen zur Seite.

»Was haben wir denn hier?« Er hielt Tamme einen Klarsichtbeutel mit einer Handvoll pinkfarbener Tabletten hin. »Hat das Tier davon genascht?«

Katzengesichter, Totenköpfe und Herzen.

»Ecstasy«, murmelte Tamme.

Vukovic zog die nächste Schublade auf. T-Shirts. Dazwischen ein Tütchen mit einem zimtfarbenen Pulver, zwei Tüten mit einer kristallinen weißen Substanz. Ganz unten lag ein in Frischhaltefolie gewickeltes Plättchen.

»Backzutaten sind das nicht.« Wilkes Kommode war ein Gemischtwarenladen für Drogen aller Art. Heroin, Kokain, Haschisch, MDMA. Fehlte nur Crack. Tamme hatte kürzlich eine Schulung zu den aktuell in Hamburg gebräuchlichen Drogen gemacht. Auch wenn Wilkes letzte Verurteilung wegen Drogenhandels Jahre zurücklag, hatte er offenbar immer noch gedealt. Oder schon wieder? Vielleicht hatte er seine eigene Sucht damit finanziert. Nach der Obduktion wussten sie mehr.

Tamme zog sein Handy hervor und rief im Präsidium an, um sich mit dem Rauschgiftdezernat verbinden zu lassen. Womöglich war Wilke ein guter Bekannter für die Kollegen vom LKA 6.

Aber er erreichte nur eine Schreibkraft. Feiertag. Im Moment war niemand am Platz, der Näheres wusste, man würde Tamme zurückrufen.

Vukovic und er gingen weiter in die Küche, den größten Raum der Wohnung.

In einer Ecke zwischen Herd und Vorratskammer lag eine Matratze auf dem Fliesenboden. Bevor sie die Katze entdeckt hatten, hatte Tamme unter dem zusammengeknüllten

Oberbett eine Leiche vermutet. Als er es mit gezückter Pistole zur Seite gezogen hatte, war da nur ein speckiges Kopfkissen gewesen.

Wer hatte hier gelegen? Außer Wilke war niemand in der Wohnung gemeldet. Aber warum sollte jemand, der ein Bett im Schlafzimmer hatte, auf dem Küchenboden schlafen?

Vukovic tippte mit dem Fuß gegen die Matratze. »Er ist bestimmt ausgezogen, weil die Katze so stinkt!«

Tamme schüttelte den Kopf. Zwar schien Wilkes Leichnam – zumindest nach dem, was Svea berichtet hatte – in einem ähnlichen Fäulnisstadium wie die Katze zu sein. Aber die Casper'sche Regel besagte, dass der Zersetzungsprozess an der Luft doppelt so schnell ging wie im Wasser. Das galt auch für tote Tiere.

»Ich denke, Wilke hat nicht alleine hier gewohnt.« Tamme hockte sich vor die Matratze, klaubte ein Haar von der Bettwäsche und hielt es gegen das Licht. Blond. Wilke war dunkelhaarig gewesen. Vielleicht war ein Junkie hier untergeschlüpft? Womöglich sogar der Mörder?

Beim Hochkommen bemerkte Tamme die grünlichen Brösel hinter der Matratze. Cannabisblätter? Er kniete sich hin und schnupperte. Es roch nach nichts. Hoffentlich kam die Spusi bald!

Als er durch die dünnen Wände hörte, wie jemand die Nachbarwohnung aufschloss, drückte er sich hoch und lief ins Treppenhaus.

Ein dunkelhaariger junger Mann trug einen Karton unterm Arm und wollte gerade in der Wohnung verschwinden.

»Haben Sie einen Moment Zeit?«

Der Mann schrak zusammen, der Karton kippte zur Seite, eine Chipsdose rollte auf Tamme zu.

»Ich wollte Sie nicht erschrecken!« Tamme entschuldigte sich und hob die Chips auf. »Claußen, Kripo. Ich habe ein paar Fragen zu Ihrem Nachbarn Niko Wilke.«

Der Mann guckte ihn an, murmelte etwas Unverständliches und schüttelte den Kopf.

»Odakle dolaziš?« Vukovic war plötzlich neben Tamme aufgetaucht.

Der junge Mann nickte und antwortete etwas.

»Er ist aus Bosnien«, erklärte Vukovic.

»Ach so. Frag ihn, ob er Wilke kennt«, bat Tamme. »Weiß er etwas über einen Mitbewohner?«

Vukovic übersetzte Tammes Fragen ins Bosnische, der Mann antwortete, und Vukovic übersetzte zurück.

»In den letzten Wochen hat er öfter einen blonden Jungen bei Wilke gesehen.«

»Wie alt?«

»Fünfzehn, achtzehn?«

»Frag ihn, wann er Wilke zuletzt gesehen hat.«

»Montag, nein, Sonntag. Sonntag!«

»Und den Jungen?«

»Er erinnert sich nicht genau.«

Tamme fiel die zuschlagende Haustür ein. Plötzlich bereute er den Abstecher zu Uschi's Imbiss. Was, wenn das der Junge gewesen war? Womöglich hatte er die geöffnete Wohnungstür bemerkt, sofort kehrtgemacht und sich wieder aus dem Haus geschlichen. Aber dann schüttelte er den Gedanken ab. Das konnte genauso gut jemand anders gewesen sein.

In jedem Fall sollte der Mann ihnen eine genaue Beschreibung des Jungen geben. »Sag ihm, dass wir ihn vielleicht am Montag wegen eines Phantombilds brauchen.«

»Da hat er den ganzen Tag einen Vorbereitungskurs. Er studiert an der TU Harburg, irgendwas mit Engineering.«

Also konnte er Englisch! Warum hatte er das nicht gleich gesagt!

»*You speak English?*«, wandte Tamme sich an den Mann.

»*Sure.*« Er zeigte auf Wilkes Wohnung. »*What happened?*«

»*Out of …*« Tamme stockte. Was hieß ›aus ermittlungstaktischen Gründen‹ auf Englisch? »Vielleicht machst doch du hier weiter«, bat er Vukovic. Und er versuchte es ein Stockwerk höher bei den nächsten Nachbarn.

Auf halbem Weg nach oben hielt Tamme inne. Durchs Treppenhausfenster erkannte er den Transporter der Spurensicherung, im Schritttempo fuhren die Kollegen vorbei, offenbar auf der Suche nach einem Parkplatz. Auf der gegenüberliegenden Straßenseite stiegen Svea und Franzi aus seinem Toyota.

8

Svea hielt einer Frau mit Kinderwagen die Hauseingangstür auf, dann eilte sie hinter Franzi nach oben. Tamme erwartete sie auf dem Treppenabsatz. Neben ihm redete Vukovic mit einem jungen Mann. War das Bosnisch oder Serbisch?

»*Dobro veče*«, versuchte sie.

»*Zdravo!*«, antwortete der Mann lächelnd – Hallo! –, den Rest verstand Svea nicht. Ihre Sprachkenntnisse beschränkten sich auf Grußformeln, die ihre Mutter früher in Dortmund mit den Nachbarn ausgetauscht hatte.

Offenbar hatte er sich nur wortreich verabschiedet. Bevor ihr einfiel, was »Tschüs« hieß, war der Mann schon hinter seiner Wohnungstür verschwunden.

»Ich gehe auch.« Vukovic hatte Feierabend. Morgen früh ab acht war er wieder im Dienst. Sobald er oder seine Kollegin Lena mit den Listen weitergekommen waren, meldeten sie sich.

»Ist das Wilkes Wohnung?« Bevor Svea die angelehnte Tür aufstoßen konnte, hielt Tamme sie am Arm zurück.

»Warte lieber auf die Spurensicherung und lass dir eine Maske geben.«

Während Tamme ihr die tote Katze beschrieb, traf die Spurensicherung ein. Sie trugen bereits ihre Schutzkleidung, im Flur gab es eine Runde Schuhüberzieher für alle und eine Maske für Svea.

Die Kollegen machten sich zuerst über das Schlafzimmer her, untersuchten die Katze und die Kommode, Tamme zeigte Svea und Franzi die Matratze und gab weiter, was der Nachbar über den Jungen erzählt hatte. Unter ihnen schrie ein Baby, wahrscheinlich das aus dem Kinderwagen.

»Ganz schön hellhörig hier.« Genau so mussten die Nachbarn die Geräusche aus Wilkes Wohnung mitbekommen haben. »Habt ihr sie schon befragt?«

»Nur den von gegenüber.«

»Dann kümmern Franzi und ich uns jetzt darum.« Sie war froh, aus der Wohnung herauszukommen, die Maske half nicht wirklich gegen den Leichengeruch.

Sie teilten sich auf, Franzi ging nach oben, Svea in die erste Etage.

»Meist war es ruhig.« Die Nachbarin flüsterte. Sie stand mit Svea am Küchenfenster und hielt das Baby auf dem Arm, um es in den Schlaf zu wiegen.

Wilke hatte nicht oft Besuch, erfuhr Svea. Möglich, dass mal ein blonder Junge da gewesen war, aber das konnte sie nicht beschwören. Der Einzige, an den sie sich sicher erinnerte, war Wilkes Onkel, Manni hieß er. Er besaß einen Kiosk auf der Veddel, in dem Wilke öfter aushalf und sie manchmal einkaufte, wenn der Supermarkt geschlossen hatte.

»Eingeschlafen, endlich!« Sie hörte auf, das Baby zu wiegen und legte es in eine Babyschale.

Kaum hatte sie es zugedeckt, polterte es über ihnen, als wäre etwas umgefallen. Prompt fing das Baby an zu schreien. Die Frau nahm es wieder auf und wiegte es hin und her, zum Glück ließ es sich schnell beruhigen.

Anders als vor ein paar Tagen. Da war zu dem Gepolter noch Geschrei gekommen, Wilkes Stimme war eindeutig herauszuhören gewesen. Die Frau hatte genauso wie jetzt am Fenster gestanden, das Baby im Arm. Kurz nachdem es endlich still war, hatte sie den Onkel aus dem Haus rennen sehen. Die Küchenuhr hatte zwanzig nach drei angezeigt.

»An welchem Tag?«

»Mittwoch ... nein, Dienstag. Ich bin nachher beim Kinderarzt gewesen.«

»Haben Sie auch Schüsse gehört?«

Die Frau verneinte irritiert. Svea war gespannt, ob die Spurensicherung trotzdem Hinweise auf eine Schießerei in der Wohnung fand. Eins schien jedenfalls klar: Dienstagnachmittag hatte Wilke noch gelebt.

Und sie mussten schnellstens mit seinem Onkel sprechen.

9

Svea hatte eine kleine Bude erwartet wie im Ruhrgebiet, Bonbondosen hinter der Scheibe, in der Mitte eine Luke für den Verkäufer. Aber Manni's Kiosk zog sich über das gesamte Erdgeschoss eines Wohnhauses. Ein richtiger Supermarkt. Neben dem Eingang waren Kisten mit Obst und Gemüse aufgebaut. Äpfel und Auberginen, Bananen und Weintrauben schimmerten im letzten Sonnenlicht. Ein älterer Mann in HSV-Trikot und Schürze schabte mit einem Besen über den Bürgersteig.

Manni?

Svea stellte Franzi und sich vor. »Es geht um Niko Wilke.«

»Manfred Bodendieck. Ich bin sein Patenonkel.« Er fegte einen Schwung Straßenstaub in den Rinnstein. »Ist alles in Ordnung mit ihm?«

»Leider nicht.«

Er hielt kurz inne und stützte sich auf den Besenstiel.

»Können wir reingehen und uns setzen?«, fragte Svea.

»Muss das sein?« Sein Mitarbeiter hatte Feierabend, er wollte die Auslage nicht allein lassen. »Sie können's mir auch hier sagen.« Er fegte weiter.

Noch jemand, der sich nicht um Wilke scherte! Kevin Hummel und seine Frau hatten Svea schon gereicht.

»Ihr Patensohn ist tot!«

Bodendieck schrie auf und ließ den Besen fallen. Franzi trat vor, um ihn zu stützen. Dann flossen die Tränen.

Svea bat die Kollegin, etwas zu trinken aus dem Laden zu holen. Neben der Bananenkiste stand ein Hocker, den sie für Bodendieck heranzog. Sie reichte ihm ein Taschentuch. Geräuschvoll putzte er sich die Nase.

»Ich war Dienstag noch bei ihm, da ging es ihm gut.« Seine Aussage bestätigte die Zeitangabe der Nachbarin.

»Hat er sich anders als sonst benommen?«

Kopfschütteln. »Er war wie immer.«

»Das heißt?«

Bodendieck griff nach der Wasserflasche, die Franzi ihm reichte. Er trank gierig, als ließe sich so die Todesnachricht wegspülen.

»Niko ist ein lieber Kerl, aber nicht immer einfach. Wenn der Kiosk um sieben aufmacht, kann man nicht erst um acht kommen. Zuletzt kam er öfter zu spät, Dienstag hatte er ganz verschlafen. Deshalb bin ich nachmittags bei ihm vorbei und hab mit ihm geredet.«

Geredet – oder gestritten?

»Jemand hat Schreie und Gepolter aus der Wohnung gehört«, informierte sie ihn. »Noch warten wir auf das Obduktionsergebnis. Aber wenn es zu Handgreiflichkeiten gekommen ist, sollten Sie uns das jetzt sagen. Zu Ihrem eigenen Besten.«

»Sie glauben doch nicht …« Bodendieck fixierte die Bananen in der Kiste, als könnten sie ihm die Antwort auf Sveas Fragen verraten. Schließlich blickte er auf und gab zu, dass Niko und er sich angeschrien und Niko einen Stuhl umgestoßen hatte. »Aus Versehen, nicht aus Wut«, schob er hinterher.

»War er manchmal depressiv?« Auch wenn sie nach dem Anruf aus der Rechtsmedizin immer weniger an Suizid glaubte, musste sie diesen Punkt trotzdem ansprechen.

»Niko?« Sein irritierter Ton war Antwort genug.

Weiter: »Hat er allein gewohnt?«

Nicken.

»Und für wen war die Matratze in der Küche?« Sonderbar, dass Bodendieck den Jungen nicht kannte. Von den drei Nachbarn, die Franzi angetroffen hatte, hatte nur einer nichts von ihm gewusst. Die beiden anderen hatten ihn ab und zu im Treppenhaus getroffen, meinten, mit seinem verfilzten Haar habe er ausgesehen, als hätte Wilke ihn auf der Straße aufgelesen.

»Die Matratze?« Bodendieck wiederholte Sveas Frage. Zwischen den sattgelben Bananen hatte er eine schwarz gemaserte Frucht entdeckt und zog sie heraus. »Ich glaube, Niko ist öfter umgezogen in die Küche, wenn unter seinem Schlafzimmer das Baby geschrien hat.«

»Hat er irgendwelche Drogen konsumiert?«

»Niko hat seine Strafe verbüßt und wollte nichts mehr damit zu tun haben.« Er fasste die Banane am Stiel und zielte auf eine Kiste mit Abfällen. Sie landete zwischen matschigen Kiwis und fauligen Äpfeln, dabei platzte die Schale auf.

»Haben Sie Niko nach Dienstag noch mal gesehen oder gesprochen?«, hakte Svea nach.

»Nein, er hat gesagt, dass er Mittwoch pünktlich um sieben hier vorbeikommt.« Er stockte. »Darauf habe ich mich verlassen. Bei all seinen Fehlern ist Niko jemand, der Wort hält.« Er sprach, als würde Wilke noch leben, und Svea korrigierte ihn nicht. Bodendieck tat ihr leid. Anders als Kevin Hummel schien er Wilke wirklich gemocht zu haben.

»Eine Frage noch: Kennen Sie seinen Halbbruder?«

»Ja sicher. An Nikos Geburtstag ist Kevin hier im Laden vorbeigekommen.« Er kramte sein Handy aus der Hosentasche und scrollte durch die Fotos.

»Hier!« Er hielt Franzi und ihr das Display hin.

Svea fluchte.

Wilke und sein Halbbruder. Arm in Arm. Am 12. August um 18:11 Uhr. Von wegen, seit Jahren nicht mehr gesehen! Kevin Hummel hatte sie angelogen. Fragte sich nur, warum. Das Klingeln ihres Telefons unterbrach die Gedanken.

Tamme.

Sie hatten vereinbart, dass er Bescheid sagte, wenn die Spurensicherung noch mehr in der Wohnung gefunden hatte.

»Bis jetzt nicht«, meinte er. Aber deshalb rief er nicht an.

»Seid ihr fertig und könnt mich abholen?« Eine Kollegin vom Rauschgiftdezernat hatte sich bei ihm gemeldet. Sie war im Hafen unterwegs und musste gleich beim Zoll vorbei, wenn sie wollten, könnten sie sich dort mit ihr treffen.

Wollten sie. So lange die Spur noch heiß war, galt es keine Zeit zu verlieren.

Svea stellte Bodendieck die letzten Routinefragen und notierte sich neben seiner auch Wilkes Handynummer, um von der KTU die Verbindungsdaten analysieren zu lassen. Das Telefon, das sie heute Nachmittag zusammen mit dem Leichnam aus dem Wasser gezogen hatten, hatte nicht so ausgesehen, als könnten sie es gebrauchen.

Im Kiosk kaufte sie drei Brötchen, in Scheiben geschnittenen Gouda und eine Flasche Apfelschorle. Auf dem Weg zum Auto schickte sie Alex eine SMS. Besser, er wartete nicht auf sie und aß allein zu Abend.

Auch wenn sie sich den Weg ins Präsidium sparte, versprach der Tag noch lang zu werden.

10

Die Ermittlungsgruppe Hafen des Zollfahndungsamts war am Togokai untergebracht. Das Bürohaus sah so unauffällig wie sanierungsbedürftig aus, vor dem Zugang zum einzigen Aufzug klebte rot-weißes Flatterband. Svea, Tamme und Franzi nahmen die Treppe in die vierte Etage.

Meral Girik, die Kollegin vom Rauschgiftdezernat, erwartete sie am Treppenabsatz. Sie begrüßte alle mit Handschlag und ging voran durch einen verwinkelten Flur zum Besprechungsraum. Vier Stühle um einen niedrigen Tisch, dahinter eine Fensterfront. Gerade war die Sonne untergegangen, am dunkelblauen Horizont wand sich die Köhlbrandbrücke als funkelndes Band. Gefühlt war es Tage her, dass Svea darübergelaufen war, auch wenn nach dem Treppensprint die Muskeln in ihrer rechten Wade zwickten. Ihr Fuß war zum Glück wieder okay.

»Setzt euch!« Girik nahm einen leeren, fettfleckigen Pizzakarton vom Tisch, stopfte ihn in den Mülleimer und wischte mit dem Ärmel die Krümel zur Seite.

Svea dachte an die Brötchen und den Käse in ihrem Rucksack. Aber bevor sie Girik um ein Messer bat, wollte sie hören, was die Kollegin zu Wilke zu sagen hatte.

»Tamme hat mich über euren Leichenfund informiert«, begann Girik. Zwar hatte sie Wilke nicht gekannt; als man ihn damals verurteilt hatte, war sie noch nicht in der Abteilung gewesen. Aber sie hatte Tammes Angaben in ihrer Datenbank gegengecheckt und bei einem Kollegen nachgehakt. Aktuell hatten sie Wilke nicht wegen Drogenhandels im Visier. »Wegen des Einbruchs letzten Monat können euch möglicherweise die Kollegen von der Soko Castle weiterhelfen. Soweit ich weiß, hatte es nichts unmittelbar mit Drogen zu tun, auch wenn es sich natürlich um Beschaffungskriminalität handeln kann.«

»Vielleicht hatte Wilke auch gar nichts damit zu tun«, warf Franzi ein. »Immerhin ist er freigelassen worden.«

»Aus Mangel an Beweisen«, entgegnete Tamme. Vom Dealen zum Einbruch war es nicht weit.

Svea fasste unter den Tisch, um ihre Wade zu massieren. Warum musste sie schon wieder an Yunan denken?

Girik räusperte sich. »Ich habe die alte Fallakte abgerufen.«

»Und?« Tamme tippte mit dem Zeigefinger auf den Tisch. Als wäre dort ein Knopf, der sein Gegenüber schneller reden ließ. Offenbar hatte er es eilig, nach Hause zu kommen. Schließlich war Samstagabend, und Imke wartete wieder auf ihn.

»Nichts Auffälliges.« Girik ließ sich nicht aus der Ruhe bringen. »Er hat seine Strafe bis zum Schluss abgesessen und niemanden verpfiffen.«

»Also kein Rachemotiv, das uns zu unserem Täter führen könnte?«, meinte Franzi.

»In dem speziellen Fall nicht. Aber generell muss das nichts heißen.« Girik lehnte sich in ihrem Stuhl zurück. »Die diversen Drogen, die er in seiner Wohnung gelagert hat, sprechen für mehr als Eigenbedarf. Vielleicht hat er gegenüber seinen Lieferanten nicht ordentlich abgerechnet. Oder er wollte künftig größer mitmischen und in den Rauschgiftschmuggel einsteigen. Der Markt ist im Moment ziemlich in Bewegung.« Sie kam wieder nach vorn und stützte die Hände auf die Oberschenkel. »Dazu wendet ihr euch am besten an die Kollegen von der GER.«

»Hast du einen bestimmten Kontakt?«, hakte Svea nach. Zur Gemeinsamen Ermittlungsgruppe Rauschgift aus Polizei und Zoll gehörten über zwanzig Kollegen.

Während Girik überlegte, wer am ehesten infrage kam, klingelte Sveas Handy.

Die KTU. Sie waren in der Rechtsmedizin gewesen.

»Über die Tätowierung weißt du ja schon Bescheid.« Der Unterton des Kollegen machte klar, was er davon hielt, dass die Ärztin sich zuerst an Svea gewandt hatte. »Ich habe vorhin die Fingerabdrücke genommen und mit denen in der Datenbank abgeglichen. Der Tote ist Wilke«, bestätigte er.

»Habt ihr schon die Projektile?«

»Noch nicht. Morgen Vormittag, denke ich. Aber versprechen kann ich nichts. Wir müssen auf die Obduktion warten, die Kollegen haben zu viel auf dem Tisch.«

Mist! Zwar ging Svea seit dem Anruf aus der Rechtsmedizin davon aus, dass ein Tötungsdelikt vorlag. Aber so lange man nichts Abschließendes über etwaige Schmauchspuren und den Einschusswinkel wusste, war Suizid theoretisch immer noch möglich. Das durfte sie nicht ignorieren! Ein Fehler gleich bei ihrem ersten Fall nach der Suspendierung wäre ein fatales Zeichen.

»Ach ja«, schob der Kollege hinterher. »Die Schmutzspuren an den Händen sind übrigens keine Schussrückstände.«

Sag das doch gleich! Sie stieß die Luft aus und bedankte sich. Immerhin eine Sache hatten sie jetzt geklärt.

Als sie das Telefon zurück in ihren Rucksack steckte, streiften ihre Finger die Brötchentüte.

»Gibt es hier ein Messer?« Sie bemerkte Giriks irritierten Blick und schob hinterher: »Für ein Brötchen.«

»Keine Ahnung. Ich habe meine Pizza mit den Fingern gegessen. Aber guck mal in der Teeküche nach, direkt gegenüber.«

Als Svea die Tür des Besprechungsraums öffnete, zuckte sie zurück. Beinahe wäre sie mit einem grauhaarigen Mann zusammengeprallt. Er schien genauso erschrocken wie sie. Mit seinem zerfurchten Gesicht und dem Seemannspulli könnte er als Kapitän aus dem Bilderbuch durchgehen, wäre da nicht seine fahle Gesichtsfarbe.

»Entschuldigung«, stammelte er. »Ich habe meine Tasche irgendwo vergessen. Ein Seesack, hellgrau, oben mit einem Tampen zusammengehalten.«

»Tampen?«, fragte Svea.

»Hier lag keine Tasche«, sagte Girik.

Als der Mann sich abwandte, rief sie. »Bo, hast du einen Moment Zeit?« An Svea gerichtet, erklärte sie: »Bo Hansen ist bei der GER.«

Ein Zollfahnder. Schätzungsweise hockte er zu viel im Büro, daher die Blässe.

Er zögerte. »Eigentlich muss ich weiter.« Er müsse sich um eine anstehende Heroinlieferung kümmern, von der sie Wind bekommen hatten. »Worum geht's denn?« Er machte einen Schritt in den Raum.

Während Girik ihm den aktuell bekannten Sachverhalt

schilderte, bemerkte Svea das Leuchten in seinen Augen. Eins blau, das andere braun. Angeboren oder eine Verletzung?

»Ich kenne ihn«, sagte er, nachdem Girik geendet hatte. Das Fahle, Blasse war aus seinem Gesicht verschwunden. Oder lag das nur am zusätzlichen Licht, das Girik eingeschaltet hatte?

Hansen lehnte sich an die Fensterbank. Wilke war für ihn ein alter Bekannter aus seiner Zeit vor der GER, erzählte er. »Wohnt er noch an der Harburger Chaussee?«

Wohnte. Svea nickte.

Als es noch den Freihafen gab, fuhr Hansen fort, hatte Wilke den Zaun direkt vor der Nase gehabt. Eine Einladung zum Schmuggeln, zumindest für jemanden wie ihn. »Zigaretten, Markenkleidung, Elektrogeräte«, zählte er mögliche Schmuggelware auf. Aber Wilke war nicht dumm gewesen, räumte er ein. Die Fahnder hatten ihn oft beobachtet und nie erwischt.

»Aber später beim Dealen schon«, mischte Tamme sich ein. »Was ist mit Rauschgiftschmuggel?«

Hansen nickte nachdenklich. Konkret hatte die GER Wilke bis jetzt nicht im Visier gehabt. »Aber besonders der Markt für Heroin verändert sich gerade. Gut möglich, dass er da mitmischen wollte und jemandem im Hafen in die Quere gekommen ist.«

Heroin? Svea stutzte. Kam das nicht über den Landweg per Balkanroute? »Wird im Hafen nicht vor allem Kokain eingeschmuggelt?«, hakte sie nach. Erst kürzlich waren in einem Container zwischen Bananenkartons über siebenhundert Kilo gefunden worden.

»Auch die Schmuggelrouten müssen sich an die Flüchtlingsströme anpassen, um Kontrollen zu entgehen. Deshalb läuft weniger über die Balkanroute und mehr über die Häfen. Teilweise kommt das Heroin sogar mit Umweg über Afrika.« Hansen rieb sich das Gesicht, als könnte er so die Furchen glätten.

Er zog eine Kette aus der Hosentasche. Am Ende baumelte eine Uhr. »Jetzt muss ich wirklich los.« Er stieß sich von der Fensterbank ab. »Wenn ihr noch mehr Infos braucht oder Lust auf eine kleine Hafenrundfahrt habt, meldet euch. Genauso wenn ihr Neuigkeiten zu Wilke habt. Der Mann könnte interessant sein für uns. Wenn nötig, kann ich mich bei der GER auch stundenweise abordnen lassen.«

In der Tür drehte er sich noch mal um. »Falls meine Tasche hier auftaucht …« Er sah Svea an: »Ein Tampen ist ein gedrehtes Seil.«

Diese Augen! Ehe sie reagieren konnte, war er verschwunden.

»Bo wohnt auf einem Hausboot«, erklärte Girik. »Wenn einer im Hafen durchblickt, dann er. Er kennt die Drogenverstecke und weiß, wo sich die Leute zur Übergabe der Ware treffen. Vielleicht gibt das Hinweise auf euren Tatort. Selbst wenn unsere Kundschaft sich ständig neue Schmuggelwege überlegt, sind die Möglichkeiten im Hafen trotzdem endlich.«

Sie stand auf. »Ich muss auch los, meine Frau wartet.« Die Besprechung war beendet.

»Wir können den Rest unterwegs besprechen«, entschied Svea. Sie wusste immer noch nicht, mit welcher Zeit Alex heute Nachmittag ins Ziel eingelaufen war. Wenn Tamme sie am Hauptbahnhof rausließ, wäre sie in einer Dreiviertelstunde zu Hause. Hoffentlich hatte Alex dann noch Lust vorbeizukommen.

»Ich kann dich auch nach Hause bringen«, bot Tamme an, als sie sich neben ihn auf den Beifahrersitz setzte.

»Gerne, danke!« Sie schnallte sich an. »Tut mir leid, dass ich dir den Abend versaut habe.«

Er guckte verständnislos.

»Hattest du nichts vor mit Imke?« Heute Abend hätte man das letzte Mal draußen sitzen können dieses Jahr. Früher hatte Tamme oft geschwärmt von seinen Familienabenden im Garten. Gleichzeitig hatte Imke oft Stress gemacht, wenn wegen eines plötzlichen Leichenfunds ebendiese Abende geplatzt waren.

»Ach, kein Problem.« Er gab Gas und fuhr los. »An irgendwen hat Hansen mich erinnert.« Er setzte den Blinker, um in den Veddeler Damm zu biegen.

»Habt ihr seine Augen gesehen?«, fragte Franzi von der Rückbank. »Wie dieser Sänger. Wie heißt er noch mal?«

»Stimmt!« Tamme griff zum Handschuhfach und suchte eine CD heraus.

Zu »Ground Control to Major Tom« fuhren sie über die Köhlbrandbrücke. Leise sang Tamme mit:

»Far above the moon
Planet Earth is blue
And there's nothing I can do.«

»David Bowie«, gab Franzi sich selbst die Antwort.

Svea lehnte den Kopf gegen die Scheibe. Ihr Ex Yunan hatte auch zwei verschiedene Augen. Braun und schwarz. Anders als bei Bowie und Hansen bemerkte man es erst, wenn man ganz nah an ihn heranging.

Als Bowie zu Ende gesungen hatte und Tamme auf die Autobahn fuhr, setzte sie sich wieder aufrecht hin. »Wenn die Kollegen von der WS nichts finden und niemand etwas an der Schleuse gesehen hat, sollten wir auf Hansens Angebot zurückkommen.«

Und sonst vielleicht auch.

11

Als Tamme in Farmsen-Berne aus dem Auto stieg, umfing ihn die Dunkelheit wie eine schwarze Decke. Er gähnte, verriegelte die Türen und streckte sich. Wolken hatten sich vor den Mond geschoben, die nächste Straßenlaterne – gestern hatte sie noch geflackert – war erloschen. Blind tappte Tamme durch den Vorgarten, blieb mit der Schuhspitze an einer hochstehenden Platte hängen, taumelte und fing sich wieder. Nicht mal die Lampe neben der Haustür brannte, Imke hatte offenbar vergessen, sie einzuschalten. Oder die Birne war ebenfalls durchgebrannt.

Er kratzte mit dem Schlüssel über das Holz der Tür, bis er an das Langschild stieß, stochernd suchte er das Loch im Schließzylinder und schloss auf. Imkes Schlüsselbund steckte von innen und drehte sich klimpernd mit.

Hoffentlich hatte er niemanden aufgeweckt. Es war nach Mitternacht.

Nachdem er Svea am Osdorfer Born und Franzi in Barmbek abgesetzt hatte, war er einen Schlenker durch den Stadtpark gefahren. Kein Problem, hatte er zu Svea gesagt, als sie sich für die späte Besprechung entschuldigt hatte. Und es genauso gemeint. Es hatte ihm nichts ausgemacht, den ganzen Abend unterwegs zu sein und zu arbeiten, obwohl Imke zu Hause auf ihn wartete. Er konnte sich gut an die Zeiten erinnern, als er seine Wochenenddienste gehasst hatte; nicht mal ein Jahr war das her. Aber da war seine Ehe auch kein hastig zusammengeklebter Scherbenhaufen gewesen, an dem er sich schnitt, wenn er nicht aufpasste.

Er knipste das Lämpchen auf der Flurkommode an, zog die Schuhe aus und schlich auf Socken in die Küche. Seit dem Besuch in Uschi's Imbiss hatte er nichts mehr gegessen. Hoffentlich hatte Imke ihre Maschine angeschmissen und ihm einen Rest in den Kühlschrank gestellt.

Zwischen Joghurtbechern, einem Glas mit eingelegten Kapern und der Dose Pupsschleim, die Marit von einer Freundin geschenkt bekommen hatte, entdeckte er eine Plastikschüssel. Er hob den Deckel, steckte den Finger in den bleichen Matsch und probierte. Porridge, Risotto? Egal. Er stellte die Schüssel in die Mikrowelle und machte sich ein Bier auf. Schließlich war Samstagabend. Bevor er zu Imke ins Bett kroch, wollte er kurz runterkommen.

Während er dem Surren der Mikrowelle lauschte und an seinem Bier nippte, bemerkte er das gerahmte Foto an der Wand neben dem Tisch. Heute Morgen beim Frühstück hatte es noch nicht dort gehangen.

Kurz nachdem Imke zurückgekommen war, hatten sie mit den Kindern einen Ausflug an die Ostsee gemacht. Tamme war kaum in der Strandmuschel eingenickt, da hatte Imke ihn schon wieder geweckt. Man musste es ausnutzen, dass die Farben so schön waren und die Wellen noch schöner. Wellen, an der Ostsee! Er musste sich neben Imke stellen, im Rücken die Badewanne von Meer, vor sich die Kinder, und dann hatten sie sich auf Kommando umarmt. Ein Spaziergänger, dem Imke ihr Handy aufgedrängt hatte, hatte sie dabei fotografiert. Das Bild war für Tammes Eltern gedacht gewesen, der Beweis, dass sie wieder eine glückliche Familie waren. Offenbar hatte Imke auch einen Abzug für sich machen lassen.

Er seufzte. Früher hatte es keine gestellten Umarmungen gebraucht. Egal wo er war, hatte ein unsichtbares Band ihn und seine Familie umschlungen. Eins, das ewig hielt, hatte er geglaubt. Bis Imke es vor einem halben Jahr erst zerrissen und dann weggeschmissen hatte. Mitte August hatte sie das Band unvermittelt wieder hervorgezaubert, zusammengeknotet und auf den Knoten eine dicke rote Schleife aus Küssen, Liebeserklärungen und kleinen Geschenken gesetzt. Zuletzt die Kaninchen. Für Imke und die Kinder schien das zu funktionieren, Marit hatte ihm erst gestern Abend beim Ins-Bett-Bringen ins Ohr geflüstert, wie froh sie war, dass sie wieder eine Familie waren. Waren sie das? Manchmal fühlte Tamme sich, als hätte Imke vergessen, ihn miteinzuwickeln. Oder hatte er sich selbst aus dem Band hervorgewunden? Monatelang hatte er versucht, die Trennung zu verarbeiten. Geflucht, geweint, gelitten. Als er endlich genug getrauert und zum ersten Mal nach vorn geblickt hatte, in eine Zukunft ohne Imke, hatte sie wieder vor der Tür gestanden. Er hatte sich überrumpelt gefühlt, aber um der Kinder willen sofort zugestimmt, dass sie zurückkam. Ein Fehler? Hätte er sich mehr Zeit lassen sollen?

Das Ping der Mikrowelle unterbrach seine Gedanken. Er stellte das Bier ab, nahm sich einen Löffel aus der Schublade und aß direkt aus der Schüssel. Was auch immer das für ein Brei war, er schmeckte zwar nicht so lecker wie das Schnitzel mit Bratkartoffeln bei Uschi, aber er legte sich sanft und warm in seinen Magen.

»Da bist du ja endlich!«

Er fuhr herum. Imke stand in der Küchentür. War sie nackt unter dem Morgenmantel?

»Willst du nicht langsam ins Bett kommen?«

»Gleich, ich esse nur noch auf.« Er streckte ihr die Schüssel entgegen. »Schmeckt gut.«

Imke erstarrte. »Das war für die Kaninchen.«

12

Was für ein Tag! Der Leichenfund hatte Svea von null auf hundertfünfzig in den Job katapultiert. Statt schrittweise einzusteigen, musste sie gleich durchstarten. Sie sah den Rücklichtern von Tammes Toyota hinterher, wie sie kleiner wurden und in der Nacht verschwanden.

Höchste Zeit, Alex anzurufen. Sie griff nach ihrem Rucksack, um das Handy herauszuholen. In dem Moment klingelte es.

Gedankenübertragung.

Sie zerrte es hervor und tippte auf das grüne Hörersymbol. »Ich wollte mich auch gerade melden.«

»Svea?«

Sie stockte. Das war nicht Alex. Sie nahm das Telefon vom Ohr und guckte aufs Display. Unterdrückte Nummer. Wie heute Nachmittag.

»Svea!« Die Stimme klang drängender. »Ich hab auf dich gewartet.«

Sie brauchte einen Moment, um den Tonfall einzuordnen. Nicht gewartet, gewattet. Ruhrgebietsdeutsch.

»Yunan?« Ihre Stimme zitterte. Woher hatte ihr Ex ihre Nummer?

Keine Antwort. Aufgelegt.

Dafür löste sich eine dunkle Gestalt aus dem Schatten der Bäume, die den Weg zum Haus flankierten. Eine Falle, durchzuckte es sie. Außer ihrem Schlüssel hatte sie keine Waffe dabei. Doch als das Licht der Laterne ein Gesicht streifte, erkannte sie, dass es tatsächlich Yunan war.

Als sie ihn vor über zwei Jahren das letzte Mal gesehen hatte, waren seine Wangen eingefallen gewesen, pickelig, der Körper ausgezehrt vom Drogenkonsum. Jetzt sah er besser aus, wieder mehr wie der Yunan, in den sie sich damals verliebt hatte. Trotzdem sollte er ihr nicht mitten in der Nacht vor ihrem Haus auflauern!

Was wollte er von ihr? Sich rächen, weil sie das Video von seinem Apothekeneinbruch, das sie erst unterschlagen hatte, Ende August doch noch den Behörden präsentiert hatte? Sie hatte nicht mehr länger mit der Schuld leben wollen und sich selbst angezeigt. Und damit auch ihn ausgeliefert.

Aber er würde ihr wohl kaum hier vorm Haus etwas antun. Ein Schrei, und Hunderte Fenster öffneten sich – hoffte sie zumindest. Als er näher kam, erkannte sie den angespannten Zug um seinen Mund. Die geweiteten Augen.

»Ich brauche deine Hilfe.« Seine Stimme war ein Flüstern.

»Worum geht's?«

»Können wir hochgehen?«

Was wurde das hier? Woher hatte er überhaupt ihre Adresse? »Nein!« Sie sah sich nach einem Fluchtweg um.

Er fuhr zusammen wie ein getretener Hund. »Entschuldige, ich wollte dich nicht erschrecken.«

Hatte er aber. Sie erinnerte sich an den verzweifelten Anruf seiner Schwester Ende August. Emine hatte Angst um Yunan gehabt, befürchtet, dass er wieder an der Nadel hing. Er selbst hatte offensichtlich auch Angst.

»Nimmst du wieder Heroin?« Es gab keinen Grund, drum herumzureden.

»Nein!« Jetzt klang er empört.

Als ein Auto im Schritttempo vorbeifuhr, duckte er sich, zog die Kapuze seines Pullovers tief ins Gesicht. »Bitte lass mich rein. Ich erklär dir alles.«

Erst mal sollte er ihr erklären, wer ihm ihre Adresse verraten hatte.

Niemand. Ihre Handynummer hatte er sich heimlich aus Emines Handy besorgt. Ihre Adresse in Hamburg hatte er nicht gewusst. Aber Emine hatte den Affenfelsen erwähnt, das markante Hochhaus, in das sie im Frühjahr gezogen war. Svea verfluchte, dass sie Emine den Spitznamen verraten hatte.

»In der 92 wohnt auch ein Kopetzky, allerdings mit Ypsilon.« Yunan hatte die Klingelbretter an allen acht Hauseingängen abgesucht.

»Was willst du von mir?«

»Nicht, was du denkst. Nur mit dir reden.« Er kam wieder hoch und lächelte. »Ich bin dankbar für das, was du für mich getan hast. Auch wenn es sich lange nicht so angefühlt hat.«

Dankbar? Log er sie an? Aber wenn er eins immer gewesen war, dann ehrlich. Manchmal zu sehr. Verletzend, starrköpfig, kaputt, kriminell … alles Eigenschaften, die auf ihn zutrafen. Manipulativ oder ein Lügner war er jedoch nie gewesen. Sie sah zu ihm auf. Der Mond kam hinter den Wolken hervor, ließ seine Augen aufblitzen. Braun … und schwarz.

Sie sog die Luft ein. Ihretwegen hatte er sich damals geprügelt, den Angreifer im letzten Moment von ihr heruntergezogen. Tagelang hatte sie an seinem Krankenbett gesessen, befürchtet, dass er blind wurde auf dem Auge. Zum Glück blieb nur die Pupille dauerhaft erstarrt. Wie bei Bowie.

»Komm mit.« Hoffentlich bereute sie es nicht. Aber sie konnte nicht länger mit ihm hier herumstehen. Und wegjagen konnte sie ihn erst recht nicht. Dass würde Emine ihr nicht verzeihen.

Und sie sich selbst auch nicht.

Auf dem Weg zum Aufzug blickte er sich um. »Fast wie bei uns früher.« Yunan und sie waren in derselben Dortmunder Hochhaussiedlung aufgewachsen.

Sie nickte. Die meisten Leute reagierten irritiert, wenn sie sagte, dass sie am Osdorfer Born wohnte. Und das gern! Aber Probleme gab es in Villenvierteln genauso. Eine so grandiose Aussicht nicht.

»Danke«, sagte er, als sie ihm die Tür zu ihrer Wohnung in der zwanzigsten Etage aufhielt.

»Willst du auch einen Tee?« Sie könnte zwar eher ein Bier gebrauchen. Oder zwei. Aber nicht zusammen mit ihm. Auch wenn er angeblich clean war.

Er nickte.

Sie wies ihm den Weg ins Wohnzimmer und verschwand in der Küche. Hinten im Schrank fand sie ein Päckchen Pfefferminztee. Sie nahm zwei Tassen vom Bord, hängte je einen Beutel hinein und setzte Wasser auf. Während sie dem Zischen und Blubbern des Kessels lauschte, spürte sie die Müdigkeit in ihren Gliedern. Wie ein bleigefüllter Tauchgürtel erschwerte sie jede Bewegung. Aber bevor Yunan ihr nicht verraten hatte, was er von ihr wollte, konnte sie nicht unter ihre Decke kriechen.

Er hatte sich aufs Sofa gesetzt. Unter dem Riss in seiner Jeans schimmerte die bronzefarbene Haut seines Oberschenkels.

Sie nahm den Sessel, der am weitesten entfernt von ihm stand. Als sie die Teetassen auf dem Tisch zwischen ihnen abstellte, merkte sie, dass er zitterte.

Doch Drogen? War er auf Entzug? Sie fixierte ihn.

»Ich hab nur Hunger.«

»Sag das doch gleich!« Die Brötchen fielen ihr ein. Wo hatte sie ihren Rucksack abgestellt? Sie fand ihn weder in der Küche noch im Schlafzimmer. Er hing im Flur an der Garderobe, wo sie ihn sonst nie hintat. Yunans Auftauchen hatte sie eindeutig durcheinandergebracht.

Sie nahm Brötchentüte und Käse heraus, holte Messer und Teller aus der Küche und ging damit zurück ins Wohnzimmer. »Ich hoffe, du brauchst keine Butter.« Sie hatte nämlich keine.

»Egal.« Er griff sich ein Brötchen aus der Tüte, stach mit dem Messer hinein, riss mehr, als dass er schnitt. Hastig stopfte er eine Scheibe Käse zwischen die beiden Hälften und schlang es hinunter.

»Du kannst alles nehmen, ich hab schon gegessen.« Das war zwar fast zwölf Stunden her, aber Yunan hatte die Brötchen eindeutig nötiger als sie.

Als er aufgegessen hatte, lehnte er sich im Sofa zurück und sah sie an: »Du musst mir helfen.«

Sie hatte es geahnt! Er hatte mal wieder Mist gebaut, und sie sollte ihn herausholen. Aber nicht mit ihr! »Ich glaube, du gehst besser.« Sie beherrschte sich nur mühsam. Seinetwegen hatte sie Dortmund verlassen und zuletzt fast ihren

Job verloren. Zum Glück hatte sich nach ihrer Selbstanzeige herausgestellt, dass sie das Beweismittel gegen ihn doch nicht abschließend vernichtet hatte, wegen tätiger Reue war ihr Verfahren eingestellt worden. Nicht sie hatte das Video von Yunans Apothekeneinbruch aus ihrem Computerpapierkorb gelöscht, sondern ihr Dortmunder Kollege Pizolka. Hinter ihrem Rücken hatte er sich eine Kopie gezogen und sie damit erpresst. Ein Zeuge war aufgetaucht, der Pizolka an ihrem Rechner gesehen hatte. Jetzt war er – und nicht sie – den Job los. Späte Gerechtigkeit. Aber nach Dortmund brachte sie das nicht zurück.

»Du bist doch noch bei der Polizei?« Yunans zögernde Frage holte sie zurück ins Wohnzimmer.

»Bitte hau ab!« Sie stand auf.

Er blieb sitzen. »Ich muss dir was melden. Als Polizistin. Ganz offiziell.«

Und deshalb lauerte er ihr mitten in der Nacht vor ihrem Haus auf. Wollte er sie verarschen? »Warum gehst du nicht in Dortmund zur Polizei?«

Jetzt wurde auch sein zweites Auge schwarz. »Da war ich schon. Die glauben mir nicht.«

»Was glauben die nicht?«

Er hielt die leere Tasse hoch: »Kann ich erst noch einen Tee haben?«

Als sie aus der Küche zurückkam, hatte er die Schuhe ausgezogen und lag auf dem Sofa, eingerollt wie ein Baby. Sein Bauch hob und senkte sich gleichmäßig.

Sie hatte den Arm schon ausgestreckt, um ihn wachzurütteln. Stattdessen fasste sie die Decke und zog sie über ihn. Offenbar hatte er nicht nur etwas zu essen gebraucht. Und reden konnten sie morgen früh genauso gut – wenn nicht sogar besser, so müde wie sie war.

Als sie im Bett lag und den Wecker auf ihrem Handy stellen wollte, sah sie, dass Alex ihr vor einer halben Stunde eine Nachricht geschickt hatte.

Sie simste zurück: *Bist du noch wach?*

Sofort rief er an. In seiner Altersgruppe war er Vierundvierzigster geworden. 58:15. Knapp unter einer Stunde, wie sie es sich vorgenommen hatten. Er schwieg kurz, dann fragte er: »Soll ich kommen?«

»Lass mal, ich bin müde.«

Als sie auflegte, hörte sie Schnarchen aus dem Wohnzimmer. Alex hatte nicht nachgehakt, warum sie ihn nicht sehen wollte. Zwar bewahrte es sie davor, ihm von Yunan zu erzählen. Aber es irritierte sie trotzdem. Zuletzt hatten sie nahezu immer entweder bei ihr oder bei ihm übernachtet.

SONNTAG, 04.10.2015

1

Seit er die Fotos in der Mopo gesehen hatte, raste sein Puls. Einen Moment hatte er noch gehofft, dass es jemand anders war. Im Text stand kein Name, nur dass es vermutlich ein Drogendealer war. Aber dann hatte er die Lederjacke erkannt.

Er hatte gegoogelt und weitere Fotos von dem Bergungseinsatz an der Schleuse gefunden. Das Gesicht des Leichnams war aufgedunsen, trotzdem konnte man das Schwein eindeutig erkennen.

Wie war er in die Schleusenkammer gekommen?

Sie hatten ablaufendes Wasser gehabt. Nach seinen Berechnungen hätte der Leichnam hinaustreiben müssen aus dem Hafen, hinein in die Elbe. Der Beinstumpf sah aus, als wäre er einem Schiff begegnet. Vielleicht war er mitgeschleift worden. Oder war er gleich nach seinem Sturz ins Wasser irgendwo hängengeblieben? An einer Boje? Und die Flut hatte ihn später zurückgetrieben bis in die Schleuse?

Möglich war das.

Er fluchte. Er hatte einkalkuliert, dass der Leichnam irgendwann wieder auftauchte. Aber doch nicht so schnell! Nach nicht mal vier Tagen. Die meisten Wasserleichen fanden erst nach Monaten den Weg zurück an die Oberfläche, manche nie. Die Medien waren voll von solchen Fällen. Erst vor zwei Wochen hatten sie jemanden auf einer Uferböschung in der Nähe des Burchardkais gefunden, der letztes Jahr nach einer Weihnachtsfeier an den Landungsbrücken verschwunden war. Einen vermissten Partytouristen von der Reeperbahn hatte man zwei Monate später elbabwärts aus dem Haseldorfer Hafen geborgen. Das Kind, das im Frühjahr von einer Hafenfähre gefallen war, war bis heute nicht aufgetaucht. Er hatte sich darauf verlassen, dass es bei ihm ähnlich lief.

Offenbar ein Fehler. Lag es an der Wärme? Er wischte sich den Schweiß von der Stirn.

Was nun?

Er musste umdenken. Schnell.

2

Svea stand am Fenster des Besprechungsraums und sah hinaus auf den sonntagsleeren Parkplatz vorm Präsidium. Gleich kamen die Kollegen zur Morgenrunde und wollten von ihr über den aktuellen Stand der Ermittlungen informiert werden. Aber ihre Gedanken flogen immer wieder zu Yunan. So unvermittelt, wie er aufgetaucht war, war er verschwunden. Fast wie ein Geist. Als sie heute Morgen aufgestanden war, hatte sie ein leeres Sofa vorgefunden, die Decke lag gefaltet in der Ecke. Nur die beiden Teetassen und die Teller in der Küche erinnerten daran, dass sie gestern Nacht Besuch gehabt hatte. Sie verfluchte, dass sie ihn nicht geweckt hatte. Was wollte er ihr sagen? Oder war es nur vorgeschoben, weil er ein Bett für die Nacht gebraucht hatte? Aber woher rührte dann die Angst in seinen Augen?

Als sie Schritte hinter sich hörte, drehte sie sich um, schob die Sorge um Yunan beiseite.

»Ich hab erst morgen mit dir gerechnet.« Cem Demir. Wie Svea ein Teamleiter des Morddezernats – und einer ihrer liebsten Kollegen.

»Ich auch.«

»Gut, dass du wieder dabei bist!« Er klopfte ihr auf die Schulter. »Und noch besser, dass Schott weg ist.«

Kai Schott. Von Anfang an hatte er sie mit seinen frauenfeindlichen Sprüchen belästigt, als sie vor zwei Jahren nach

Hamburg gekommen war. Rätselhafterweise hatte ihre Chefin Uta Wienecke trotzdem große Stücke auf ihn gehalten. Bis Schott bei ihrem letzten Fall ein zu enges Verhältnis zum Täter gepflegt hatte. Wegen Verrats von Dienstgeheimnissen war er suspendiert worden.

»Svea!« Yasmina Lüdemann stürmte herein, stürzte auf sie zu und bestand auf einer Umarmung.

Svea schluckte, es fehlte nicht viel, und ihre Augenwinkel wären feucht geworden. Nicht nur ihr Team, auch die Kollegen im Präsidium hatten ihr gefehlt. Mehr als sie sich eingestanden hatte. Doch vor allem liebte sie die Ermittlungsarbeit. Was hätte sie tun sollen, wenn ihr Verfahren anders ausgegangen und sie aus dem Polizeidienst entlassen worden wäre? Sie brannte für den Job, konnte sich nichts anderes vorstellen. Aber das musste sie zum Glück auch nicht. Sie gab sich einen Ruck und zog einen Stuhl heran.

Demir und Lüdemann setzten sich ebenfalls.

»Guten Morgen!« Uta Wienecke betrat den Raum, blieb kurz stehen und blickte in die Runde. »Ihr habt euch bestimmt schon begrüßt. Aber jetzt noch mal offiziell: Ich freue mich, dass eine meiner besten Mordbereitschaftsleiterinnen gestern spontan ihren Urlaub abgebrochen hat, um einen neuen Fall zu übernehmen.« Sie setzte sich neben Svea. »Willkommen zurück!«

Svea bedankte sich. In wenigen Worten informierte sie die Kollegen über den Stand der Ermittlungen. Es war Sonntag, da wollte niemand länger als nötig in der Morgenrunde sitzen. Egal wie gut sie sich verstanden.

»So lange wir keine abschließenden Ergebnisse aus der KTU und der Rechtsmedizin haben, gibt es verschiedenste

Ansätze«, schloss sie. »Noch rätseln wir über das Tatmotiv. Ist es eine Beziehungstat? Hat es etwas mit dem Rauschgiftfund in Wilkes Wohnung zu tun?«

Demir schnaufte auf. »Wenn du mich fragst, hat ein dreckiger kleiner Junkie einen anderen umgebracht!«

Svea erstarrte. Plante der Kollege, Schott zu beerben? Der eine gegen Frauen, der andere gegen Drogenabhängige. Sie hielt die Luft an. Nicht provozieren lassen! Eilig verscheuchte sie das Bild von Yunan, das sich bei dem Wort »Junkie« erneut vor das von Wilke zu schieben drohte.

»Wie gesagt, warten wir auf das toxikologische Gutachten. Vorher wissen wir nicht, ob er überhaupt Rauschgift konsumiert hat. Und als Nächstes befragen wir noch mal seinen Halbbruder Kevin Hummel.« Denn der hatte sie in jedem Fall angelogen, was seine Beziehung zu Wilke anging.

»Das war's von mir.« Sie ignorierte Demirs Blick und lehnte sich in ihren Stuhl zurück.

Wienecke nickte zustimmend. Anschließend berichteten erst Lüdemann und dann Demir über ihre aktuellen Fälle.

Ein tödlicher Überfall auf eine Spielhalle in Lurup.

Ein versuchtes Tötungsdelikt an einer jungen Frau in Bramfeld. Der Täter saß bereits in Untersuchungshaft, wie das Opfer war er bei der Tat im Vollrausch gewesen.

Beide Ermittlungen standen kurz vor dem Abschluss. Nach einer Viertelstunde hob Uta Wienecke die Runde auf.

»Ich wollte dir nicht zu nahe treten«, sagte Demir neben Svea, als sie schon im Flur waren. »Aber die beiden Alkis haben mich in den letzten Tagen echt fertiggemacht.«

»Schon okay«, entgegnete sie. Obwohl sie sich nicht sicher war, dass es stimmte. Wenn sie zwischendurch Zeit fand, musste sie unbedingt Emine anrufen.

3

Tamme saß am Schreibtisch, das Telefon ans Ohr gepresst, damit Franzi nicht mithörte, was Imke ihm vorsäuselte.

»Warum hast du mich nicht geweckt? Wir hätten doch noch …« Sie kicherte anzüglich. Früher konnte Tamme es nach so einer Andeutung nicht erwarten, nach Hause zu fahren und den Rest des Tages mit ihr im Bett zu verbringen. Jetzt freute er sich, dass es einen neuen Fall gab, der ihn zu Überstunden zwang.

»Imke!«, versuchte er sie zu bremsen.

Sie hatte noch geschlafen, als er vor einer Stunde aus dem Haus gegangen war. Nachdem sie ihm heute Nacht gebeichtet hatte, dass er den Kaninchen ihren Energiebrei weggegessen hatte, hatten sie beide nach einem Schreckmoment losgelacht. Haferflocken, Sonnenblumenöl, eine zerquetschte Banane und etwas Leinsamen, mehr Zutaten hatte Imke zum Glück nicht verwendet, Kaninchen waren Vegetarier. Tamme hatte sich trotzdem gründlich die Zähne geputzt. Danach hatten Imke und er noch zusammen ein Bier auf dem Sofa getrunken, geschwiegen und hinaus in den dunklen Garten gestarrt. Imke hatte den Kopf an seine Schulter gelegt, und für einen Moment war das Band um sie herum wieder geknüpft. Als er heute Morgen beim Aufwachen in ihr schlafentspanntes Gesicht auf dem Kopfkissen neben sich geblickt hatte, konnte er sich trotzdem nicht schnell genug aus dem Schlafzimmer hinausschleichen.

»Ich bleib im Bett, bis du kommst. Nackt.« Sie machte einfach weiter.

»Lass den Quatsch, Imke. Ich muss jetzt arbeiten.«

Die Worte brachen aus ihm heraus. Er wusste, dass er sie damit verletzte. Bevor sie etwas entgegnen konnte – oder, schlimmer noch, anfing zu weinen –, legte er auf.

»Alles gut bei dir?« Franzi kräuselte die Stirn, als ahnte sie die Antwort.

»Klar. Und bei dir?«

»Alles gut.«

Dann waren sie sich ja einig. Sosehr Tamme oft Franzis Ratschläge schätzte, im Moment brauchte er seine Ruhe. Wie sollte er jemandem erklären, was los war mit ihm, wenn er es nicht mal selbst verstand?

Er stand auf. »Auch einen Kaffee?«, fragte er. Obwohl er die Antwort wusste. Franzi trank nur Tee.

Als er fünf Minuten später mit dem Becher in der Hand zurück vom Automaten kam und sich wortlos hinter seinem Monitor verkroch, poppte die Nachricht von Meral Girik in seinem Postfach auf. Sie leitete ihm eine anonyme E-Mail weiter, die heute Morgen im Präsidium eingegangen war.

Fwd: [EXTERN]-Erpressung
An: polizeioeffentlichkeitsarbeit@polizei.hamburg.de

Am 04.10.2015 um 8:30 schrieb aufraeumer@hideyour privacy.com

Kuemmert euch um das, wo ihr fuer betzahlt wertet:
Ulf Conrady wird von sein Dealer Niko Wilke erprest!

Tamme pfiff durch die Zähne. »Das musst du dir angucken.«

Franzi kam hinter ihrem Monitor hervor und stellte sich neben ihn. »Wow!« Sie pfiff ebenfalls. »Conrady? Ist das nicht dieser Werber?«

»Keine Ahnung. Ich lese den Namen gerade zum ersten Mal.« Tamme blickte zu ihr auf. »Wer schreibt so was? Und warum?«

»Jemand, der Conrady für den Mörder hält und uns auf ihn aufmerksam machen will?« Sie machte eine Pause. »Kann natürlich auch sein, dass der Mörder von sich ablenken will.«

»Weiß der Schreiber überhaupt, dass Wilke umgebracht wurde?« Tamme tippte mit dem Finger auf den Monitor. »Er schreibt *erpresst* und nicht *hat erpresst*.«

Franzi nickte nachdenklich. »Conradys ehemaliger Dealer ist sauer, dass Wilke ihm den Kunden weggenommen hat, und schwärzt gleich beide an.«

»In jedem Fall ist der Mailschreiber Legastheniker. Oder kein deutscher Muttersprachler.« Tamme griff zum Telefon. »Ich frag Girik, ob sie die Mail schon in die KTU gegeben hat.«

Hatte sie. Und noch keine Antwort. Aber Tamme sollte ruhig nachhaken.

»Schwierig«, meinte der Techniker auf seine Frage nach dem Absender. »HideYourPrivacy ist ein VPN Dienst.« Tamme hörte das Klappern seiner Tastatur.

»Der Absender der Mail sitzt auf den Philippinen. Natürlich nur theoretisch. VPN steht für Virtual Private Network«, erklärte er. »Ein System von Computern, bei dem man sich verschlüsselt einwählt und verschlüsselt weitervermittelt wird. Wahrscheinlich hat sich der Mailschreiber in Deutschland, womöglich sogar in Hamburg eingewählt.«

»Das heißt, es lässt sich nicht nachverfolgen, wer die Mail geschrieben hat?« Die Ausführungen des Technikers erinnerten Tamme daran, dass er längst eine Fortbildung zum Thema Cyberkriminalität besuchen wollte.

»Genau. Es sei denn, HideMyPrivacy hat Logdateien.«

»Was für Dateien?«

»Aufzeichnungen über getätigte Verbindungen, wie beim Telefon.«

Tamme atmete auf. »Ich kümmere mich sofort um einen richterlichen Beschluss.«

»Viel Spaß, der Firmensitz ist in Dubai.«

Was das hieß, wusste selbst Tamme. Stöhnend legte er auf und griff nach seinem Kaffeebecher.

Kalt. Auch das noch!

4

Als Svea zurück von der Morgenrunde kam, war sie allein im Büro, von Tamme und Franzi keine Spur. Dafür klingelte ihr Telefon, noch bevor sie am Schreibtisch saß.

Die KTU.

Zum Glück nicht der eingeschnappte Kollege von gestern, sondern eine junge Kollegin mit einer Analyse der Rauschmittel aus Wilkes Wohnung. Heroin, Kokain, Haschisch, MDMA. Alles dabei. Tamme hatte richtiggelegen mit seiner Einschätzung.

»Bloß die Brösel auf dem Küchenboden sind ein harmloses Kraut«, Svea hörte Papier rascheln, »Oenanthe conioides. Fenchel irgendwas, ich komme gerade nicht auf den deutschen Namen. Jedenfalls weder giftig noch sonst irgendwie nützlich.«

Egal. Wichtig war, was Wilke in seinem Schlafzimmer gelagert hatte – und dass es reichte, um von mehr als Eigenbedarf auszugehen.

»Keine Hinweise auf eine Schießerei in der Wohnung«, fuhr die Kollegin fort und kam sofort zum nächsten Punkt: Wilkes Handy, das die Taucher zusammen mit ihm aus der Schleusenkammer gefischt hatten, war ein Häuflein Elektroschrott. Aber sie hatte die Verbindungsdaten beim Provider angefordert und schickte die Liste gleich weiter an Svea.

»Viel ist es nicht.« Eine Nummer kannte die Kollegin, weil sie dort selbst öfter anrief. Sie lachte. »Pizzaservice. Zuletzt Dienstagabend um sieben.«

Da hatte Wilke also noch gelebt. Nach der Obduktion wüssten sie, ob er die Pizza auch gegessen hatte.

»Und was hat die Funkzellenabfrage ergeben?«

»Nichts. Als Letztes hat es sich bei der Pizzabestellung bei ihm zu Hause ins Funknetz eingebucht. Entweder hat er es danach ausgeschaltet, oder der Akku war leer.«

»Habt ihr schon seinen Computer angeguckt?«

»Ja, nichts Verdächtiges. Tut mir leid.« Sonst hatte die Kollegin im Moment nichts zu bieten.

Dabei war es weit mehr, als Svea an einem Sonntagvormittag erwartet hatte. Nachdenklich legte sie auf.

Hatte Wilke seine Drogengeschäfte über ein zweites Handy abgewickelt? Eins, das sein Mörder ihm abgenommen und vernichtet hatte, weil es sie sofort zu ihm führen würde? Auch wenn sie sich wenig Hoffnung machte, würde sie Franzi trotzdem die spärliche Liste mit Wilkes Verbindungsdaten überprüfen lassen.

In ihre Überlegungen hinein winkte Tamme durch die Zwischentür, Franzi saß ebenfalls wieder am Platz.

Svea ging hinüber zu den beiden, um die nächsten Schritte zu besprechen.

»Wir haben Post von unserem Mörder.« Tamme streckte ihr ein Blatt Papier entgegen. »Glauben wir zumindest.«

Eine ausgedruckte E-Mail. Svea überflog den Text.

»Wer ist dieser Conrady?«

»So ’n Werbeheini«, meinte Tamme.

»Einer der beiden Geschäftsführer von Conrady & Friends.

Die drittgrößte Werbeagentur in Hamburg mit Sitz in der Hafencity. Er wohnt mit seiner deutlich jüngeren Ehefrau an der Elbchaussee«, fügte Franzi hinzu, was sie eben recherchiert hatte.

Bestimmt ein lukrativer Kunde für Wilke. Falls der Inhalt der Mail nur annähernd stimmte und die beiden sich tatsächlich kannten. »Irgendwelche Hinweise auf den Absender?«

Tamme gab die entmutigende Auskunft aus der Technik weiter und legte seine und Franzis Überlegungen hinsichtlich der Tippfehler dar.

Svea las den Text zum zweiten Mal. Die Person schrieb *wertet* statt *werdet*, aber nicht *wirt* statt *wird*. »Sieht mir eher nach einem Muttersprachler aus, der sein Deutsch verstellt, um uns in die Irre zu führen. Interessanter finde ich den Zeitpunkt.« Warum war die Mail gerade jetzt geschickt worden? Wenn sie vom Mörder kam und ein Ablenkungsmanöver war, waren sie ihm vielleicht schon näher gekommen, als ihnen bewusst war.

»Kevin Hummel«, murmelte Franzi. Oder der Junge, der angeblich bei Wilke gewohnt hatte?

»Wir schreiben den Jungen sofort zur Fahndung aus«, entschied Svea. Selbst wenn sich die Zeugenaussagen in Bezug auf ihn widersprachen, durften sie nichts riskieren. Falls es den Jungen gab und er nicht der Mörder war, schwebte er womöglich in Gefahr.

»Erledigst du das?«, bat sie Tamme. Dank der Beschreibung der Nachbarn hatten sie ein ziemlich genaues Bild.

Hummel würden Franzi und sie im Anschluss an ihre Besprechung einen Überraschungsbesuch abstatten und fragen, warum er sein Treffen mit Wilke verschwiegen hatte. Tamme sollte bei Conrady nachfühlen, was es mit dem Inhalt der Mail auf sich hatte.

Aber erst mal galt es ein paar weitere dringende Punkte abzuhaken.

»Habt ihr jemanden von der Soko Castle erreicht? Hat die WS sich schon gemeldet?« Svea blickte die Kollegen an.

Einmal nein.

Einmal ja.

Franzis Finger huschten über die Tastatur, sie suchte die Mail von Vukovics Kollegin. Lena Lüders hatte erste Gespräche mit Bootsführern und Schleusenmeistern geführt. Ohne Erfolg, niemand hatte etwas gesehen, was im Zusammenhang mit dem Leichenfund stehen könnte. »Sie bleibt dran«, schloss Franzi.

»Schreibt sie auch, ob sie bereits die Umgebung nach Hinweisen auf dem Tatort abgesucht haben?«

Franzi schüttelte den Kopf.

»Wenn du dich noch um Wilkes Telefonverbindungen kümmerst, rufe ich bei der WS an.«

Vukovic hob vor dem ersten Klingeln ab.

Eine erste Untersuchung der Umgebung hatte nichts ergeben. Genauso wie sein Besuch in der Seemannsmission heute Morgen. Er hatte zwar den Pater und die Leiterin erwischt, aber beide hatten nichts Verdächtiges mitbekommen.

»Habt ihr schon das Obduktionsergebnis?«, hakte er nach.

Svea verneinte.

Vukovic hatte über die mögliche Schiffsschraubenverletzung nachgedacht, von der die Rechtsmedizinerin nach der gestrigen äußeren Leichenbesichtigung gesprochen hatte. »Wenn es dabei bleibt, ist der Leichnam schätzungsweise aus Richtung der großen Terminals gekommen.« Svea hörte ihn atmen. »So eine Verletzung stammt in der Regel von einem größeren Schiff, bei einem kleineren hätte sofort die Schraube blockiert, und an Bord hätte man es zwangsläufig mitbekommen. Und hoffentlich gemeldet.«

Das klang logisch. Und schränkte gegebenenfalls den Tatzeitpunkt weiter ein. Angenommen, der Leichnam war tatsächlich bei Flut aus Westen in die Schleuse geschwemmt worden, dann wäre Tammes ursprüngliche Vermutung hinfällig, dass Wilke in der Nähe seiner Wohnung ins Wasser gelangt war.

»Wenn die Todesursache feststeht, kann man eventuell Strömungsversuche mit einem Dummy machen, um noch genauer nachzuvollziehen, woher der Leichnam kam«, ergänzte Vukovic. »Aber nicht vor morgen.« Er wünschte ihr einen schönen Sonntag und hatte aufgelegt, bevor sie sich verabschieden konnte.

Kopfschüttelnd ging sie zurück ins Nebenzimmer zu Tamme und Franzi.

Die Kollegin hatte bereits die Liste durchgesehen.

»Bodendieck hat es letzten Dienstag ab fünf nach sieben dreimal bei Wilke klingeln lassen, beim letzten Mal haben sie kurz gesprochen.« Ansonsten hatte Wilke in den vergangenen zwei Wochen fünfmal mit dem Pizzaservice Kontakt gehabt. Dreimal per Anruf, zweimal per SMS.

»Bei so viel Pizza, wie er gegessen hat, hätte er selbst wie ein Hefekloß aussehen müssen«, warf Tamme ein.

»Hat er ja.« Svea verdrängte das Bild des aufgedunsenen Körpers. So gern sie Pizza mochte, fünfmal in zwei Wochen war viel. Zu viel? Konnte man statt Pizzen auch Drogen bestellen, die dann von Wilke geliefert wurden? Entweder mit dem Drogentaxi oder zu Fuß? Waren seine Anrufe und SMS keine Essensbestellungen gewesen, sondern hatte er Aufträge als Drogenkurier besprochen?

»Ich hak bei Girik nach, wie genau sie die Pizzeria kennt«, schlug Tamme vor.

»Mach das, und vergiss nicht den Fahndungsaufruf rauszuschicken, bevor du später zu Conrady fährst.«

Nachdem die Aufgaben verteilt waren, brachen Franzi und Svea auf.

5

Svea bog auf die Hindenburgstraße, nach Wilhelmsburg ging es vom Präsidium nahezu immer geradeaus über die Elbbrücken. Aktuell brauchten sie laut Navi eine knappe halbe Stunde bis zu Hummel. An einem Sonntag war er um diese Zeit hoffentlich zu Hause.

»Mein letzter Stand …« Sie setzte an, um Franzi nach ihrem Kündigungswunsch zu fragen, prompt klingelte ihr Handy. Murphy's Law. Sie sollte der Kollegin eine Mail schicken.

Die Rechtsmedizinerin war am Apparat, sie hatte Wilke heute früh obduziert. Auch wenn sie das offizielle Protokoll erst morgen schaffte, wollte sie kurz Rückmeldung geben.

Immerhin, das lief! Svea stellte das Telefon auf Lautsprecher.

»Todesursächlich waren die beiden Schüsse ins Herz mit sofortigem Kreislaufstillstand. An der linken Seite über den Rippen gibt es eine Trittspur. Die Lunge ist nicht überbläht und schaumig.«

Während Svea den Ausführungen der Ärztin lauschte, glitt draußen der Stadtpark vorbei. Eben noch war das Laub grün gewesen, jetzt schillerte es an vielen Stellen gelb und braun. Bald würden Baumskelette in den Himmel ragen.

»Auch an den Händen befinden sich keine Schmauchpartikel, das weißt du ja schon«, fuhr die Ärztin fort. »Ich habe zwei Schussverletzungen festgestellt, beides Steckschüsse, die Projektile schicke ich gleich in die KTU.« Im Hintergrund klapperte es metallisch. Räumte sie ihre Instrumente weg? »Der erste Schusskanal verläuft einmal schräg von oben bis zur Endlage des Projektils in der Wirbelsäule, der zweite Schusskanal verläuft zwei Zentimeter darüber.«

Eine Taube hüpfte auf die Straße, Svea bremste ab, dann gab sie wieder Gas. Wilke war also nicht ertrunken, jemand hatte ihn erschossen und die Leiche ins Wasser befördert. Wahrscheinlich, um sie verschwinden zu lassen. Aus den Puzzlesteinen, die die Ärztin gereicht hatte, fügten sich die Bilder eines möglichen Tathergangs.

»Das kling plausibel«, kommentierte die Ärztin Sveas Vermutung, bevor sie zum nächsten Punkt kam: »Die Leber ist vergrößert, die Kapsel geschwollen. Eine Entzündung. Hepatitis. Wir haben Blut in die Tox gegeben, das wird morgen auf Drogenspuren untersucht.«

»Kann die Entzündung den Fäulnisprozess beschleunigt haben?«, warf Franzi ein.

»Eher nicht. Dazu müsste sie weiter fortgeschritten sein. Aber dann hätte euer Mann es nicht mehr geschafft, im Hafen herumzulaufen. Eins noch«, kam sie zum Schluss ihres Berichts: »Er hatte einen vollen Magen, die letzte Mahlzeit war etwa drei Stunden her, bevor er starb. Könnte Pizza gewesen sein.«

»Lasst das analysieren«, bat Svea zum Abschied.

»Hat Wilke doch nur was zu essen bestellt?«, überlegte sie laut, nachdem sie aufgelegt hatte.

»Er kann ja Pizza geordert und gleichzeitig Drogenlieferungen besprochen haben«, schlug Franzi vor. »Auch Dealer müssen was essen.« Girik hatte sich wegen der Pizzeria noch nicht zurückgemeldet.

»Stopp, da ist er!« Franzi wedelte mit dem Zeigefinger, als sie an einer Tankstelle vorbeifuhren. Bis zum Ziel waren es nur hundertdreißig Meter.

Svea nahm den Fuß vom Gas und scherte aus auf den Randstreifen. Durch die Heckscheibe hatten sie Hummel im Blick.

Bekleidet mit derselben Hose wie gestern, lief er quer über die Ausfahrt der Tankstelle. An seinem rechten Arm baumelte eine Plastiktüte. Auf dem Bürgersteig hielt er inne, zupfte sich mit der freien Hand am Kinn und sah sich um. Dann stapfte er los, aber nicht in Richtung seines Zuhauses und ihres Wagens, sondern in die Gegenrichtung.

Svea nickte Franzi zu. Sie stiegen aus und eilten ihm hinterher.

»Hallo, Herr Hummel, haben Sie kurz Zeit für uns?«

Er schnellte herum. Der Schreck auf seinem Gesicht wich Besorgnis, als er sie erkannte. »Gibt's was Neues von Niko?«

»Können wir irgendwo ungestört reden?«

»Ich wollte mich in den Park setzen, ist doch nicht verboten bei dem Wetter.« Mit der freien Hand zeigte er gen Himmel. Auch wenn es zehn Grad kälter war als gestern, schien die Sonne.

Zu dritt gingen sie los. Nach nicht mal hundert Metern bog Hummel vom Bürgersteig auf einen Pfad ab, laut Wegweiser führte er zum Wilhelmsburger Bürgerhaus. Svea und Franzi folgten ihm.

»Nehmen wir die da!« Svea stoppte und wies auf eine Bank abseits des Weges, umrahmt von zwei Bäumen.

Hummel in der Mitte, setzten sie sich hin. Als er seine Tüte zwischen den Füßen abstellte, klirrte es leise.

Er zog eine Cola hervor. »Bisschen was zum Wachwerden. Auch eine?«

Doch kein zweites Bierfrühstück! Svea verneinte. Gestern war er nicht so großzügig gewesen mit seinen Getränken.

»Warum haben Sie uns angelogen?«

Sie erwartete eine Ausrede, stattdessen gestand Hummel sofort, dass er Niko getroffen hatte. Und nicht nur das. »Wir hatten regelmäßig Kontakt. Das letzte Mal an seinem Geburtstag.« Mit zitternden Fingern pulte er an dem Flaschenetikett herum. »Verraten Sie mich bloß nicht an meine Frau. Sie hasst ihn.« Er klemmte die Flasche zwischen die Knie und legte eine Hand auf die Brust. »Ich kann doch meinen Bruder nicht verstoßen, bloß weil er Drogen nimmt.«

Yunan. Svea hatte ihn damals verstoßen. War er deshalb gestern Nacht abgehauen? Hatte er Angst bekommen, dass sie ihm nicht glauben würde, was auch immer er ihr hatte sagen wollen? Sie verjagte den Gedanken und wandte sich wieder dem Mann neben ihr auf der Bank zu: »Und Sie?«

»Ich hab auch mal 'nen Joint mit ihm geraucht und 'ne Line gezogen.« Hummel hielt inne, als fiel ihm erst jetzt auf, dass er mit der Polizei redete. »Das Koksen ist lange her, zumindest bei mir. Und Kiffen ist doch erlaubt, oder?«

Das stimmte zwar nicht. Auch wenn die Staatsanwaltschaft das Verfahren bei einer geringen Menge zum Eigenbedarf oft einstellte, war der Verkauf, Kauf und Besitz von Haschisch verboten. Aber das mussten sie jetzt nicht diskutieren.

»Wir möchten mehr über Niko erfahren, um seinem Mörder auf die Spur zu kommen.«

Hummel nickte nachdenklich und stierte auf seine Tüte, als könnte er statt der nächsten Cola einen Zettel mit dem Namen des Mörders daraus hervorziehen.

»Es gibt da diesen Typen …« Er brach ab.

Als Franzi ansetzte, um nachzuhaken, winkte Svea ab. Hummel würde schon reden, sie mussten ihn nur lassen.

Eine Viertelstunde und zwei Cola später hatte er ihnen verraten, dass Wilke an der Stadtteilschule Jugendliche zum Dealen angestiftet hatte. Nicht gerade erfolgreich. Ein Lehrer hatte die Jugendlichen wenig später auf frischer Tat ertappt, als sie jüngeren Kindern etwas verkaufen wollten. Wilke selbst hatte sich geschickt aus der Affäre gezogen, sein Name war offiziell nie gefallen, man hatte ihm nichts nachweisen können. Aber ein Junge saß deshalb im Knast, sein Vater hatte Wilke mehrfach auf der Straße abgepasst und ihm gedroht.

»Den müssen Sie sich vorknöpfen!« Hummel hatte sich in Rage geredet. »Niko hat richtig Angst vor dem gehabt!«

»Wissen Sie seinen Namen?«

Wusste er nicht, aber dafür konnte er ihnen das Haus beschreiben, in dem die Familie wohnte, Wilke hatte ihm davon erzählt. »Sie können's nicht verwechseln. Drüben in Kirchdorf. Im Vorgarten parkt ein Kampfflugzeug.«

Wollte er sie für dumm verkaufen? Laut Kriegswaffenkontrollgesetz war so etwas untersagt.

»Natürlich kein echtes Flugzeug.« Er zog eine Braue hoch. »So 'n Spieldings für seinen Sohn. Sie können's trotzdem nicht übersehen.«

Das hoffte sie! Auch für Hummel.

Zuletzt fragten sie ihn nach dem Jungen, den Wilkes Nachbarn bei ihm gesehen hatten.

»Niko hat allein gewohnt, seit Natalja ihn vor ein paar Jahren verlassen hat.« Die Antwort kam ohne Zögern.

Eine ähnliche Aussage wie von Bodendieck. Hatte Wilke den Jungen vor seiner Verwandtschaft verborgen, und nur die Nachbarn waren ihm zufällig im Treppenhaus begegnet? Oder logen die Nachbarn? Aber warum? Plötzlich war sie sich nicht mehr sicher, dass der Junge überhaupt existierte.

»Wenn Ihnen noch etwas einfällt, dann melden Sie sich, und zwar sofort«, gab Svea Hummel zum Abschied mit. Und falls in Kirchdorf kein Kampfflugzeug im Vorgarten stand, wären sie schneller wieder bei ihm, als er die restlichen Flaschen Cola austrinken konnte.

Ein weiteres Mal setzte sie sich nicht mit ihm auf eine Parkbank und ließ ihn seine Lügen beichten. Dann würde sie ihn zur Vernehmung mit ins Präsidium nehmen.

6

»Mein Mann ist nicht da.« Die dürre Blondine schlug die Tür zu und ließ Tamme draußen stehen.

Unverschämtheit.

Er klingelte erneut. Diesmal ließ er den Finger auf dem Knopf. Während er dem Schrillen lauschte, las er die Aufschrift über dem Briefschlitz neben der Tür: *Residence Conrady*. Er schnaubte. In einer Turmvilla an der Elbchaussee zu wohnen, reichte Conrady und seiner Frau offenbar nicht, man residierte.

»Was wollen Sie denn noch?« Die Frau riss die Tür wieder auf.

»Claußen, Kriminalpolizei.« Diesmal zeigte er sofort seinen Ausweis.

»Oh Gott, ist ihm was passiert?«

»Nein.« Zumindest nicht, soweit Tamme wusste. »Ich muss ihn im Zusammenhang mit einer aktuellen Ermittlung sprechen.«

»Er ist wirklich nicht da.« Sie blickte an Tamme vorbei in den Vorgarten, fasste ihn am Unterarm und zog ihn über die Schwelle in den Flur hinein. Als hätte jemand hinter ihm gestanden, der nicht mitbekommen sollte, was sie zu sagen hatte. Aber wo hätte die Person sich auf der Schotterpiste von Garten verstecken sollen?

Sie trat einen Schritt zurück und hockte sich mit einer Pobacke auf eine antik aussehende Kommode. »Ulf ist mit seinen Kumpels zum Paddeln in Mecklenburg. Ein Männerwochenende. Ich hab ihm gleich gesagt, dass das in seinem Alter keine gute Idee ist! Sie schlafen im Zelt!« Sie spuckte das letzte Wort aus und zog die Nase kraus. »Auf dem Fußboden! Ulf ist Anfang sechzig und hatte zwei Bandscheibenvorfälle.«

Tamme musterte sie. Die enge Jeans über ihren Streichholzbeinen, der Logogürtel und die edle Bluse, das seidig glänzende Blondhaar. Geschätzt war sie mindestens zwanzig Jahre jünger als ihr Mann. Jede Wette, dass sie trotzdem noch nie in ihrem Leben im Zelt geschlafen hatte und es auch nicht tun würde. Zumindest nicht freiwillig.

»Worum geht's dann?«, unterbrach sie seine Gedanken.

»Wir haben eine anonyme Nachricht bekommen, in der Ihr Mann erwähnt wird. Womöglich ist es eine harmlose Täuschung, aber dazu muss ich mit ihm sprechen.«

»Sprechen! Wie denn?« Sie riss die Arme hoch und machte so viel Wind, dass das Wasser in der Vase neben ihr schwappte. Ging es etwas weniger theatralisch?

»Keine Handys. Zurück zur Natur ist das Motto.« Seit die Agentur ihres Mannes eine Werbekampagne für eine Männer-Outdoorzeitschrift entworfen hatte, war er wie ausgewechselt.

Tamme erinnerte sich an die Plakate, die letztes Jahr überall in der Stadt geklebt hatten. Zwei junge Männer mit ordentlich gestutzten Bärten und Holzfällerhemden paddelten in einem Kanu über einen See, im Hintergrund ein derart imposantes Bergpanorama, dass es sich nur um eine Fotomontage handeln konnte. Irgendwas mit Wald hatte darübergestanden, die Buchstaben aus grob behauenen Hölzern zusammengelegt.

»Er ist ganz verrückt nach dem Mist!«, brach es aus Conradys Frau heraus. Früher hatte er mit ihr an den Wochenenden Städtetrips unternommen. Jetzt ließ er sie immer öfter allein. London, New York, Dubai, Helsinki, überall waren sie gewesen. Hatten in schicken Hotels übernachtet und in Sternerestaurants diniert.

Während sie eine Metropole nach der nächsten abhakte und in vergangenen Zeiten schwelgte, blickte Tamme sie nachdenklich an. Er hatte zwar begonnen, Imke zu verzeihen, dass sie ihn belogen und betrogen hatte. Aber vergessen konnte er es nicht. Monatelang hatte er geglaubt, sie hätte beim Hulakurs ihre Hüften geschwungen. Stattdessen hatte sie sich mit ihrem Liebhaber im Bett gewälzt. Steckte hinter Ulf Conradys häufiger Abwesenheit auch eine heimliche Affäre?

»Hat Ihr Mann Ihnen gesagt, wo in Mecklenburg er ist?« Tamme könnte bei der dortigen Polizeiwache anrufen.

Sie hob ihre knochigen Schultern. »An irgendeinem See.«

In Mecklenburg gab es über tausend davon. Unmöglich, die alle abzusuchen.

»Das hat er jetzt davon!«, schimpfte sie, als hatte das Männerwochenende etwas mit der anonymen Mail zu tun.

Hatte es womöglich auch, dachte Tamme plötzlich. Komplett abwegig wäre das nicht. Vielleicht stimmte der Inhalt der Mail, und Conrady war von Wilke erst kürzlich mit Drogen für sich und seine Kumpel beliefert worden. Ordentlich zugedröhnt ließ sich eine Nacht auf dem harten Zeltboden bestimmt besser aushalten. Vorausgesetzt, es war richtig, was Conrady seiner Frau erzählt hatte, und er verbrachte das Wochenende nicht sowieso mit seiner Geliebten in irgendeiner Luxusherberge.

Er gab ihr seine Karte und bat um sofortigen Rückruf, sobald ihr Mann sich meldete.

»Der meldet sich nie, wenn er unterwegs ist.«

»Dann rufen Sie mich an, wenn er wieder da ist. Auch mitten in der Nacht.« So wie sie dastand, tat sie ihm fast leid. Sie sollte einen Baum im Vorgarten pflanzen und Rasen aussäen. Etwas mehr Natur vor der Haustür könnte nicht schaden.

7

Riesentrampoline, lebensgroße Pferde, Piratenschiffe. Die Leute stellten ihren Kindern so einiges in den Garten. Ein hölzernes Kampfflugzeug in Tarnbemalung hatte Svea allerdings noch nicht gesehen. Auf einen Betonsockel geschraubt, überragte es die Lorbeerhecke.

»Wer macht denn so was?« Franzi öffnete einen Flügel des schmiedeeisernen Tors. In Frakturschrift hatte jemand *H. Schütze* in den Pfeiler geritzt.

»Werden wir gleich sehen.«

Der Kies knirschte unter ihren Füßen, als sie auf einen gelb verklinkerten Bungalow zuschritten. Hinter einer Abtrennung aus Glasbausteinen bewegte sich jemand auf der Terrasse, metallenes Quietschen und Klappern drang ihnen entgegen.

Ein stiernackiger Mann in Tarnhose und olivfarbenem Pullover baute einen Grill auf, der annähernd so groß war wie Sveas gesamte Küche. Auf einem Tisch standen zwei einsame Teller, daneben eine Armee von Grillsaucen.

»Herr Schütze?«

»Wer sind Sie?« Er griff eine Grillzange vom Rost und schwenkte sie wie ein Schwert.

Svea legte die Hand an ihre Waffe und erwiderte ungerührt seinen Blick. »Kopetzki, Kriminalpolizei. Und das ist meine Kollegin Frau Grüner.«

»Is' was mit Marvin?« Abrupt hielt er still.

»Marvin ist Ihr Sohn?«

»Wer denn sonst, was ist mit ihm?«

»Was sagt Ihnen der Name Niko Wilke?«

»Hat das Schwein die Bullen gerufen!« Er schlug mit der Zange auf den Grill, dass es schepperte.

»Zange weglegen!«, rief Svea. »Sofort!« Gut vorstellbar, dass Schütze auch andere Menschen auf der Straße abfing und bedrohte. Oder mehr?

»Ich hab ihn höchstens mal 'nen bisschen am Kinn gekitzelt.« Betont langsam legte Schütze die Zange zurück auf den Rost. »Aus gutem Grund.«

»Wir leben in einem Rechtsstaat, Selbstjustiz ist strafbar.«

»Und Kinder zum Dealen anstiften nicht?« Seine Stimme zitterte vor Wut.

»Können wir uns setzen?« Ohne die Antwort abzuwarten, trat Svea zum Tisch und zog sich einen der beiden Gartenstühle heran. Nicht dass Schütze doch noch mal mit der Zange ausholte.

Aber offenbar hatte er genug getobt, er bot Franzi den zweiten Stuhl an und setzte sich selbst auf einen Fußhocker.

»Ich kann Ihren Ärger verstehen.« Franzi beugte sich vor. »Es tut uns wirklich leid, was mit Ihrem Sohn passiert ist.«

Schütze guckte irritiert. Das hatte ihm schätzungsweise noch niemand gesagt, zumindest kein Polizist oder Richter. »Was wollen Sie eigentlich?«

»Niko Wilke ist tot. Jemand hat ihn umgebracht.«

Er stockte, Unglauben im Blick, dann ballte er eine Faust und schlug sich mit der anderen Hand auf den Bizeps. »Da hat mir jemand die Arbeit abgenommen!«

Svea unterdrückte den Impuls, sich ihrerseits die Grillzange zu schnappen. Betroffenheit wegen der Todesnachricht hatte sie natürlich nicht erwartet, aber Schützes triumphierendes Grinsen ging zu weit. »Wo waren Sie letzte Woche zwischen Dienstag und Donnerstag?«

»Wird das ein Verhör?«

»Wir stellen die Fragen!«

»Schon gut!« Beschwichtigend hob er die Hände. »Von Montag bis Donnerstag war ich in Salzburg auf der Elektra.« Eine Elektronikmesse, er sei Staubsaugervertreter, erklärte er. Anschließend habe er Kunden in Linz und München besucht und sei erst Freitagnacht zurückgekommen.

Das würde sich überprüfen lassen. »Wir brauchen Ihre Kontakte auf der Messe. Wo haben Sie gewohnt, mit wem waren Sie essen? Möglichst lückenlos!«

Schütze schnaubte unwillig, beschimpfte den Toten als dreckigen kleinen Gauner. »Sogar im Kiosk seines Onkels hat er Drogen vertickt, der ist vor nichts zurückgeschreckt. Jemanden, dem sein Tod leidtut, müssen Sie lange suchen.«

»Manni's Kiosk?« Svea horchte auf. »Auf der Veddel?«

Schütze nickte. Näheres wusste er nicht, außer dass sein Sohn ihm gestanden hatte, dass er sich dort zweimal mit Wilke getroffen habe.

»War's das? Ich muss mich um den Grill kümmern.« Abrupt stand er auf.

Noch nicht! Svea erhob sich ebenfalls und wies mit der Nase zu dem Kampfjet. »Interessantes Spielzeug. Besitzen Sie eine Schusswaffe?«

Er stockte. »Sie glauben doch nicht, dass ich das war?«

Schütze besaß zwei Jagdgewehre, die er im Schießsportverein im Waffenschrank lagerte. Er zerrte sein Portemonnaie hervor und zeigte ihnen die Waffenbesitzkarte. Beide Gewehre waren mit ihren Nummern eingetragen.

Was wohl die ballistische Untersuchung ergab? Schütze hatte sich durch seinen Aggressionsausbruch nicht gerade unverdächtig gemacht. Andererseits würde er kaum Auskunft über seine Gewehre geben, wenn er damit kürzlich jemanden erschossen hatte.

Svea musterte ihn. Vielleicht hatte er eine illegale Waffe versteckt. Aber eine Hausdurchsuchung bei der schwachen Indizienlage? Unmöglich. Am besten überprüften sie als Erstes sein Alibi.

»Ist Ihre Frau auch da?« Svea zeigte auf die beiden Teller.

»Ich bin geschieden. Nachher kommt ein Kollege mit Steaks.« Er tippte auf die Fitnessuhr an seinem Handgelenk. »Bis dahin muss der Grill fertig sein.«

Oder die Liste mit seinen Kontaktpersonen!

Zum Abschied drückte Svea ihm ihre Karte in die Hand und bat ihn, ihr die Liste zuzumailen. Und zwar noch heute!

Schütze nickte wortlos. In seinen Augen las sie, dass er ihr am liebsten die Grillzange hinterherwerfen würde.

»Was hältst du von ihm?«, fragte Svea, als sie wieder im Auto saßen.

Statt einer Antwort verzog Franzi das Gesicht. Fehlte nur, dass sie sich den Finger in den Hals steckte.

Aber so unangenehm Schütze sich benommen hatte, kam er Svea nicht raffiniert genug vor, um sie spontan zu belügen.

»Wir gucken kurz bei Wilkes Onkel vorbei«, beschloss sie. Sie überprüften besser sofort, was an Schützes Anschuldigung dran war. Und der Rückweg ins Präsidium führte sowieso über die Veddel.

Knapp zwanzig Minuten später parkten sie gegenüber von Manni's Kiosk. Bis auf drei Kisten mit Gemüseresten war der Bürgersteig vor den Schaufenstern leer, die Eingangstür geschlossen.

»Eigentlich sollte er geöffnet haben.« Franzi tippte auf ein handgeschriebenes Schild in der Tür.

Hatte er aber nicht. Vielleicht hatte Wilke heute arbeiten sollen und Bodendieck hatte auf die Schnelle keinen Ersatz gefunden. Svea schirmte ihre Augen ab und spähte durch die Schaufensterscheibe ins Innere des Kiosks. Im Hintergrund zwischen zwei Regalen war schemenhaft eine Tür zu erkennen, die halb offen stand. Eine Ladenwohnung?

Ein Blick auf das Klingelbrett im nächstgelegenen Hauseingang unterstützte Sveas Verdacht. Demnach lag Manni's Kiosk im Erdgeschoss rechts, Bodendiecks Wohnung links.

Während Svea mehrfach hintereinander beide Klingelknöpfe drückte, rief Franzi in der Einsatzzentrale an. Bodendiecks Meldeadresse war tatsächlich identisch mit der Anschrift des Kiosks. Aber was nutzte das, wenn bei beiden niemand die Tür öffnete.

Svea versuchte Bodendieck auf seinem Handy zu erreichen. Als sich auch da nur die Mailbox meldete, hinterließ sie eine Nachricht mit der dringenden Bitte um Rückruf.

Dann fuhren sie ins Präsidium.

Bereits auf der Zufahrtstraße Richtung Elbbrücken staute sich der Verkehr.

Franzi warf einen Blick in die Stadtplan-App. Nach einem Unfall waren die Elbbrücken stadteinwärts komplett gesperrt, die Umgehungsstraßen dementsprechend überlastet.

Was jetzt? Vielleicht war Tamme noch unterwegs und sie

könnten sich den Weg sparen und ihn irgendwo in der Nähe zur Abschlussbesprechung treffen.

Aber ihr Stellvertreter saß längst im Präsidium, erledigte Papier- und Computerkram und wartete auf sie. Sein Besuch bei Conrady war vergebens gewesen. Anders als ihre Treffen mit Hummel und Schütze. »Kannst du in der KTU wegen der Projektile Druck machen?«, bat Svea.

Nachdem sie aufgelegt hatte, wendete sie den Wagen. »Wir versuchen es über die Nebenstrecke«, entschied sie. Zurück in den Hafen und dann über die Köhlbrandbrücke würde es noch länger dauern.

Eingezwängt zwischen zwei Lkws standen sie wenig später auf der Alten Elbbrücke, neben ihnen auf der Eisenbahnbrücke zischte eine S-Bahn nach der nächsten vorbei.

Ungeduldig sah Svea den Zügen hinterher. Sollte sie jetzt Franzis Situation ansprechen? Nachher im Präsidium würde die Zeit womöglich knapp. In ihre Überlegungen hinein rief Bo Hansen an.

»Gibt's was Neues?«

»Kommt drauf an. Wir haben einen anonymen Hinweis im Zusammenhang mit Wilke erhalten. Keine Ahnung, ob da was dran ist.« Svea fasste den aktuellen Ermittlungsstand zusammen.

»Hat die WS schon einen Hinweis auf den Tatort entdeckt?«, hakte Hansen nach.

Als Svea verneinte, schlug er vor, sich am Anleger des WSPK 2 zu treffen und von dort zu einer Tour mit seinem Boot zu starten.

»Jetzt? Wir sind auf dem Weg ins Präsidium.« Und dann wurde es auch bald dunkel.

Hansen hustete. »Morgen Vormittag geht auch.«

Umso besser. Mit etwas Glück war dann sogar schon die Taucherstaffel in der Schleusenkammer gewesen.

»Geht's auch später?«, warf Franzi zu Sveas Verwunderung ein.

»Schlecht«, meinte Hansen.

Deshalb verabredete Svea sich allein mit ihm. Um elf am Anleger.

Sie hatte das Telefonat kaum beendet, als Franzi fragte: »Erinnerst du dich, dass du mir geraten hast, zum psychologischen Dienst zu gehen?«

Natürlich! Wie hätte sie das vergessen können?

»Ich hab tatsächlich mit der Psychologin gesprochen«, fuhr Franzi fort. »Mehrfach.« Mittlerweile ging es ihr wieder viel besser. Morgen Vormittag hatte sie ihren vorerst letzten Gesprächstermin. »Das hat einiges gelöst!«, bekräftigte sie.

Svea wartete, dass ihre Mitarbeiterin erklärte, was sie mit »einiges« meinte. Aber mehr kam nicht.

Dafür floss der Verkehr plötzlich wieder, und Svea musste sich aufs Fahren konzentrieren.

Sie verabredeten sich für morgen, um nach der Abschlussbesprechung in Ruhe über alles zu reden.

8

»Hmmm«, brummte Tamme ihnen entgegen, als Svea hinter Franzi ins Zimmer trat. Mit Wangen wie ein Backenhörnchen saß er hinter seinem Monitor und kaute. Auf dem Teller neben ihm lagen Krümel.

Sveas Magen röchelte. Seit dem Frühstück hatte sie nichts mehr gegessen.

»Hättest du was gesagt, hätte ich dir was übrig gelassen!« Tamme hatte die letzten beiden Käsebrötchen in der Kantine erwischt. Nachschub gab es erst morgen früh.

»Macht nichts.« Svea setzte sich auf Tammes Tischkante. Ihre Besprechung dauerte schätzungsweise nicht lange. Und dann könnte sie Alex anrufen und mit ihm essen gehen. Pommes rot-weiß am Anleger Teufelsbrück. Mit Elbblick schmeckte es nicht nur großartig, dort hatte sie Alex zum ersten Mal geküsst.

»Ich hab in der KTU angerufen«, begann Tamme seinen Lagebericht. Die beiden Projektile, die die Kollegen aus der Rechtsmedizin mitgenommen hatten, stammten wohl aus derselben Waffe. Genaueres könnten sie erst morgen sagen.

Vor einer halben Stunde hatte ihm Vukovic gemailt. Seine Kollegin und er hatten alle Schleusenmeister erreicht, die in den letzten Tagen Dienst gehabt hatten – nichts Neues, leider. Aber es bestand ein kleiner Rest Hoffnung, dass jemand etwas gesehen hatte. Von den Schiffsführern, die zur möglichen Tatzeit die Schleuse passiert hatten, fehlten noch zwei.

»Hat Conrady sich zwischenzeitlich gemeldet?«, hakte Svea nach.

Tamme verneinte. Wenn er bis morgen früh nichts von ihm hörte, würde er in der Agentur vorbeifahren.

Guter Plan! »Was macht die Fahndung nach dem Jungen?«, kam sie zum nächsten Punkt.

»Bis jetzt nichts.« Tamme hatte einen Aufruf an alle Streifenwagen rausgeschickt, keiner der Kollegen hatte etwas gemeldet. Und für einen öffentlichen Fahndungsaufruf lag kein Anlass vor. Abgesehen davon, dass sie nicht mal wussten, ob es den Jungen tatsächlich gab, würde kein Richter oder Staatsanwalt eine Öffentlichkeitsfahndung anordnen, ohne dass etwas gegen die Zielperson vorlag.

»Hast du Girik erwischt?«, warf Franzi ein. Sie saß schon wieder an ihrem Rechner und tippte.

Tamme nickte. Den Pizzadienst, mit dem Wilke telefoniert hatte, hatte Girik bis jetzt nicht als Drogenumschlagplatz verdächtigt, aber sie würde dem nachgehen und sich melden.

»Schützes Waffenbesitzkarte ist in der Datenbank registriert«, meldete Franzi. Und Marvin Schütze saß übrigens nicht nur wegen Dealens im Jugendgefängnis. Er war Intensivtäter. Einbruchdiebstahl, Schlägereien. Auf das Konto des Jungen ging einiges.

»Sympathische Familie.« Die behielten sie im Blick. Svea rutschte von der Tischkante.

»Das war's für heute.« Bis jetzt waren ihre Ermittlungsergebnisse – vorsichtig ausgedrückt – übersichtlich. Ob das nur am Wochenende lag? Sie war gespannt, was die toxikologische Untersuchung von Wilkes Blut ergab. Und vor allem hoffte sie, morgen mit Hansen weiterzukommen.

Dass sie akut nichts mehr tun konnten, hatte aber auch seine Vorteile. So konnte sie sich in Ruhe mit Alex treffen. Und vorher Emine anrufen.

Sie setzte sich noch kurz an ihren Rechner und checkte ihre Mails. Aber da war nichts Neues.

»Schönen Feierabend«, verabschiedete sie sich wenig später von Tamme und Franzi.

»Bestimmt.« Franzi lächelte.

»Ich fahr doch besser gleich noch mal bei Conrady vorbei.« Tamme schnappte sich seine Jacke vom Haken.

»Das reicht auch morgen früh.« Wollte er nicht so schnell wie möglich nach Hause zu Imke und den Kindern? Svea hatte nicht vor, ihm zwei Abende in Folge zu verderben.

Aber Tamme bestand darauf. »Ist nur so ein Gefühl«, meinte er und hob entschuldigend die Achseln.

»Okay, wenn noch was ist, melde dich.« Sie machte erst mal Schluss für heute.

9

»Sie schon wieder!«

Conradys Frau riss die Tür auf. Am Morgen hatte sie Tamme knapp bis zur Brust gereicht, jetzt stand sie ihm auf Kinnhöhe gegenüber. Sie hatte sich umgezogen und trug High Heels zu einem weit schwingenden Minikleid. Oder war es eine lange Bluse?

»Ulf ist noch nicht hier! Es kommt vor, dass er Montagmorgen direkt aus Mecklenburg ins Büro fährt.«

Ihre Augen waren gerötet, die Lider geschwollen. Hatte sie geweint?

»Ich hab gerade Zwiebeln geschält.« Sie blinzelte.

In dem Aufzug? »Was gibt es denn zu essen?«

»Zwiebelkuchen! Und jetzt entschuldigen Sie mich, ich geh nachher noch ins Theater.«

Zack, hatte sie die Tür zugeschlagen.

Diesmal klingelte er nicht, damit sie ihm wieder öffnete, sondern ging gleich zurück zu seinem Wagen. Er hatte links von ihrer Toreinfahrt hinter einem gläsernen Haltestellenhäuschen geparkt. Sollte er hier warten und kontrollieren, ob sie wirklich das Haus verließ? Aber wenn er sie dann verfolgte, verpasste er vielleicht Conradys Ankunft.

Und falls der gar nicht nach Hause kam, sondern direkt in seine Agentur fuhr?

Auch wenn es Tamme nicht gestört hätte, die Nacht im Auto zu verbringen und die Villa zu observieren, musste er sich eingestehen, dass es wenig Grund dafür gab. Er wartete am besten ab, ob Conrady ihn in den nächsten Stunden anrief. Und sonst fuhr er wie geplant gleich morgen früh in dessen Büro vorbei.

Er startete den Wagen und fädelte sich in den Verkehr auf der Elbchaussee ein. Wie war er überhaupt auf die Idee gekommen, ein zweites Mal bei Conrady vorbeizufahren? Hatte sein unbestimmtes Gefühl wirklich nur mit dem Fall zu tun gehabt? Oder hatte er einfach keine Lust, den Abend mit Imke und ihren übertriebenen Zärtlichkeiten zu verbringen?

Imke.

Der neue Filter, durch den sie neuerdings ihr Trinkwasser jagte und der angeblich alle Schadstoffe herauslöste, hatte offenbar auch sein Verlangen nach ihr abgefangen. Heraus kamen Tage und Nächte, fade wie Leitungswasser. Nicht dass er Champagner erwartete, den mochte er sowieso nicht. Aber ab und zu etwas Prosecco im Blut wäre schon in Ordnung.

Erst als er an einer Ampel stoppte und neben ihm die Reklame vom Grillpavillon blinkte, wurde ihm bewusst, dass er nicht nach Hause fuhr. Hinter dem Imbiss zweigte die Davidstraße ab, er befand sich auf der Reeperbahn.

Er fuhr weiter bis zum Millerntorplatz und bog zweimal nach links ab. Plötzlich stand er vorm Kuddel. Seine Stammkneipe aus alten Zeiten als Milieuermittler. Und später seine Zuflucht, wenn ihm zu Hause alles zu viel wurde.

Ein Bier am Tresen oder zwei. Eine schöne Frau mit langen dunklen Haaren und großen Brüsten auf dem Barhocker neben ihm …

Er öffnete die Wagentür, zerrte an seiner Jacke, die sich am Hebel der Handbremse verfangen hatte. Der Stoff krachte. Eilig stieg er aus und schloss den Wagen ab. Als er den Schlüssel in die Tasche stecken wollte, landete er klimpernd auf der Straße.

Er hielt inne und betrachte den Riss in der Jacke.

Die Aussicht auf einen Flirt, bei der er vor ein paar Wochen die Tür zum Kuddel nicht schnell genug aufstoßen konnte, löste nicht das geringste Prickeln in ihm aus.

Er konnte genauso gut nach Hause fahren.

10

»Soll ich noch kommen? Ich kann dich abholen, und wir fahren zum Imbiss am Anleger Teufelsbrück.«

Diesmal war es Svea, die fragte. Kaum dass sie das Präsidium verlassen hatte, noch auf der Treppe zum Parkplatz, hatte sie Alex' Nummer gewählt.

Aber jetzt war er es, der Nein sagte. Nicht weil er müde war. Ein Freund hatte ihm spontan eine Karte für ein Jazzkonzert im Gruenspan geschenkt. Jörg würde ihn in einer halben Stunde abholen.

»Vielleicht gibt es noch Karten, und du kannst mitkommen.« Sie hörte seine Schritte durchs Telefon. Er ging die Stufen hoch ins Arbeitszimmer, wo der Computer stand.

»Lass mal.« Gitarren und Saxofone, die ihren Gedanken den Rhythmus vorgaben, waren heute Abend nicht das Richtige für sie. Sie schloss ihren Wagen auf und klemmte das Handy in die Halterung.

»Ich esse einfach eine Pommes für dich mit.«

»Soll ich Jörg absagen?«

»Auf gar keinen Fall!« Die Band trat bestimmt nur heute in Hamburg auf. Treffen konnten sie sich morgen Abend genauso gut. Hoffte sie wenigstens. Aber wenn sich der Fall weiter so träge entwickelte, machte sie auch morgen pünktlich Feierabend.

»Alles okay bei dir?«

»Ja.« Bis auf die Tatsache, dass sie nicht wusste, was mit Yunan los war. Wo steckte er? Was hatte er ihr sagen wollen?

»Sicher?« Alex klang besorgt.

»Nein«, brach es aus ihr heraus. Sie hatte sich vorgenommen, Alex immer die Wahrheit zu sagen. Gestern hatte sie ihn zwar nicht angelogen, aber trotzdem verschwiegen, dass sie nicht allein gewesen war.

Sie holte tief Luft und startete den Wagen. »Ich hatte gestern Abend noch unerwarteten Besuch.«

»Und?« Wenn Alex verärgert oder wenigstens überrascht war, wusste er es gut zu verbergen. Zumindest durchs Telefon.

»Es gibt kein *und.*« Das war ja das Problem. Sie berichtete Alex, wie sehr Yunans plötzliches Auftauchen sie erschreckt hatte. Wie sehr ihr schlechtes Gewissen sie immer noch plagte, und dass sie Yunan deshalb bei sich hatte übernachten lassen. »Und am Morgen war er plötzlich weg.« Bevor er ihr den Grund seines Auftauchens anvertraut hatte.

»Du bist sicher, dass er wirklich da war?«

»Natürlich!«

Aber nachdem sie aufgelegt hatte, fragte sie sich für eine Sekunde, ob Alex nicht recht hatte. Hatte sie einen Klartraum von Yunan gehabt? So was gab's doch!

Knapp zwanzig Minuten später, sie war vom Rugenbarg in die Flurstraße Richtung Teufelsbrück abgebogen, rief Alex noch mal an. Ihm war eingefallen, dass der Imbiss in der Regel nur bis 18 Uhr geöffnet hatte.

Mist! Dann fuhr sie eben nach Hause und holte sich gegenüber im Kebap Kitchen einen Döner.

»Ich freu mich auf morgen.« Alex machte ein schmatzendes Geräusch. Ein Kuss?

»Und wenn es doch spät wird?«

»Egal.« Dienstag hatte er frei. »Du kannst auch mitten in der Nacht kommen.«

Sie legte auf und versicherte sich im Rückspiegel, dass niemand hinter ihr war. Dann machte sie einen U-Turn über die durchgezogene Linie.

Erst als sie am Osdorfer Born aus dem Wagen stieg, fiel ihr ein, dass sie immer noch nicht bei Emine angerufen hatte.

Sofort griff sie zum Handy.

Nach zehnmal Klingeln meldete sich eine Computerstimme: »Der angerufene Teilnehmer antwortet nicht. Wenn Sie eine Rückrufbitte per SMS senden möchten, drücken Sie die Eins.«

Sie legte auf. Erst mal brauchte sie dringend etwas zu essen. Danach würde sie es wieder versuchen.

Gierig biss sie wenig später in ihren Döner. Durch die Scheibe des Kebap Kitchen sah sie auf den Weg vor ihrem Haus. Eine Frau ließ einen großen schwarzen Hund an einen Baum pinkeln, genau dort hatte Yunan gestern auf sie gewartet.

Als sie den Blick abwenden wollte, drängte sich jäh ein Gedanke in ihr Bewusstsein. War Yunan gar nicht zufällig am Abend nach Wilkes Leichenfund bei ihr aufgetaucht? Hatte sich sein Bild immer wieder vor das von Wilke geschoben, weil ihre Intuition längst wusste, was der Verstand ignorierte?

Aber angenommen, er war wirklich in den Fall verwickelt, wäre es dann nicht dumm, ausgerechnet bei ihr aufzutauchen? Oder hatte er herausfinden wollen, wie der Stand der Ermittlungen war?

Hastig schlang sie den Rest ihres Döners hinunter. Hoffentlich erreichte sie Emine gleich!

MONTAG, 05.10.2015

1

Die Fotos waren nicht nur in der Mopo erschienen. Wenig später hatte er sie auf der Onlineseite des Abendblatts und beim NDR entdeckt.

Nur mühsam hatte er sich wieder beruhigt.

Aber selbst wenn der Leichnam früher als erwartet aufgetaucht war, hieß das noch lange nicht, dass die Kripo gleich auf ihn kam.

Da zahlte es sich aus, dass er nicht kopflos gehandelt hatte. Auch wenn alles in ihm danach gedrängt hatte, das Schwein bei der erstbesten Gelegenheit zu erledigen.

So gut es ging, hatte er die Tat stattdessen geplant, Vorsichtsmaßnahmen ergriffen und Handschuhe übergezogen. Er hatte keine Fingerabdrücke hinterlassen, sein Name stand nicht auf der Stirn des Toten.

Er durfte sich nicht verrückt machen lassen! Trotzdem musste er überlegen, wie er etwas mehr Zeit gewinnen konnte.

Zischend öffnete er ein Bier und trank die Flasche in einem Zug leer.

Er hatte noch einiges vor.

2

Gischt spritzte auf, als die Fähre eine scharfe Kurve zog, ergoss sich über die Reling des offenen Decks. Svea sprang einen Schritt zurück. Zu spät, von den Knien abwärts triefte ihre Jeans. Selbst ihre Jacke hatte Spritzer abbekommen.

Sollte sie in den Innenraum gehen? Es war noch kälter als gestern, Wolken jagten am Himmel. Andererseits trocknete der Wind hier draußen die Hose schneller.

Und dann die großartige Aussicht! Hinter ihr an den Landungsbrücken lagen die Rickmer Rickmers und die Cap San Diego, wurden mit jedem Fahrtmeter kleiner, vor ihr wogte das Dach der Elbphilharmonie mit den Wellen um die Wette.

Schaukelnd legte die Fähre nach nicht mal fünf Minuten unterhalb der beiden Musicaltheater im Hafen an. Der einzige Zwischenstopp auf Sveas Weg zum WSPK 2 in Steinwerder, wo sie mit Hansen verabredet war.

Außer ihr war ein knappes Dutzend Leute an Bord, nach Fotoapparaten und Stadtplänen zu schließen, hauptsächlich Touristen. Die Hafenarbeiter hatten längst ihre Schicht angetreten, für Musicalbesucher, die hier aus- und einstiegen, war es noch zu früh. Mit schrillem Fiepen wurde die Gangway ausgeklappt und gleich wieder eingezogen.

»Zurückbleiben bitte!« Eine Ansage wie in der U-Bahn.

Wenig später bog die Fähre in einen Kanal ab. An den Seiten ragten haushohe Spundwände auf. Darüber stapelten sich Paletten, etwas weiter hinten auch Container. Dröhnend und wummernd verrichteten Hafenkräne und Bagger ihre Arbeit. Aus einem Dock sprühten Funken vom Schweißen, daneben dümpelten rostige Schiffe.

Tausendundein Ort, um unbeobachtet jemanden zu erschießen, ins Wasser zu stoßen und danach unbemerkt zu verschwinden. Svea zog ihr Handy hervor und tippte auf die Stadtplan-App. Bis zur Ellerholzschleuse war es nicht mal ein Kilometer. Fuhr sie etwa gerade am Tatort vorbei?

Auf Höhe einer Lagerhalle klafften riesige Öffnungen in der Kaimauer, wie Felshöhlen auf Gomera, nur aus Beton gegossen. Keine Ahnung, wozu das gut war, vielleicht waren es Anlegestellen, denn alle paar Meter führten Leitern nach unten. Vielleicht hatte es statische Gründe, um das Ufer zu stabilisieren. Sie würde Hansen nachher fragen. Aber hauptsächlich hoffte sie, mit seiner Hilfe den Tatort weiter einzugrenzen. Strömungsversuche mit einem Dummy würde es frühestens morgen geben, und sie konnte unmöglich das ganze Hafengebiet auf Tatspuren absuchen lassen.

Immerhin lag mittlerweile das Obduktionsprotokoll aus der Rechtsmedizin vor. Sie hatte es kurz überflogen, bevor sie aufgebrochen war. Jetzt stand offiziell fest, dass Wilke an den Schussverletzungen in Brust und Herz gestorben und postmortal ins Wasser gelangt war. Auch das Ergebnis der toxikologischen Untersuchung lag vor: Wilke hatte keinen Drogencocktail, sondern nur geringfügige Spuren von Kokain im Blut. Das unterstützte ihre Vermutung, dass er die Drogen in seiner Wohnung nicht nur für den eigenen Verbrauch gelagert, sondern damit zumindest im kleinen

Rahmen gedealt hatte. Ob er sein Geld nur als Kioskaushilfe und womöglich mit Dealen verdient hatte oder ob er seine Kasse mit gelegentlichen Einbrüchen aufgebessert hatte, war allerdings nach wie vor unklar. Tamme war heute Morgen als Erstes im Präsidium gewesen und hatte nicht nur angefangen, Schützes Alibi zu überprüfen, sondern auch mit einer Kollegin von der Soko Castle gesprochen, die alle Einbruchermittlungen in Hamburg zentral erfasste. Anfang Juli war in eine Alstervilla eingebrochen worden, Wilke hatte als einer der Verdächtigen gegolten. Aus Mangel an Beweisen war der Fall jedoch zu den Akten gelegt worden. Ausschließen wollte die Kollegin nicht, dass es sich um Beschaffungskriminalität handelte, aber bestätigen konnte sie es erst recht nicht.

Als sie sich einer Brücke näherten, drosselte die Fähre die Geschwindigkeit und steuerte auf einen darunterliegenden Ponton zu.

Argentinienbrücke. Hier musste Svea raus.

Es fiepte erneut, mit einem Rums landete die Gangway auf dem Ponton. Eine metallene Rampe führte nach oben, vorbei an den Betonsockeln der Brücke, die komplett mit Graffiti bemalt waren. *Sail away* hatte jemand in großen bunten Buchstaben neben ein Containerschiff gesprayt. Quer über einem Leuchtturm stand *Follow the Lighthouse*.

Was war ihr Leuchtturm bei den Ermittlungen? Gab es überhaupt einen? Eher viele kleine Taschenlampen, manche mit Wackelkontakt, manche mit leeren Batterien. Genauso wie beim Tatort tappten sie bezüglich des Jungen nach wie vor im Dunkeln. Aber einige wenige Lämpchen funktionierten zum Glück. Auch wenn ihnen bislang die große Erleuchtung fehlte, kamen sie trotzdem Schritt für Schritt voran. Reale Ermittlungsarbeit war eben oft viel weniger spektakulär, als gängige Fernsehthriller es zeigten.

Plötzlich rappelte, rumpelte und klapperte es. Eine Gruppe Menschen mit prall gefüllten Rollkoffern bog um die Ecke. Was machten die hier? Hatten sie sich verlaufen? Aber dafür liefen sie zu zielstrebig an ihr vorbei Richtung Ponton.

Als Svea weiterging, bemerkte sie den Wegweiser zum Cruise Center. Am Ende eines gepflasterten Fußwegs kam sie an eine mehrspurige Kreuzung. Lkws donnerten an ihr vorbei, im Hafenbecken schwammen zwei kleinere Containerschiffe, Kräne reckten ihre Ausleger, als wollten sie die Wolken fangen – oder zumindest die Köhlbrandbrücke.

Rechts im Hintergrund ragte ein hochhausgroßes Kreuzfahrtschiff auf. Schneeweiß und voller Balkone, wirkte es surreal vor der Industriekulisse. Ein Schwan mit geschwellter Glitzerbrust zwischen lauter zerrupften Entchen. Svea wusste sofort, was ihr besser gefiel.

Sie wandte sich nach links, kurz vor der Schleusenbrücke kam sie an einer Großuhr vorbei. Über der Werbung für eine Grönlandkreuzfahrt zeigte sie halb elf.

Svea war eine halbe Stunde zu früh! Sie könnte selbst noch mal zur Seemannsmission und zur Schleusenkammer gehen. Zwar hatten die Polizeitaucher gleich heute Morgen angerufen und ihr mitgeteilt, dass sie es erst am Nachmittag schaffen würden. Aber was schadete es, sich den Leichenfundort ein zweites Mal anzusehen? Doch dann entschied sie, stattdessen bei der WS vorbeizugucken und zu fragen, ob es etwas Neues gab.

Als ihr Handy in der Jackentasche piepste, blieb sie kurz stehen, um es hervorzuholen.

Emine? Svea spürte ihren Herzschlag. Sie hatte es gestern Abend und heute Morgen zwei weitere Male bei Yunans Schwester probiert und anschließend eine SMS geschrieben. Bis jetzt hatte sie sich nicht zurückgemeldet.

Aber es war nicht Emine.

KUESSE, ALEX, las sie.

Dazu ein Foto des gestrigen Konzerts.

Während sie eine Antwort tippte, kreischte eine Möwe über ihr. Sekunden später klatschte ein weißgrauer Haufen mitten aufs Display.

Scheiße! Und das sollte Glück bringen?

Fluchend legte sie ihr Handy auf den Asphalt, setzte ihren Rucksack ab und suchte darin nach einem Taschentuch.

Sie hatte die Hälfte des Displays abgewischt, bedacht, nichts in die Mikrofonöffnung zu schmieren, als etwas in ihrem Augenwinkel flatterte. Hinter der Brücke, im Vorgarten der Seemannsmission, hisste jemand eine Fahne.

Svea wickelte das Handy in ein sauberes Taschentuch, dann eilte sie los. »Hallo, haben Sie einen Moment Zeit?«

Der geflochtene schwarze Zopf der Frau schwang herum, als sie sich zu Svea umdrehte. »Sicher. Worum geht es?« Nadette Villaflor arbeitete hier ehrenamtlich als Seelsorgerin. Sie hatte bis nachmittags Zeit und ein offenes Ohr für jeden, der es brauchte.

Svea stellte sich vor und berichtete von dem Leichenfund. Villaflor hatte noch nichts davon gehört; wenn es sie jetzt schockierte, so zeigte sie es nicht. Sie war gerade erst angekommen, von der WS war bis jetzt niemand bei ihr gewesen.

»Und wie kann ich Ihnen helfen? Belastet Sie die Situation? Wir können reingehen, ich koche uns einen Tee und dann erzählen Sie mir alles in Ruhe.«

»Danke, vielleicht später.« Villaflor hatte etwas an sich, dass Svea sich gut vorstellen konnte, wie man ihr Dinge anvertraute und sich danach besser fühlte. Aber zum einen wartete Hansen gleich auf sie, und was Svea momentan belastete, war Yunans Verschwinden. Was sollte ein Gespräch da helfen? Villaflor könnte ihn wohl kaum herzaubern.

»Haben Sie letzte Woche etwas Ungewöhnliches in oder an der Schleusenkammer bemerkt?«

Villaflor vertäute das Seil am Mast. Dann sah sie Svea an. »Nein, tut mir leid, da kann ich Ihnen nicht helfen.« Sie hatte nichts gesehen. Und außer ihr war letzte Woche niemand vor Ort gewesen.

Niemand, der Redebedarf hatte?

»Doch, natürlich!« Sie lachte. »Aber die Seeleute kann ich schlecht fragen. Die sind längst zurück auf die Philippinen geflogen.«

Svea verabschiedete sich und sah Villaflor hinterher, wie sie im Haus verschwand. Dann wandte sie sich zum Gehen. Das Wasser in der Schleusenkammer neben ihr war trüb und undurchdringlich wie ein Moorbad. Es könnte genauso gut hundert statt vier Meter tief sein. Wer weiß, was die Polizeitaucher auf dem Grund entdeckten. Aber jetzt war sie erst mal mit Hansen verabredet. Ihre Handyuhr zeigte fünf vor elf.

»Warten Sie!«

Villaflor tauchte hinter ihr auf. Sie schwenkte eine Plastiktüte und rief etwas, was Svea nicht verstand.

»Die habe ich ganz vergessen.« Sie keuchte, als wäre sie nicht zwanzig, sondern zweitausend Meter hinter Svea hergerannt.

In der knittrigen Tüte eines Discounters steckten zwei Plastikhandschuhe, wie sie auch die Spurensicherung verwendete.

Svea spürte ihren Herzschlag. »Was ist das?«

Einer der Seeleute war Anfang letzter Woche in der Nähe spazieren gegangen. Dabei hatte er einen Mann gesehen, der die Tüte mitsamt Inhalt in einen Mülleimer geworfen und sich anschließend mehrfach umgesehen hatte. Als hätte er etwas Verbotenes getan, hatte der Seemann gesagt.

Er hatte die Tüte aus dem Mülleimer geklaubt und Villaflor gegeben. Sie hatte sich nichts weiter dabei gedacht. Aber da hatte sie auch noch nichts von dem Leichenfund gewusst.

Auf Sveas Nachfrage erinnerte sie sich weder an den Namen des Seemanns, noch hatte sie gefragt, wo der betreffende Mülleimer stand. Geschweige denn, wie der Mann aussah. »War es überhaupt ein Mann gewesen?« Sie fasste sich an die Stirn. Oder hatte der Seemann nur »person« gesagt? Sie wusste es nicht.

Wortreich entschuldigte sie sich, dass sie Svea nicht helfen konnte.

Dabei half sie ihr weit mehr als gedacht. Die Tüte hatten wahrscheinlich zu viele Personen angefasst. Aber die Handschuhe könnten interessant sein. Möglicherweise war der Seemann Wilkes Mörder begegnet.

Svea würde beides bei der WS abgeben, damit es gleich in die KTU kam. Bei der Gelegenheit konnte sie hoffentlich ihr Handy reinigen und desinfizieren.

»Gehen hier abends viele Leute spazieren?«, hakte sie nach, auch wenn sie die Antwort zu kennen glaubte. Das Gewirr aus Straßen und Schienen machte es Fußgängern schwer.

»Niemand«, bestätigte Villaflor. »Außer unseren Leuten natürlich.«

Und der Mann mit der Tüte, den einer der Leute gesehen hatte.

Zwar stand die Befragung der letzten beiden Schiffsführer aus, trotzdem schien es Svea immer wahrscheinlicher, dass die Tat an Land – und zwar irgendwo hier in der Nähe – passiert war.

Vielleicht legten Hansen und sie bei ihrer Bootstour mal an.

3

»Ich verstehe nicht, warum das wichtig ist. Aber bitte!« Ulf Conrady krempelte auch den zweiten Ärmel seines blau-grün karierten Flanellhemds hoch und griff energisch nach der Computermaus, als wäre sie ein Paddel und er würde gleich in See stechen. Nach der Beschreibung seiner Frau hatte Tamme einen gebeugten alten Kerl erwartet, aber der Mann vor ihm strotzte vor Vitalität, sah weit jünger aus als sechzig. Mit einem manikürt aussehenden Zeigefinger klickte er mehrfach die rechte Maustaste, dann winkte er Tamme zu sich an den Schreibtisch.

Ein Ausschnitt von Google Maps. Straßen, Wald, ein Dreieck für einen Campingplatz, daneben ein hellblauer Fleck. *Plauer See.*

»Da war ich von Freitagabend bis heute Morgen. Ohne Internet, ohne Telefon. Man braucht viel weniger, als man denkt. Ein Boot, ein Zelt, ein Feuer. Das genügt.« Conrady klang salbungsvoll wie ein Prediger und holte mit beiden Armen aus.

Im rechten Handballen schimmerte eine aufgeplatzte Blase, wahrscheinlich vom ungewohnten Paddeln. Stammten Conradys Muskeln aus dem Fitnessstudio? Von echter körperlicher Arbeit hätte er jedenfalls Schwielen an den Händen.

Und warum wies sein Hemd derart akkurate Bügelfalten auf? War er gar nicht direkt aus Mecklenburg in die Firma gekommen, wie er behauptet hatte, sondern zum Duschen und Umziehen zu Hause vorbeigefahren? Einen Koffer mit reichlich Wechselkleidung hatte er wohl kaum im Zelt dabeigehabt. Oder lagerte hier irgendwo ein Stapel frischer Wäsche? Tamme ließ seinen Blick durch den Raum streifen, bis auf den riesigen Schreibtisch, zwei Stühle und eine Chaiselongue vor dem Panoramafenster war er leer.

Log Conrady? Aber wozu?

Nachdenklich trat Tamme ans Fenster. Unter ihm auf der anderen Straßenseite stand sein Toyota. Weil er keinen freien Parkplatz gefunden hatte, hatte er ihn vor einem Bauzaun abgestellt. Soweit er es erkennen konnte, klemmte kein Zettel hinter dem Scheibenwischer. Aber er sollte sich sicherheitshalber beeilen mit der Befragung.

Ruckartig wandte er sich um und bat Conrady, Namen und Telefonnummern seiner Kumpel zu notieren, die bestätigen konnten, dass er mit ihnen am Plauer See gewesen war.

»Nicht bevor Sie mir sagen, warum Sie das wissen wollen!« Ungeduld hatte sich in Conradys Ton geschlichen.

Tamme hatte ihm noch nicht verraten, warum er sich für sein Wochenende interessierte. Wobei das sowieso nebensächlich war, schließlich war Wilke zu dem Zeitpunkt bereits tot gewesen. Aber Tamme hatte sich erst ein allgemeines Bild von Conrady machen wollen, bevor er zum eigentlichen Grund seines Besuchs kam.

»Was sagt Ihnen der Name Niko Wilke?«

»Nie gehört.« Conrady hielt Tammes Blick, antwortete so schnell wie beiläufig. »Muss ich den kennen?«

Tamme holte sein Notizbuch hervor und las den zweiten Satz der anonymen Nachricht vor: »Ulf Conrady wird von seinem Dealer Niko Wilke erpresst!«

»Was?« Conrady furchte die Stirn. »Mein Dealer? Womit dealt er denn? Ich brauche nichts.«

Tamme ging nicht darauf ein: »Können Sie sich vorstellen, wer so etwas schreibt?«

»Nein. Ich verstehe ja nicht mal den Inhalt.« Conrady zupfte sich am Hals.

Schade, die Techniker von der KTU hatten bis vorhin, als Tamme bei ihnen angerufen hatte, auch nichts über den Absender der Mail herausgefunden. »Sie haben also nie Rauschmittel gekauft oder konsumiert?«

»Nein! Und ich habe jetzt wirklich zu tun!« Conrady schlug die Hände auf den Tisch. »Irgendein Verrückter schreibt Ihnen eine Mail, und Sie stehlen mir hier meine Zeit.«

Tamme sah auf die Uhr. Conrady hatte ihm eingangs eine halbe Stunde gewährt, bis jetzt waren erst zwanzig Minuten vergangen.

»Wären Sie bereit, Ihre Aussage unter Eid zu wiederholen?«

»Bitte?« Conradys Augen flackerten.

Vor Wut? Oder aus Unsicherheit? Genau konnte Tamme das nicht einordnen.

Aber vielleicht war es egal. Nachdem Conrady seine Ärmel zweimal runter- und wieder hochgekrempelt hatte, gab er schließlich zu, vor Jahren Kokain geschnupft zu haben. Ein paarmal auf Partys. Ein Freund hatte es im Internet bestellt, es war mit einem Taxi geliefert worden. »Keine Ahnung, von wem.«

Am Ende seiner Beichte schloss Conrady kurz die Lider, dann fragte er: »Sie glauben doch nicht, dass das der Mann aus Ihrer Nachricht ist? Wie hieß er noch mal?«

»Niko Wilke.«

Conrady schüttelte den Kopf. »Der Name sagt mir wirklich nichts.«

Womöglich hatte Wilke einen anderen Namen benutzt. Oder war gänzlich anonym geblieben. Beides war gut vorstellbar.

Tamme zog sein Handy hervor und zeigte ein Foto von Wilke. Conrady warf einen kurzen Blick darauf und blieb bei seiner Aussage. »Kenne ich nicht.«

»Wurden Sie jemals erpresst?«

Conrady lachte auf. »Von meiner Frau. Ich verbringe ihrer Meinung nach zu wenig Zeit mit ihr. Ist meine zweite Ehe, ich dachte, es würde diesmal besser, aber es ist schlimmer.«

Er musterte Tammes Hände. Sein Blick blieb an dem Ring hängen. »Sind Sie verheiratet?«

Tamme nickte.

»Und, glücklich?«

Statt zu antworten, schnaubte Tamme. Was ging es Conrady an, dass er heute Morgen viel zu früh aufgewacht war und beim Anblick der schlafenden Imke neben sich spontan entschieden hatte, sofort ins Büro zu fahren. Bevor Svea und Franzi gekommen waren, hatte er schon reichlich weggearbeitet. Hätte er nicht immer alles für die Familie zurückgestellt, wer weiß, wo er jetzt wäre. Im Glück?

Aber das war kein Thema, das er mit Conrady besprechen würde!

Er setzte an, auf die Kokainpartys zurückzukommen, als sich die Tür öffnete. Einen Moment glaubte Tamme, Conradys Frau stünde vor ihm. Die Assistentin sah ihr zum Verwechseln ähnlich.

»Gehört Ihnen der Toyota mit dem Kennzeichen HH-IT-1999?« Sie zwirbelte eine Haarsträhne. »Hat gerade ein Ticket bekommen.«

Tamme fluchte. Er wäre besser gleich zum Punkt gekommen!

Eilig informierte er Conrady, dass er für die letzte Woche ebenfalls ein Alibi benötigte. Wo war er zwischen Dienstag und Donnerstag gewesen? Auf diesen Zeitraum konnten sie sich nach der aktuellen Aussage der Rechtsmedizin beschränken.

»Ist das wirklich nötig? Vielleicht war die anonyme Nachricht ein Scherz?«

»Davon gehen wir nicht aus. Ich will Sie nicht beunruhigen, aber vielleicht sind Sie in Gefahr.«

Tamme bemerkte Conradys Verunsicherung. Zu seiner Überraschung genoss er sie.

»Niko Wilke wurde ermordet.«

»Was?«

»Behaupten Sie immer noch, ihn nicht zu kennen?«

»Ja!« Nachdrückliches Nicken. »Was wollen Sie eigentlich?«

»Die Wahrheit.« Tamme musterte Conrady. Von dessen anfänglicher Lässigkeit war wenig übrig geblieben. »Wenn Sie Wilke kennen, werden wir es herausfinden.«

Er legte seine Karte auf den Tisch, verabschiedete sich knapp und eilte durchs Treppenhaus nach unten.

Draußen vorm Haus atmete er auf. Von einem Knöllchenschreiber keine Spur. Hatte die Assistentin gelogen, um ihn schneller loszuwerden? Aber halt, wo war sein Toyota? Vor der Stelle am Bauzaun, wo er ihn abgestellt hatte, parkte ein Abschleppwagen.

»Hallo!« Er schwenke beide Arme. Statt loszusprinten über die Straße, musste er erst drei Touristenbusse und einen extralangen Linienbus passieren lassen. Fuhren die immer so langsam?

Als die Busse vorbei waren, baumelte sein Toyota bereits am Kran des Abschleppers, an der Windschutzscheibe klebte ein weißer Zettel.

4

Svea eilte über die Gangway zum Anleger der WS. Von Hansen und seinem Boot keine Spur. Ein einsames Polizeiboot lag vertäut an einem Poller. Suchend sah sie sich um. War er etwa schon wieder verschwunden? Sie kam zwanzig Minuten zu spät. Zwar hatte sie versucht ihn anzurufen, aber nicht erreicht.

Oder hatte Hansen das Streifenboot ausgeliehen? Als sie darauf zusteuerte, hörte sie eine Stimme hinter sich.

»Hierhin!« Am anderen Ende des Pontons ragte Hansens Oberkörper hinter der Betonkante auf. Er trug einen Seemannspulli wie am Samstag und schwenkte beide Arme über dem Kopf. Es schien, als stünde er im Wasser. Er war doch hoffentlich nicht mit einem Kanu gekommen?

Sie eilte in seine Richtung. Und stoppte abrupt.

Ein Kanu war es zum Glück nicht, was unterhalb des Pontons im Wasser schaukelte. Aber war der flache Plastikkahn mit Außenbordmotor besser?

»Was willst du mit einem großen, schwerfälligen Boot?« Ihr irritierter Blick war ihm offenbar nicht entgangen. »Hiermit kommen wir überall hin.«

Dazu musste sie erst mal zu ihm in den Kahn hineinkommen.

»Am besten setzt du dich auf die Kante des Pontons und lässt dich runtergleiten.« Hansen reichte ihr die Hand, um sie zu stützen. Sein Griff war kräftig, die Finger klamm, als wenn er sie zu lange ins Wasser gehalten hätte.

Schnell ließ sie wieder los, der Boden unter ihr wackelte weniger als befürchtet. Trotzdem setzte sie sich sofort auf eine schmale Bank im Bug.

»Ich hab mir gedacht, wir fahren durch die Schleuse und dann als Erstes weiter durch den Ernst-August-Kanal bis zu Wilkes Wohnort«, schlug Hansen vor. Er machte das Boot los und holte die Fender ein.

»Warte!« Sie berichtete von Vukovics Vermutung, dass Wilke wegen der Schiffsschraubenverletzung von Westen in die Schleuse getrieben wurde.

»Möglich.« Er klang nicht überzeugt. Seiner Meinung nach würde der Leichnam dann anders aussehen. Die gigantische Schraube eines Container- oder Kreuzfahrtschiffes hätte nicht nur die Füße abgetrennt, sondern den ganzen Körper durchgemangelt. Er dachte eher an ein kleineres Boot, höchstens so groß wie eine Hafenfähre. »Sogar mir könnte das passieren.« Er tippte an den Motor hinter sich. An der Drehzahl würde er zwar sofort merken, dass er etwas in der Schraube hatte, bei dem Dreck im Hafen passierte das häufiger – meist jedoch löste es sich wieder, ohne zu blockieren.

Abgesehen davon war die Elbe für Containerschiffe zwar nur bis zum Alten Elbtunnel tief genug, aber die Kreuzfahrtschiffe hatten weniger Tiefgang und schaffen es bis in die Hafencity. »Der Leichnam kann genauso gut aus östlicher Richtung gekommen sein«, schloss er. »Aber ich habe Zeit, wir gucken uns einfach überall um.«

»Mit dem kleinen Boot?« Sie sah ihn zweifelnd an.

»Damit können wir in jeden Winkel fahren. Aber wenn es dir lieber ist, können wir die Kollegen fragen, um zum Containerterminal zu fahren.« Er wies auf das Polizeiboot und machte Anstalten auszusteigen.

»Nein, schon okay. Lass uns losfahren.«

»Okay!« Er startete den Motor. »Wir fangen am besten erst mal östlich der Schleuse an, wo keine großen Pötte unterwegs sind. Und wenn du seefest bist, geht's zu den Terminals.«

Vor der Schleusenkammer näherte sich eine Barkasse von der Seite, an Bord eine Gruppe Frauen in rosa T-Shirts mit Bierflaschen in der Hand. Um auszuweichen, schwenkte Hansen abrupt nach rechts. Für einen Moment beschleunigte er, dass sich der Bug hob und der Boden unter ihr auf eine Welle klatschte. Svea klammerte sich am Rand fest, auf das Schlimmste gefasst – wundersamerweise spritzte es nicht mal ins Boot. Während Hansen auf das geöffnete Schleusentor zusteuerte, genoss sie sogar den Wind im Haar.

Hansen funkte den Schleusenmeister an, bevor er in die Kammer einfuhr. Hinter ihnen folgte die Barkasse, Musik und Gelächter hallten von den Wänden wider, übertönten die Bootsmotoren. Junggesellinnenabschied? Eine Frau tanzte so wild, dass sich etwas aus ihrem Haar löste und ins Wasser fiel.

Eine kleine goldene Krone.

Als die Frau sich über die Reling beugte und den Arm danach ausstreckte, taumelte sie. Im letzten Moment wurde sie von einer anderen zurückgerissen.

Svea sah dem Krönchen hinterher, wie es im Strudel der Schiffsschraube kreiste und versank.

Besser als eine abgetrennte Hand.

»Der Reiherstieg«, Hansens Stimme ließ das Bild gnädigerweise verschwinden, »verbindet Norder- und Süderelbe.« Er fuhr aus der Schleusenkammer heraus, nickte erst nach links und dann nach rechts, wo sich mehrere Hausboote und eine alte Hafenfähre am Ufer reihten. Zuletzt wies er mit dem Kinn vor sich. »Dahinten zweigt der Ernst-August-Kanal ab.«

Heute Morgen hatte Svea sich die Gegend auf der Karte angesehen, da war ihr alles wie ein logisches Netz erschienen, jetzt hatte sie Mühe, sich zu orientieren. War sie vorhin nicht dort hinter der Brücke von der Fähre an Land gegangen? Die Höhlen in der Kaimauer fielen ihr ein, aber die Barkasse tuckerte an ihnen vorbei und bog genau dorthin ab.

Svea hatte keine Lust zuzusehen, wie noch mehr ins Wasser fiel. Besser, sie steuerten Wilkes Wohnort an, wie Hansen ursprünglich vorgeschlagen hatte.

Sie fuhren vorbei an einem verwitterten schwimmenden Schuppen, so lang wie ein Schießstand. *Betreten verboten.* Das Schild am roststumpfen Geländer der Veranda glänzte neu.

»Da drin haben wir kürzlich einen Dealer hochgehen lassen, da wird sich so schnell niemand mehr hin verirren.« Hansen beschleunigte erneut, sie ließen den Schuppen hinter sich, fuhren unter einer Brücke durch, hinein in den Spreehafen. In Doppelreihen ankerten die Boote an einem Steg vor dem grasbewachsenen Deich. Eine alte Barkasse, ein hölzernes Plattbodenschiff, dahinter zahlreiche Hausboote, eins sogar doppelstöckig.

»Ein Hausboot als Tatort?«, schlug Hansen vor.

Svea unterdrückte ein Stöhnen. Eine Möglichkeit mehr! Da hätte sie auch selbst drauf kommen können.

Als ein Stück freier Uferstreifen kam, drosselte Hansen den Motor. Hinterm Deich ragte ein verklinkerter Häuserriegel auf. Sie waren auf Höhe von Wilkes Wohnung. Svea zog ihr Handy hervor und schoss ein paar Fotos. Nach Hansens Aussage vorhin war sie verunsichert. Hatten sie sich zu schnell darauf festgelegt, dass der Tote aus Richtung Westen gekommen war? Sollte sie doch ein Spurensicherungsteam hierhin schicken?

»Kannst du näher ans Ufer ran?«

Hansen schüttelte den Kopf. »Riechst du das? Das ist der Schlick. Wir müssen in der Fahrrinne bleiben.«

»Okay.« Sie zeigte nach vorn. »Wo geht's da weiter?«

»Links Richtung Norderelbe. Geradeaus zur Veddel.«

»Da liegt der Kiosk von Wilkes Onkel.«

»Ach, der Schuppen …«

»Kennst du den Besitzer?«

»Klar.«

»Kaufst du dort ein?« Girik hatte erwähnt, dass Hansen auf einem Hausboot wohnte. Etwa hier in der Nähe?

»Einkaufen? Guter Scherz.« Hansen lachte gurgelnd, dann hustete er.

»Warum? Was ich da gekauft habe, war nicht schlecht.« Sie dachte an Yunan, wie gierig er die Brötchen heruntergeschlungen hatte. Oder spielte Hansen auf etwas anderes an? Was war mit Schützes Behauptung, dass Wilke dort Drogen verkauft hatte? Sie berichtete Hansen davon.

Er nickte. »Das meine ich. Was sagt Bodendieck dazu?«

»Bis jetzt nichts.« Er hatte sich immer noch nicht bei ihr zurückgemeldet.

»Wir können kurz dort anlegen«, schlug Hansen vor.

Sie zögerte. Auch wenn einige Stellen, an denen sie vorbeigekommen waren, theoretisch als Tatort infrage kamen, hatte es bis jetzt nirgendwo Klick gemacht. Allerdings hatten sie längst nicht alles gesehen. Kein Wunder bei über siebentausend Hektar Hafengebiet.

»Lass uns lieber weiterfahren.« Tamme und Franzi sollten es bei Bodendieck versuchen. Der Kollege müsste bald zurück sein von Conrady – genauso wie Franzi von ihrem Termin bei der Psychologin.

Tamme hob vor dem ersten Klingeln ab, er saß längst wieder im Präsidium. Was war mit ihm los? Heute Morgen vor ihr da, jetzt so früh zurück. Er berichtete kurz von seinem Besuch bei Conrady. Und dass Franzi und er bis eben Schützes Alibi überprüft hatten. Es stimmte offenbar.

Schade, verkniff Svea sich. Mit manchen Verdächtigen hatte sie Mitleid, mit Schütze hingegen … Nur ging es darum nicht bei der Ermittlungsarbeit.

Aber so konnten die Kollegen gleich aufbrechen zu Bodendieck.

»Gibt's da Parkplätze?«, hakte Tamme nach.

»Äh, ja. Warum?«

»Ein Ticket hab ich heute schon bekommen. Zwar das erste dieses Jahr. Aber teuer.«

Während Tamme beschrieb, wie er seinen Ausweis gezeigt hatte und der Abschlepper den Toyota wieder runtergelassen hatte, sah sie einem Pärchen hinterher, das Arm in Arm über den Deich ging. Sie hatte ganz vergessen zu beichten, dass

Samstag bereits ein Ticket hinter Tammes Scheibenwischer geklemmt hatte. Aber jetzt war nicht der passende Moment. Später! Dafür ließ sie ihn noch etwas über die Parkplatzsituation in der Hafencity schimpfen.

Neben ihr hob Hansen ebenfalls sein Telefon ans Ohr. Er drehte sich von ihr weg. Nickte, sagte mehrfach Ja. Sie verstand das Wort Zugriff.

Kurz nachdem sie sich von Tamme verabschiedet hatte, legte auch er auf.

Gerade rechtzeitig, um einem Paddler auszuweichen, der ihnen entgegenkam.

»Sorry, das war wichtig. Eine Kollegin von der GER.« Es ging um die erwartete Heroinlieferung, von der er am Samstag erzählt hatte. Einzelheiten durfte er wegen der verdeckten Ermittlung nicht verraten. »Aber die Kollegin ist unter anderem dabei zu checken, ob Wilke an der Aktion beteiligt war. Wenn das der Fall ist, erfahrt ihr es natürlich sofort.« Er tippte auf den Bildschirm seines Handys. »Und, hat der Kollege Zeit?«

Svea nickte.

»Dann schlage ich vor, dass wir zurück zur Schleuse fahren. Hast du Hunger oder Durst?« Mit einer Hand öffnete er einen Metallkasten unter seinem Sitz und zog einen wasserdichten Plastikbeutel heraus.

»Hast du deine Tasche wiedergefunden?«

»Tasche?« Er guckte verständnislos.

»Die mit dem … Tampen.«

»Ach, die.« Nein, hatte er nicht wiedergefunden. Doch zum Glück besaß er mehrere Taschen. Er grinste und zog zwei Limonadeflaschen aus dem Beutel hervor. Nach dem

Tampenspruch vom Samstag hatte Svea das Schlimmste befürchtet. Aber heute verzichtete Hansen zum Glück auf ungefragte Belehrungen. Und eine Zitronenlimo nahm sie gern!

Schweigend fuhren sie zurück. Kurz vor der Schleuse fragte Hansen: »Wolltest du mir nicht was im Reiherstieg zeigen?«

Stimmt, die Höhlen in der Kaimauer!

»Die Kaikante wurde wegen mehr Lagerfläche erhöht«, vermutete er. Schätzungsweise hatte man zwischen den Pfeilern keine Steine mehr aufgekippt, weil sie von der Tide weggespült worden wären. Egal was der Grund war, als Tatort oder Schmuggelversteck kam diese Stelle seiner Meinung nach kaum infrage. »Dazu scheint mir hier zu viel Schiffsverkehr. Außerdem kommt man über die Leitern nicht so schnell weg.«

Und schnell musste es gehen. Er wendete und erzählte, wie sie erst letzte Woche eine Sporttasche voll Kokain in einem Container entdeckt hatten. Sie lag griffbereit neben der Tür, um in einem unbeobachteten Moment von einem Helfer im Hafen herausgeholt zu werden. Manche Schmuggler scheuten keinen Aufwand, versteckten das Kokain in Grillkohlebriketts, Fahrradrahmen oder sogar Brustimplantaten. »Aber das Rip-off-Verfahren ist immer noch die beliebteste Schmuggelmethode.«

Dazu musste man erst mal reinkommen in einen der streng gesicherten Umschlagplätze. Wie hätte Wilke das anstellen sollen? Oder gab es Komplizen?

»Ich dachte, ihr wüsstet das.« Hansen stoppte das Boot. Sie waren wieder vor der Schleuse angekommen, diesmal waren die Tore geschlossen. »Sein Halbbruder Kevin Hummel arbeitet drüben bei der HHLA am Containerterminal Tollerort. Erst seit ein paar Wochen.« Er zückte das Funkgerät.

Mist! Franzi und sie hatten bei beiden Treffen mit Hummel versäumt, nach seinem Beruf zu fragen. Gut vorstellbar, dass Wilke mit ihm was am Laufen hatte. Aber schied Hummel dann nicht als Täter aus? Oder hatten sie sich gestritten?

Die Schleusentore öffneten sich. Svea hatte begonnen, verschiedene Szenarien durchzuspielen, da klingelte ihr Handy.

Brandt vom Kriminaldauerdienst. Hatte der Kollege Ärger bekommen, weil er sie Samstag spontan in die Ermittlungen miteinbezogen hatte?

»Was gibt's?«, rief sie in ihr Telefon, um das Dröhnen des Bootsmotors in der engen Kammer zu übertönen.

»Bist du im Hafen unterwegs? Wir haben den nächsten Toten. Ein Junkie. In Moorburg auf dem Gelände der Abwrackwerft.«

5

»Das ist er«, flüsterte Franzi.

Vor dem Kiosk stand ein Mann und guckte gen Himmel, an dem die Wolken Fangen spielten.

»Moin«, grüßte Tamme.

»Moin.« Bodendieck senkte den Kopf. Sein Lächeln zerfiel, als er Franzi wiedererkannte. »Die Polizei! Gibt's Neues zu Niko?«

Wie man's nahm. Den Mörder hatten sie noch nicht gefasst. »Wo waren Sie gestern Nachmittag?«

»Hier. Warum?«

»Kann nicht sein«, warf Franzi ein. »Ich war mit meiner Kollegin um kurz nach fünf hier, da hatte der Kiosk geschlossen.«

»Richtig.« Bodendieck schien nicht irritiert. »Mir war nicht gut, da hab ich früher Feierabend gemacht.« Dass Svea und Franzi bei ihm an der Tür geklingelt und eine Nachricht auf dem Anrufbeantworter hinterlassen hatten, hatte er angeblich nicht mitbekommen.

»Hat Niko Drogen genommen?« Tamme war gespannt, ob Bodendieck bei seiner Aussage von Samstag blieb.

»Nein, das habe ich doch schon gesagt.« Bodendieck trat zur Seite. »Wenn's das war, würde ich jetzt gern weiterarbeiten.« Er begann Orangen in einer Kiste von rechts nach links zu sortieren, seine Hände zitterten.

Ein schlechter Lügner. Oder war er ehrlich betroffen? »Herr Bodendieck, wir haben Kokainspuren in Nikos Blut gefunden. Zudem behaupten mehrere Zeugen, er habe hier im Kiosk gedealt.«

»Was?« Bodendieck ließ eine Orange fallen. Er sah ihr nach, wie sie über den Asphalt kullerte.

Tamme sprang hinterher, hob die Frucht auf und hielt sie ihm hin. »Die ist noch gut.«

Wortlos legte Bodendieck sie zurück in die Kiste. »Das war der Grund für unseren Streit.« Er schüttelte den Kopf. »Er kann doch nicht seine Drogen in meinem Kiosk verkaufen! Aber zu spät gekommen ist er auch«, schob er hinterher.

»Warum haben Sie gelogen?«, fragte Franzi.

»Würden Sie sofort zugeben, dass in Ihrem Laden gedealt wurde? Sie können mir glauben, ich hab seitdem kaum ein Auge zugetan.« Müde rieb er sich übers Gesicht. »Machen Sie den Kiosk jetzt zu?«

Tamme wechselte einen Blick mit Franzi. »Im Moment sehe ich dazu keinen Grund, Niko kann ja nicht mehr dealen.«

Aber was genau wusste Bodendieck? Welche Drogen und wie viel hatte Wilke verkauft?

»Ich hab es nur einmal mitbekommen, letzte Woche Montag, das Mädchen ist dann weggerannt. Ich hab das Tütchen in ihrer Hand gesehen, das war kein Puderzucker, den verkaufen wir nicht grammweise.« Er zog einen Hocker unter der Auslage hervor und ließ sich schwer darauffallen. »Niko hat erst alles geleugnet, aber es dann zugegeben.«

»Wie Sie!« Franzi hatte sich vor ihm aufgebaut. »Was ist mit dem Jungen, der bei Wilke gewohnt hat? Haben Sie uns diesbezüglich auch angelogen?«

Kopfschütteln. »Davon weiß ich wirklich nichts.«

»Sicher?«

Er guckte, als hätte ihn jemand geschlagen. »Ich wollte es Ihnen noch sagen, dass Niko gedealt hat. Ehrlich.« Er griff in die Orangenkiste. »Haben Sie Hunger? Hier, nehmen Sie.« Er zuckte zurück. »Oder ist das Bestechung?«

»Bis zehn Euro dürfen wir Geschenke annehmen«, erklärte Tamme. Aber Franzi winkte ab. »Kommen wir noch mal zurück zum Dealen. War es wirklich nur einmal?«

Nicken.

»Können Sie die junge Frau näher beschreiben?«

»So groß wie Sie«, er zeigte auf Franzi. »Aber die Haare dunkler. Und irgendwie anders, ein Zopf oder so.«

»Alter?«

»Achtzehn. Oder fünfundzwanzig.« Pause. »Oder vierzehn? Die jungen Dinger machen sich doch heute so zurecht.« Er fuhr mit den Fingern über seine Lider, als würde er Farbe auftragen.

In dem Moment liefen drei Mädchen auf der anderen Straßenseite vorbei, auf jedes von ihnen hätte die Beschreibung gepasst. So kamen sie nicht weiter!

»Herr Bodendieck, gibt es noch etwas zu Niko, das sie bis jetzt verschwiegen haben?«

Bodendieck drückte sich hoch von seinem Hocker. »Niko war ein guter Junge, das war nicht gelogen. Nur schwach, zu schwach. Man kann doch auch auf ehrliche Art sein Geld verdienen.« Er wischte sich etwas aus dem Augenwinkel.

Eine Träne? Oder tat er nur so? Als er sich wieder über die Orangenkiste hermachte, zitterten seine Hände nicht mehr.

Trotzdem beschlich Tamme das Gefühl, dass Bodendieck nicht die ganze Wahrheit gesagt hatte.

Was, wenn er sich so über Wilke geärgert hatte, dass er ihn im Streit umgebracht hatte? Aber dann hätten sie Spuren des Schusswechsels in der Wohnung finden müssen. Oder hatte er Wilke später aufgelauert, als der rausgegangen war?

Tamme ließ seinen Blick über die schäbigen Aufbauten vor dem Kiosk schweifen. Seit ihrer Ankunft war kein einziger Kunde gekommen. Wie verdiente Bodendieck seinen Lebensunterhalt? Sie sollten ihn im Auge behalten und die Bücher überprüfen lassen. Hatte er mit Wilke unter einer Decke gesteckt?

Beim nächsten Mal quetschte er ihn aus. Wie eine Orange.

6

Svea saß in Hansens Boot und hielt sich mit beiden Händen am Rand fest. 22 km/h waren im Hafen erlaubt. So wie ihr Magen hüpfte, während sie über die Süderelbe rasten, fühlte es sich wie hundert an.

Sie hatte bei der WS anlegen und schnell mit einem Streifenwagen weiterfahren wollen. Aber die Kattwykbrücke war gesperrt, auf Autobahn und B75 staute sich der Verkehr, sie hätte einen Riesenumweg fahren müssen. Hansens Angebot, sie mit seinem Boot zur Abwrackwerft zu bringen, hatte sie deshalb, ohne zu zögern, angenommen.

Hoffentlich erwischten sie den Toten noch, bevor er in die Rechtsmedizin kam! Am Telefon hatte Brandt gemeint, dass es nach einem goldenen Schuss aussah, Tod durch Überdosis. Svea hatte sofort aufgehorcht. Der zweite Leichenfund im Hafen innerhalb von zwei Tagen, beide Male spielten Drogen eine Rolle. Gut möglich, dass es einen Zusammenhang gab. Deshalb hatte Brandt zuerst sie angerufen und kein anderes Team.

Sie waren knapp dreißig Minuten gefahren, als kurz hinter der Kaianlage des Moorburger Kraftwerks ein grasüberwuchertes Schiffswrack aus dem Wasser ragte. Jäh drosselte Hansen den Motor. Rechts von ihnen öffnete sich eine schmale schilfumwachsene Bucht. In Schrittgeschwindigkeit manövrierte er das Boot zwischen rostigen Schiffsleichen hindurch, steuerte auf eine Lücke am Ufer zu.

Zum Glück hatten sie Hochwasser. »Bei Niedrigwasser läuft die Bucht leer«, erklärte er. »Dann könnten wir nicht so unkompliziert anlegen.« Die Uferböschung direkt an der Süderelbe war steinig, man riskierte, sich den Rumpf aufzureißen.

Anders hier im Schlick. Zwar musste man aufpassen, dass man beim Aussteigen nicht einsank. Aber das war bei Weitem das kleinere Übel.

Hansen kletterte als Erster aus dem Boot. Er hatte ein Stück sandigen Untergrund erwischt und trat unbeschadet ans Ufer.

Svea sprang hinterher, verfehlte knapp seine Spur. Prompt versank ihr Fuß in dem graubraunen Brei. Immerhin der linke, unverletzte. Aber den Turnschuh konnte sie wegschmeißen. Beim Herausziehen schmatzte es.

Hansen reichte ihr die Hand, bis sie sicher stand. Dann zog er das Boot so weit wie möglich an Land. Svea sah sich um. Wo war der Tote? Auf einem der Schiffswracks?

»Wir müssen da hoch.« Hansen zeigte auf den Hang, der über ihnen aufragte. Schotter und Lehm, bewachsen mit Gestrüpp, dazwischen ein ausgetretener Pfad.

Hansen ging voran, drückte mit dem Ärmel das Grün zur Seite. Svea erkannte Beifuß, Brennnesseln und Disteln. Dass auch Brombeerranken darunter waren, bemerkte sie erst, als die Dornen ihre Hand aufgekratzt hatten. Sie blieb kurz stehen und leckte einen roten Tropfen ab. Es schmeckte nach Eisen.

Oben auf dem Plateau angekommen, empfing sie tosender Lärm. Ein Geruch nach Stinkmorcheln zog ihr in die Nase. War das etwa das neue Kraftwerk auf dem angrenzenden Gelände? Hinter den Kohlespeichern, die wie eine Mischung aus Veranstaltungshalle und Ufo aussahen, ragten die beiden erst kürzlich in Betrieb genommenen Blöcke auf. Weißer Rauch quoll aus den Schloten. Kein Vergleich zu früher im Ruhrgebiet. Trotzdem hatte es Protest gegeben. Wer baute heute noch ein Kohlekraftwerk?

Hansen schüttelte den Kopf und wies zur Seite. »Der Gestank kommt von der Raffinerie da drüben.« Je nachdem, wie der Wind stand, wehte es manchmal bis zu ihm nach Hause.

Svea wollte fragen, wo er wohnte, als zwischen zwei Baucontainern und einem alten Ruderhaus ein Mann auftauchte.

Kristian Brandt. Hatte er etwa durch den Lärm den kleinen Bootsmotor gehört? Er kam auf sie zu.

»So schnell sieht man sich wieder«, begrüßte er sie.

Svea begann ihm Hansen vorzustellen, aber die beiden kannten sich bereits.

»Habt ihr den Fall von Samstag schon geklärt?« Brandt zückte sein Notizbuch.

Svea verneinte und dachte an die Achtundvierzig-Stunden-Regel. Fand man in dieser Zeit keinen entscheidenden Hinweis auf den Täter, verringerte sich die Chance, ein Verbrechen zu lösen, statistisch gesehen um die Hälfte. Und jetzt hatten sie stattdessen den nächsten Toten.

Doppelte Schwierigkeitsstufe? Hoffentlich nicht!

»Vor Jahren hat es schon mal einen Toten auf dem Gelände gegeben«, informierte Brandt sie, während sie neben ihm her in Richtung Ruderhaus gingen. »Ein schwedischer Kaufmann, von einem Auftragskiller hingerichtet mit einem Kopfschuss, damit er nicht mehr in einem Prozess aussagen konnte.« Er blätterte um. »Aber in unserem Fall war es wohl kein Tötungsdelikt. Ein Arbeiter hat den Leichnam vorhin zufällig entdeckt, als er etwas aus einem Schrotthaufen heraussuchen wollte. Keine Hinweise auf ein Kampfgeschehen, keine Verletzungsspuren. Abgesehen von einer relativ frischen Einstichstelle am Arm. Passend dazu ein benutztes Heroinbesteck.«

Er steckte sein Notizbuch wieder in die Jackentasche, den Rest des Weges legten sie schweigend zurück.

Zuerst sah Svea die Schuhe.

Schwarze Sneakers.

Aber die Marke war beliebt. Von den Teenies in ihrer Siedlung trug sie fast jeder zweite.

Als sie näher herantrat, erkannte sie die Jeans mit dem Riss am Oberschenkel.

Den schwarzen Kapuzenpullover. Der rechte Ärmel hochgekrempelt. Zwischen den alten Narben blühte die Einstichstelle auf der Haut.

Aber selbst als sie ihm ins Gesicht guckte und die schreckgeweiteten Augen sah, dauerte es einen Moment, bis sie begriff. Bis ihre Netzhaut das Signal an ihr Gehirn weitergeleitet hatte.

»Neeeein!« Ihr eigener Schrei ließ sie zusammenfahren.

»Da ist nichts mehr zu retten.« Sie hörte die Worte des Arztes wie durch eine Wolldecke. »Die Totenstarre ist bereits voll ausgeprägt, der Tod mindestens acht Stunden her. Nach den Totenflecken zu urteilen, ist er hier an dieser Stelle gestorben. Wahrscheinlich Überdosis, dadurch Atemlähmung, Exitus.«

Tot. Erstickt.

Yunan.

Allein im Dreck.

Sie hatte keine Ahnung, wie viel Zeit vergangen war, als sie Hansens Hand auf ihrem Arm spürte.

»Komm mit.« Er stützte sie und führte sie weg von der Leiche.

Es war nicht sie, die die Schritte machte. Sie schwebte über ihnen, sah sich beim Gehen zu.

»Aber ich bin nicht tot, oder?« Als Letztes hörte sie ihre eigene Stimme, dann wurde sie ohnmächtig.

7

»Die große Portion Backfisch«, bestellte Tamme. »Mit Kartoffelsalat.«

Vukovic hatte ihm die Veddeler Fischgaststätte empfohlen. Angeblich gab's hier den besten Fisch im Hafen. Tamme war gespannt.

»Und die Dame?« Abwartend stand die weiß bekittelte Bedienung am Tisch, Block und Stift gezückt.

»Hmm.« Franzi drehte die Speisenkarte in den Händen. »Einen gemischten Salat. Und ein Wasser.«

»Und ein alkoholfreies Bier für mich«, schob Tamme hinterher.

»Urig.« Franzi legte den Kopf in den Nacken. Die Wand über ihr war mit einem Fischernetz samt Fang dekoriert. »Hauptsache, der Krebs fällt nicht raus.«

Die Kollegin guckte, als hätte sie doch lieber eine Orange von Bodendieck gegessen. Obwohl … Vielleicht steckten da Drogen drin. Tamme traute dem Kioskbesitzer nicht. Er musste nachher mit Svea besprechen, wie sie weiter vorgingen.

Nachdenklich zupfte er ein Blütenblatt von der butterfarbenen Aster, die in der verzierten Porzellanvase vor ihm auf dem Tisch steckte. Mit Tütenlampen, Stammtischglocke und Seemannsknoten an der Wand, war das Lokal dekoriert im Stil seiner Eltern. Im Dorfgasthof in Tating sah es ähnlich aus. Und »Yes Sir, I Can Boogie« war auch dort schon aus den Boxen geklungen.

Nur dass es nicht so lecker nach Fisch roch wie hier. Tamme spürte seinen Hunger.

Er nahm sich eine Serviette und zog eine Gabel aus dem Besteckständer. Gab es hier keine Messer? Er drehte sich zum Tresen um.

»Hier wird der Fisch seit über achtzig Jahren mit zwei Gabeln gegessen«, informierte ihn der Wirt.

Tamme beließ es erst mal bei einer, die er mittig auf seiner Serviette ausrichtete.

»Hast du es Svea endlich erzählt?«, wandte er sich an Franzi.

»Nein.«

»Dann wird's höchste Zeit, ich will's ihr nicht sagen.«

Sie guckte empört. »Das machst du nicht. Das ist meine Sache. Ich hab nachher nach der Abschlussbesprechung noch einen Termin mit ihr, ich wollte es ihr nur nicht so zwischen Tür und Angel sagen.«

Die Getränke wurden vor sie hingestellt.

»Ich find's schade.« Tamme trank einen Schluck Bier. Franzi hatte sich entschieden zu kündigen. Bis Ende des Jahres war sie noch dabei. Dann würde sie den Dienst quittieren und – ja, was eigentlich …?

»Weißt du mittlerweile, was du machen willst?«

»Noch nicht. Ich hab ein bisschen Geld gespart. Vielleicht mache ich eine längere Reise. Ich will einfach mal spüren, wie es ist, frei zu sein.«

Die Bedienung trat schon wieder an ihren Tisch, diesmal balancierte sie zwei Teller auf dem Arm. »Lassen Sie es sich schmecken.«

Ganz bestimmt. Tamme nahm den Zitronenschnitz vom Teller, quetschte ihn zwischen den Fingern und beträufelte die Fischstücke. Dann teilte er den ersten Bissen mit der Gabel ab.

Lecker! Knusprig und gut gewürzt.

Franzi stocherte in ihrem Salat. Ihre langzeitarbeitslosen Eltern hätten sie nach der Schule zur Polizeiausbildung gedrängt, vertraute sie ihm zum ersten Mal mehr aus ihrem Leben an. Sicherheit war alles, was zählte. Sie hatte ihnen nicht widersprochen, hatte schließlich lange genug erlebt, wie es war, kein Geld zu haben. Aber selbst nachdem sie als eine der Besten ihres Jahrgangs die Polizeischule abgeschlossen hatte, hatte ihr die Arbeit vom ersten Tag an keinen Spaß gemacht. »Ich bin pflichtbewusst, sonst nichts.« Sie lächelte schief.

»Vor allem bist du eine gute Polizistin – eine sehr gute! Das weißt du, oder?«

»Aber es macht mich nicht glücklich.«

Glücklich! Sie fing an wie Imke. »Ist das nicht ein bisschen viel verlangt?« Er schob die Gabel in den Kartoffelsalat.

»Nein, vielleicht habe ich mich falsch ausgedrückt. Ich rege mich nur noch über die Menschen und die Schlechtigkeit in der Welt auf. Ich will nicht immer die Scheiße wegwischen. Angelogen werden wie von Bodendieck, wenn du verstehst, was ich meine. Ich möchte vorher was verändern. Damit die Leute es gar nicht nötig haben, kriminell zu werden.«

Das war nicht ihr Ernst! »Willst du Sozialarbeiterin werden?«

»Vielleicht. Auf jeden Fall will ich noch mal was anderes ausprobieren, bevor ich Beamtin auf Lebenszeit werde.«

Das verstand er schon besser.

Mit seiner ersten Ausbildung als Tischler war er auch nicht zufrieden gewesen. Was jedoch eher an dem Betrieb gelegen hatte. Mit Holz arbeitete er bis heute gern. Aber als Imke zum Studieren nach Hamburg wollte, hatte er durch Zufall mitbekommen, dass die Polizei Leute suchte. »Ich hab mich spontan beworben. Und es bis heute nicht bereut.« Sein Blick verfing sich in dem Fischernetz über Franzi, er unterdrückte den Impuls, den Krebs daraus zu befreien. »Etwas anderes schon.«

»Es läuft nicht so gut mit Imke, oder?«

Er nickte.

Gestern hatte er Franzi noch abgewimmelt. Aber es nutzte ja nichts. Wem wollte er etwas vormachen? Er flüchtete ins Bett, wenn Imke und die Kinder im Garten waren. Und aus dem Bett, wenn Imke darin lag und Sex wollte. Er fuhr lieber auf den Kiez als nach Hause.

»Nein nicht so gut.« Er drückte die Gabel in den Fisch, dass das Metall über den Teller quietschte.

»Schade«, sagte Franzi.

»Ja, schade.«

Schweigend aßen sie auf.

Als er sich erhob, um zum Tresen zu gehen und zu zahlen, klingelte sein Telefon.

8

»Geht auch Kamille?« Hansen hantierte am Küchentresen seines Hausboots.

»Klar.« Svea würde auch Wasser pur trinken, Hauptsache, heiß. In eine Decke gewickelt, lehnte sie in seinem Sessel hinter ihm.

Hansen hängte einen Teebeutel in den Becher und goss dampfendes Wasser aus dem Kessel hinein. Er hatte ihr ein Bier angeboten oder einen Schnaps. Auf den Schock. Aber das Heroinbesteck neben Yunan hatte ihr jede Lust auch auf legale Drogen genommen.

Sie würde sich so wieder beruhigen. Hoffte sie zumindest. Als sie aus ihrer Ohnmacht aufgewacht war, war der Kollege Demir bereits vor Ort gewesen, um sie abzulösen. Nach einer kurzen Fallbesprechung hatte Hansen sie mit zu sich nach Hause genommen, er wohnte knapp drei Kilometer entfernt im Holzhafen in Harburg.

Obwohl er sofort ein Feuer im Kaminofen angezündet hatte, zitterte sie. Mit beiden Händen nahm sie den Becher in Empfang, hielt ihn umklammert, bis durch das Porzellan die Wärme in ihre Finger zurückkam. Dann stellte sie ihn auf das Tischchen neben dem Sessel, zum Trinken war der Tee zu heiß.

»Brauchst du noch etwas?« Hansen nahm sich ein Bier aus dem Kühlschrank.

Nichts, was er ihr geben konnte. Oder wusste Hansen etwa, was mit Yunan passiert war, nachdem er ihre Wohnung verlassen hatte? Wie war er ausgerechnet auf das Gelände der Abwrackwerft am anderen Ende der Stadt gelangt? Warum hatte er gelogen, als sie gefragt hatte, ob er Drogen nehme?

»Willst du darüber sprechen?« Hansen setzte sich ihr gegenüber auf die Eckbank.

»Ich dachte wirklich, er wäre clean«, murmelte sie.

»Einmal abhängig, immer abhängig. Das ist leider nicht nur ein Spruch, die meisten werden mehr als einmal rückfällig.« Hansen trank einen Schluck aus der Flasche. »Meine Tochter hat früher ziemlich viel mit Drogen experimentiert.«

»Und jetzt ist sie clean?«

»Nein.« Hansen starrte die Flasche an. »Tot.«

»Scheiße!«, entfuhr es ihr.

»Ist lange her.« Er nahm noch einen Schluck. »Ich kann mir jedenfalls vorstellen, wie du dich fühlst.«

Wirklich? Sie hatte bloß gesagt, dass sie Yunan von früher kannte. Nicht, wie gut. Aber aufgrund ihrer Reaktion ahnte Hansen offenbar, dass da mehr war. Bevor sie jedoch nicht wusste, in was Yunan verwickelt war, wollte sie nur das Nötigste über ihre private Beziehung preisgeben. Sie hatte ihre Befangenheit erklärt, damit Demir übernahm, das musste reichen. Dass ihre einstige große Liebe Samstag bei ihr übernachtet hatte, ging niemanden etwas an. Dass er sie belogen hatte, auch nicht.

Als Yunans schlafendes Gesicht vor ihrem inneren Auge erschien, hob sie ihre Tasse an die Lippen. Der Tee brannte im Mund, rann glühend ihre Kehle hinab. Schmerz durch Schmerz vertreiben. Bei manchen klappte das. In ihr stiegen nur noch mehr Bilder von Yunan auf.

Wie er auf ihrem Sofa gelegen hatte – und vorhin im Dreck, die Spritze neben sich. *Die Angst in seinem Blick.*

Irgendetwas hatte ihn belastet. Hätte sie ihn doch an dem Abend geweckt, dann hätte er es ihr erzählt. Vielleicht hätte sie ihm helfen können – diesmal ganz legal. Und er hätte nicht sterben müssen.

Aber er war gestorben.

Erneut bohrte sich der Schmerz in ihre Brust. Hastig schüttete sie den restlichen Tee hinunter.

Ein Klopfen hinter ihr ließ sie zusammenzucken.

»Ist offen!«, rief Hansen.

Sie drehte sich im Sessel um.

Tamme. Er zog den Kopf ein, um durch die Tür zu gehen. Hinter ihm kam Franzi.

»Was macht ihr hier?«

»Ich hab Tamme angerufen«, gestand Hansen.

Franzi und Tamme waren in der Nähe gewesen, deshalb hatte Hansen vereinbart, dass sie Svea bei ihm abholen würden. Je nachdem, wie Svea sich fühlte, konnten sie ihre Besprechung aber auch bei ihm abhalten. Wenn sie wollten, würde er dabei rausgehen.

»Quatsch, du bist ein Kollege. Außerdem kennst du Wilke besser als wir.«

»Wie geht es dir?« Franzi trat neben Sveas Sessel, Besorgnis im Blick.

»Besser.« Zumindest das Zittern hatte aufgehört, seit sie den Tee getrunken hatte.

»Alles in Ordnung mit dir?« Tamme guckte zweifelnd. »Willst du dich nicht lieber krankschreiben lassen?«

War er verrückt? Wut durchzuckte sie, verdrängte jäh die Trauer. Sie warf die Decke zur Seite. Damit sie nach zwei Tagen im Dienst gleich wieder verschwand, musste schon mehr passieren. Sie lebte ja noch!

Sie überließ Tamme den Sessel und setzte sich zu Hansen. Die Bank unter dem Hintern zu spüren, tat ihr gut. Franzi hockte sich auf die Sessellehne. Mehr Sitzgelegenheiten gab es nicht ins Hansens Wohnraum.

»Darf ich dich etwas fragen? Du kanntest den Toten, oder?« Tamme ließ nicht locker. Vernehmungstaktik. Da fiel sie nicht drauf rein.

Aber ihre private Beziehung zu Yunan war eine Sache. Eine andere, dass er der Grund für ihre Suspendierung und ihr Disziplinarverfahren war. Das musste sie den Kollegen erzählen, bevor sie es selbst herausfanden.

So knapp wie möglich fasste sie die Geschehnisse in Dortmund zusammen, legte die Betonung darauf, dass Yunan der Bruder einer Freundin war. Für Emine hatte sie es getan, nicht für ihn! Es reichte, dass sie Alex den wahren Grund anvertraut hatte. Anders als schuldig zu sein, waren Schuldgefühle Privatsache.

»Das tut mir leid«, sagte Tamme, nachdem sie geendet hatte. Keine Vorwürfe, kein Nachhaken. Seine Anteilnahme war echt.

Ach, Tamme! *Ihr* tat es leid, dass sie so barsch reagiert hatte. Sie stand wirklich neben sich. »Ich muss mich entschuldigen.«

»Schon gut.« Er winkte ab. »Alles andere wäre auch nicht normal.«

Aber war es normal, dass sie im Moment Yunans Lüge mehr schmerzte als sein Tod? Lag das am ersten Schock? Würde der Tsunami der Trauer später über ihr zusammenbrechen?

Hansen räusperte sich. »Kann es sein, dass dieser Yunan in den Heroinschmuggel verwickelt ist, von dem wir Wind bekommen haben? Hatten Wilke und er doch miteinander zu tun? Vielleicht hat Wilke ihn mit Stoff versorgt.«

Nein!, wollte Svea rufen. Nein! Schließlich war Wilke längst tot gewesen, als Yunan bei ihr aufgetaucht war. Aber sie schwieg. Sie hatte ja selbst schon daran gedacht, dass sein überraschender Besuch bei ihr mit dem Fall zusammenhing. So abwegig war Hansens Vermutung nicht. Warum hatte Yunan behauptet, clean zu sein, obwohl es offensichtlich nicht stimmte? Vielleicht war Wilke auch sein Dealer gewesen. Oder er hatte zusammen mit ihm gedealt. Wer sagte denn, dass Yunan Samstag zum ersten Mal in Hamburg gewesen war?

»Möglich«, meinte sie stattdessen. Aber Yunan war jetzt Demirs Fall. Sie mussten sich dringend weiter um Wilke kümmern und die Ergebnisse des heutigen Tages besprechen. Ermittlungsarbeit lenkte sie am allerbesten von privaten Problemen ab. Das war zum Glück schon immer so.

»Wie war's bei Bodendieck?«, wandte sie sich an Tamme und Franzi.

Während ihre Mitarbeiterin berichtete, nickte Hansen mehrfach zustimmend. »Ich rede auch noch mal mit meiner Kollegin und werde mir den Kiosk bei Gelegenheit genauer angucken«, versprach er. Außerdem durften sie Kevin Hummel nicht vergessen.

Schließlich fasste Tamme seinen Besuch bei Conrady zusammen. »Unsympathischer Typ«, schloss er. »Trotzdem habe ich nicht den Eindruck, dass er gelogen hat, als er sagte, Wilke nicht zu kennen.«

»Was die anonyme Mail umso rätselhafter macht.« Svea nickte nachdenklich. »Aber einen Bezug zwischen Conrady und Wilke herzustellen, den es nicht gibt – wie es unser Mailschreiber tut –, macht noch weniger Sinn.« Irgendetwas sagte ihr, dass das keine Scherzmail war, für die sich jemand willkürlich einen Namen aus dem Telefonbuch herausgesucht hatte. Leider hatte sie nicht die geringste Ahnung, was dieses Etwas war – geschweige denn, was es ihr mitteilen wollte.

Als Tammes Telefon klingelte, stand Hansen auf und legte Holz im Ofen nach. Svea sah hinaus auf den Kanal. Hatte sich dort etwas bewegt? Weiter hinten am Steg, wo das nächste Hausboot unter einer Laterne dümpelte, legte ein kleines Boot an.

»Kommt noch jemand?«

Hansen trat ans Fenster. »Nein, das ist Günni, mein Nachbar.«

Als er zur Bank zurückkam, glänzten seine Augen im Feuerschein auf. Blau und braun. Himmel und Erde. Um nicht darin zu versinken, wandte sie den Kopf ab. Sie hatte zwei Männer mit unterschiedlichen Augen gekannt. Jetzt war es nur noch einer. Oder zählte Bowie auch?

»Das war das Labor.« Tamme hatte wieder aufgelegt. »Wir können die Suche einschränken auf einen Revolver oder ein Gewehr mit dem Kaliber .44-40 Winchester. Ein altes Kaliber aus der Schwarzpulverzeit. Wird nicht oft hergestellt«, informierte er sie.

Wer besaß so etwas? Ein Waffennarr? »Doch dieser Schütze?«, mutmaßte Svea. Zwar war es keins seiner registrierten Jagdgewehre, aber wer weiß, was er noch an illegalen Waffen besaß. Zuzutrauen war ihm die Tat jedenfalls.

»Sein Alibi ist dicht«, erinnerte Franzi sie.

»Auftragsmord«, schlug Hansen vor. Davon hatte sie ja vorhin erst gehört.

Aber Schütze schien der Typ, der die Dinge selbst in die Hand nahm. Oder hatte sein Grillkollege ihm den Gefallen getan und Wilke aus dem Weg geräumt? Ungeachtet seines Alibis für den möglichen Tatzeitraum sollten sie Schütze nicht von der Liste der Verdächtigen streichen.

»Fast hätte ich's vergessen.« Franzi rutschte von der Sessellehne und streckte sich. »Die Kollegen von der WS haben einen weiteren Schiffsführer erreicht, den vorletzten von der Liste. Er hat auch nichts gesehen.«

Svea seufzte. Womöglich hatte ausgerechnet der Letzte etwas bemerkt, was ihnen weiterhalf. Wenn es nach Hansen ging, stammten Wilkes Verletzungen von einem kleineren Boot. Nicht auszuschließen, dass der Leichnam sogar direkt in der Schleuse in die Schraube geraten war.

Als sie sich von der Bank hochdrückte, schwankte der Raum vor ihr. Sie ließ sich zurückfallen. Seit ihrer Tour mit Hansen heute Nachmittag war wieder alles offen. Kaum hatten sie einen Schritt nach vorn gemacht bei ihren Ermittlungen, ging es zurück auf Los. Sie hatte noch nie gern Monopoly gespielt.

»Alles in Ordnung mit dir?«, fragte Tamme.

Diesmal log sie nicht.

9

»Du solltest jetzt nicht allein sein«, entschied Tamme, als sie in Bahrenfeld von der Autobahn abfuhren. »Ruf Alex an.«

Svea wühlte in ihrem Rucksack. Wo steckte ihr Handy? Hatte sie es irgendwo liegenlassen? Als sie das Taschentuch unter den Fingern fühlte, fiel es ihr ein.

Der Möwenschiss.

Der Tag hatte bewiesen, dass so etwas kein Glück brachte.

»Vielleicht liegt es daran, dass es nicht deinen Kopf, sondern dein Telefon getroffen hat.« Tamme reichte ihr ein Feuchttuch nach hinten.

Nachdem sie ihr Handy abgewischt und entsperrt hatte, sah sie die halb fertige SMS an Alex.

Heute Abend auf ein Bier b

Sie hatte vergessen, ihm zu antworten. Jetzt war es zu spät. Außerdem war Bier gerade das Letzte, was sie brauchte. Sie wollte nur noch schlafen, am besten in Alex' Armen.

Als sie seine Nummer wählte, antwortete die Mailbox. Aber hatte er nicht gesagt, sie könne auch noch mitten in der Nacht kommen?

»Setz mich einfach bei Alex ab.« Zur Not wusste sie, unter welchem Blumentopf der Haustürschlüssel lag.

»Kommt nicht infrage, wenn er nicht da ist, kommst du mit zu uns.« Tamme stoppte an der Ampel, dann bog er ab in die Siedlung, in der Alex wohnte.

Sie stöhnte. Seine Besorgnis ging zu weit. Sie war keins seiner Kinder, sondern seine Vorgesetzte! Bevor sie bei ihm auf dem Sofa schlief, erholte sie sich doch besser allein in ihrem Bett.

Trotzdem wartete Tamme bei laufendem Motor, bis Alex die Tür geöffnet hatte.

»Was ist los?« Ohne eine Antwort abzuwarten, zog er sie in seine Arme. »Bist du krank?«

Sie schüttelte den Kopf. »Kann ich reinkommen?«

»Was für eine Frage!« Er schloss die Tür hinter ihnen. »Du zitterst ja.«

»Yunan …« Beim Versuch, es auszusprechen, brach ihre Stimme. »Er ist tot«, krächzte sie.

Alex zog ihr die Schuhe aus, trug sie ins Wohnzimmer und bettete sie aufs Sofa. Während sie erzählte, wie sie zur Abwrackwerft gefahren war und dort Yunan in dem toten Junkie erkannt hatte, hielt er ihre Hand.

Nachdenklich verzog er die Stirn. »Und du hast ihn das letzte Mal am Samstag gesehen, als er bei dir geschlafen hat?«

Sie nickte.

»Er hat auf dem Sofa gelegen und du im Schlafzimmer, richtig?«

»Ich hab nicht mit ihm …«

»Das glaube ich dir«, unterbrach er sie. »Ich überlege nur. Vielleicht war er schneller verschwunden, als du dachtest.«

Und dann? Das brachte sie auch nicht weiter. Dafür pikste sie eine Stimme in ihrem Innern: Ist es Alex egal, ob du mit deinem Ex geschlafen hast? Warum glaubt er dir sofort? Jeder andere wäre eifersüchtig.

Vergeblich versuchte sie die Stimme zu verjagen. »Lass uns ins Bett gehen«, bat sie.

Sie knüllte ihr Kissen im Nacken zusammen. Durch die geöffnete Badezimmertür sah sie Alex' Rücken. Er trank einen Schluck Wasser aus dem Hahn, dann putzte er sich die Zähne.

Wie würde sie reagieren, wenn er Übernachtungsbesuch von einer Ex hätte? Die Antwort war klar. *Sie* würde sich Sorgen machen, hätte Angst, ihn zu verlieren!

Warum war Alex nie eifersüchtig? Liebte er sie nicht so wie sie ihn? Hing er in Wirklichkeit noch an seiner verstorbenen Frau?

Die Stimme war ihr ins Bett gefolgt. Da half es nichts, sich die Decke über den Kopf zu ziehen. Abgesehen davon, dass im Dunkeln bestimmt Yunans Gesicht auf sie wartete.

Vielleicht war ein Bier doch keine so schlechte Idee. Sie stand auf, um in die Küche zu gehen. Auf der Treppe nach unten durchzuckte es sie jäh. Emine! Sie musste ihr sagen, dass ihr Bruder tot war. Zumindest das konnte sie noch für Yunan tun. Und für Emine. Nicht dass irgendein unbekannter Polizist bei ihr anrief und die Nachricht überbrachte.

Aber wie die ganzen Male vorher hob Emine auch jetzt nicht ab.

»Komm ins Bett«. Alex stand oben am Treppenabsatz. »Du musst schlafen.«

Wenig später schnarchte er leise neben ihr. Durchs Fenster sah sie einer Sternschnuppe beim Verglühen zu.

Früher hätte sie sich sofort etwas gewünscht. Das verkniff sie sich jetzt besser, es brachte nur Unglück. Und selbst wenn nicht, Yunan lebendig machen konnte kein noch so starkes Wünschen.

Als ihre Wangen feucht wurden, wischte sie sich mit der Bettdecke übers Gesicht. Irgendwann schlief sie trotz allem ein.

DIENSTAG, 06.10.2015

1

Hoffentlich hielt er lange genug durch.

In den Knast zu wandern, war nicht das Problem. Die paar Wochen in der Zelle. Wenn er nicht sowieso gleich auf die Krankenstation kam.

Das Problem war seine schwindende Kraft. Womöglich zu schnell zu schwach zu sein. Aufgeben zu müssen, bevor er alles erledigt hatte.

Einer stand auf jeden Fall noch auf seiner Liste.

Bis jetzt fühlte er sich zum Glück besser als gedacht. Diese Energie, die ihn am Samstag durchpulst hatte! Besser als Sex.

War das die Mordlust?

Die Diagnose war ein Zufallsfund bei einer Routineuntersuchung gewesen. Sie haben da was, hatte die Ärztin gesagt. Als wär's ein Fleck auf seiner Hose und nicht auf dem Röntgenbild.

Einen unglücklichen Zufall hatte sie es genannt. Er solle es nicht persönlich nehmen. Aber er nahm es persönlich. Sehr sogar. Nur nicht so, wie sie dachte.

Er sah es als Auftrag, endlich zu erledigen, was er schon längst hätte erledigen sollen.

Lange war er dazu zu feige gewesen.

Jetzt nicht mehr.

Im Grunde war die Diagnose sein persönlicher Glücksfall. Was wusste die Ärztin schon!

Aber das unaufhaltsame Voranschreiten seiner Krankheit war das eine. Das andere, dass man ihm nicht zu schnell auf die Schliche kommen durfte. Er konnte sich keinen weiteren Fehler erlauben.

Die Mail war schon mal eine gute Idee gewesen, um Zeit zu gewinnen.

Bestimmt fiel ihm noch mehr ein.

2

Mit klebrigen Fingern zog Tamme das letzte Franzbrötchen aus der Tüte auf seinem Schreibtisch. Er leckte an der weichen Masse auf dem Plunderteig. Marzipan. Dann drückte er seine Zähne hinein. Es schmeckte noch besser als die beiden ersten Brötchen, Mohn und klassisch mit Zucker und Zimt. Gierig nahm er den nächsten Bissen.

Auf dem Weg ins Präsidium hatte er an der Bäckerei neben dem Einkaufszentrum gestoppt. Als er an der Reihe gewesen war und zwei Müslistangen bestellen wollte, war der Bäcker mit einem Blech voller frischer Franzbrötchen aus der Backstube gekommen. Dieser Duft! Sofort hatte Tamme sich umentschieden. Er hatte genug Stress im Moment, da gönnte er sich lieber was, statt sich mit gesunder Kost auszuhungern.

Als die Sonne über dem Häuserdach jenseits des Parkplatzes aufging, schluckte er das letzte Teigbröckchen hinunter. Es war die richtige Entscheidung gewesen. Außer dass er noch ein viertes Brötchen mit Schokostückchen hätte nehmen sollen. Die Dinger schrumpften ständig. Wahrscheinlich, weil der Preis seit zehn Jahren unverändert geblieben war.

Er fuhr seinen Computer hoch, loggte sich ein und rief seine Mails ab. Eine Rundmail aus dem Archiv, dass sie heute nur bis Mittag besetzt waren. Die Kantinenspeisekarte der kommenden Woche. Nichts zu dem Jungen, nichts von Girik. Er spürte eine leise Enttäuschung – aber was hatte er erwartet? Dass Bodendieck ihm schrieb und zugab, erneut gelogen zu haben? Sicher nicht! Ohne dem Kioskbesitzer in die Augen zu blicken, würde er nichts Neues aus ihm herausbekommen. Wenn gleich keine andere Aufgabe für ihn anlag, fuhr er noch mal auf die Veddel.

Vorausgesetzt, dass Svea nicht doch zu Hause blieb. Auch wenn sie es abgestritten hatte, hatte sie der Tod ihres alten Freundes aus Dortmund gestern Abend sichtbar mitgenommen.

Er sah auf die Uhr. Eine halbe Stunde bis Dienstbeginn. Genug Zeit für einen zweiten Kaffee.

Als er zurückkam vom Automaten, blinkte sein Handy. Drei Anrufe in Abwesenheit. Alle von Imke. Eine Nachricht auf der Mailbox.

Er zögerte, bevor er auf den Pfeil zum Abhören tippte. Nicht dass Imke ihm wieder Schlüpfrigkeiten ins Ohr säuselte. Oder sich beschwerte, dass er sich heute Morgen weggeschlichen hatte. Oder deshalb schluchzte. Wobei er sich nur im Haus bemüht hatte, niemanden aufzuwecken, die Tür hatte er dann ins Schloss geworfen. War mit quietschenden Reifen um die Kurve gebogen.

Auf der Flucht.

Vor der eigenen Ehefrau.

Wem wollte er etwas vormachen? Normal war das nicht!

Widerwillig drückte er die Taste zum Abhören. Spürte, wie sein Finger am Display klebte. Franzbrötchenzucker.

Statt Gesäusel empfing ihn Aufgeregtheit. »Ruf bitte sofort zurück, es gibt ein Problem mit …« Weinen im Hintergrund. Marit? Rike? Oder beide? »Ja, Mama kommt.« Aufgelegt.

Was sollte das denn?

Er hörte die Nachricht ein zweites Mal ab, verstand genauso wenig wie zuvor, am liebsten würde er nicht zurückrufen. Aber wenn sich eins der Kinder verletzt hatte?

»Tamme?« Imke hob beim ersten Klingeln ab. Sie klang, als wäre sie gerannt. Atemlos. »Ramba ist verschwunden.«

»Wer?«

»Rikes Kaninchen. Wann hast du Feierabend?«

Er hatte noch gar nicht angefangen.

»Du musst dringend das Gehege reparieren.« Ramba hatte sich unterm Zaun durchgebuddelt. Imke hatte zwar einen Blumenkasten vor die Lücke gestellt. Aber nicht dass Zamba ebenfalls floh.

Rambazamba? Waren die Namen Imkes Ernst?

Schritte ließen ihn aufblicken. Svea winkte aus dem Nebenzimmer. Gleichzeitig klingelte das Telefon auf seinem Schreibtisch.

»Imke, ich hab zu tun, steck Rambazamba in den Stall.«

Er legte auf, ohne sich zu verabschieden. Als er rülpste, schmeckte es vergoren. Hätte er doch ein Franzbrötchen weniger nehmen sollen?

3

Svea lehnte an Tammes Schreibtisch. Schon wieder hatte es ihren Stellvertreter lange vor Dienstbeginn ins Präsidium verschlagen. Aber sie beschwerte sich nicht. Ihr war es recht! Mittlerweile war auch Franzi eingetroffen. Zeit genug für eine Besprechung vor der Morgenrunde, während Franzi nebenbei ihre Mails checkte.

Svea betrachtete ihre Mitarbeiterin von der Seite. Der konzentrierte Blick, die schnellen Finger auf der Tastatur. Nach gestern Abend wusste sie immer noch nicht, wie Franzi sich entschieden hatte. Blieb sie, oder ging sie?

Aber jetzt war keine Zeit für ein Gespräch. Abgesehen davon, dass Svea bezweifelte, dass sie die Kraft dazu hatte. In jeder freien Sekunde seit dem Aufwachen sprang sie Yunans Bild an. Wut, Trauer und Fassungslosigkeit drohten sie zu überwältigen. Und wenig war so anstrengend, wie Gefühle aufzuhalten.

Jetzt ging es zum Glück erst mal um Wilke.

Punkt eins, die anonyme Mail. Eine Spur von vielen, die sie bislang nicht weitergebracht hatten.

Vor einer Viertelstunde hatte Conrady bei Tamme angerufen und danach eine Liste geschickt. Die Kontaktdaten seiner Kumpel und Kollegen, die bezeugen konnten, dass er zwischen letztem Dienstag und Sonntag keine Zeit zum Morden gefunden hatte. Tamme und Franzi würden im Anschluss versuchen, die Leute zu erreichen.

Wenn es alles stimmte, hatte Conrady ein nahezu lückenloses Alibi.

»Irgendeinen Dreck hat er trotzdem am Stecken.« Tamme zerknüllte die leere Bäckereitüte und zielte auf seinen Mülleimer. Das Papierknäuel prallte vom Rand ab, kullerte über den Boden und blieb in der Tür zu Sveas Büro liegen.

»Sorry!« Tamme machte Anstalten aufzustehen.

Svea winkte ab. »Ich heb's gleich auf.«

»Möglich, dass Conrady was zu verbergen hat«, schaltete sich Franzi ein. »Aber muss das zwingend etwas mit dem Mord an Wilke zu tun haben?«

Tamme guckte irritiert.

Svea horchte auf. Ihre gestrigen Zweifel fielen ihr ein. Irgendeine Beziehung musste der Täter zu Conrady haben, womöglich sogar eine, von der der Agenturbesitzer nichts ahnte. Ein Gedanke formte sich. »Die Mail könnte eine Art Ablenkungsmanöver sein«, murmelte sie. Eine falsche Fährte, gelegt vom Täter, sodass die Ermittler anderweitig beschäftigt waren und ihn aus den Augen verloren. Gleichzeitig konnte er damit Conrady eins auswischen. So etwas kam nicht zum ersten Mal vor.

»Wissen wir mittlerweile mehr über den Absender der Mail?«, hakte sie nach.

Tamme und Franzi verneinten. Die Kollegen aus der KTU hatten sich nicht wieder gemeldet. Auch nicht zu möglichen Fingerabdrücken oder DNA an den Handschuhen und der Tüte, die Svea von der Mitarbeiterin der Seemannsmission bekommen hatte.

Dafür hatten die Polizeitaucher den Boden der Schleuse abgesucht, berichtete Franzi. Ihre Finger huschten über die Tastatur. »Ergebnislos.« Wenn man von einem rostigen Klapprad, einem leeren Werkzeugkasten und diversem Plastikschrott absah.

Während sie die Liste der Fundstücke vorlas, fragte Svea sich, ob die Sachen unabsichtlich vom Schiff gefallen waren. Oder ob sich jemand nur die Abfallgebühr sparen wollte? Schlimm war der ganze Müll in jedem Fall.

»Hätten die Taucher eine Waffe rausgeholt, wären wir zumindest in Hinblick auf den Tatort weiter«, warf Tamme ein.

Waren sie aber nicht. Was den Tatort anging – und auch sonst nicht.

Svea holte tief Luft.

Nächster Punkt: Kevin Hummel. Sie mussten dringend mit Wilkes Halbbruder sprechen. Wie Bodendieck hatte er sie belogen. Womöglich nicht nur einmal.

»Er arbeitet bei der HHLA. Kannst du herausfinden, ob er Schicht hat?«, wandte Svea sich an Franzi. Entweder fuhren sie bei ihm zu Hause oder auf der Arbeit vorbei. Wenn sie ihn erst aufs Präsidium vorluden, verstrich zu viel Zeit.

»Girik hat sich noch nicht wegen des Pizzadiensts gemeldet.« Tamme klickte auf seiner Tastatur herum. »Ich schreib sie an. Vielleicht ist Kevin Hummel dort auch Kunde.« Die Betonung lag auf dem letzten Wort.

»Du denkst, er dealt auch?«, hakte Franzi nach.

»Warum nicht? Überprüfen sollten wir es.«

Sie hatten gerade besprochen, dass die Fahndung nach dem Jungen weiterhin erfolglos war, und mutmaßten, ob in diesem Fall die Nachbarn gelogen hatten, als Sveas Handy klingelte.

Lena Lüders. Die Kollegin von der WS.

Sie hatte den letzten Schiffsführer erreicht.

»Und?«

»Nichts.« Und noch etwas: Die Strömungsversuche mit dem Dummy waren erneut um einen Tag verschoben worden.

»Macht nichts.« Davon erhoffte Svea sich sowieso nicht mehr viel.

Stöhnend legte sie auf. Das Einzige, was sie mittlerweile sicher wussten, war, dass jemand Wilke umgebracht hatte. Ansonsten: wenig!

»Das war's erst mal.« Svea löste sich von der Tischkante und dehnte sich. Der gestrige Tag steckte ihr in den Knochen, dabei hatte sie ein paar Stunden geschlafen, wenn auch unruhig.

»Warte!« Tamme sprang auf und streckte den Arm nach der zusammengeknüllten Tüte aus. Ein Wischmopp kam ihm zuvor und fegte sie auf eine Kehrschaufel.

Der Putzmann erschien im Türrahmen. Um diese Zeit? »Kommen Sie nicht normalerweise morgens um sechs?«, fragte Svea.

»Geputzt wird immer.« Er lehnte Mopp und Schaufel hinter sich an den Wagen und stopfte das Papier in einen Müllbeutel.

»Sagen Sie das noch mal!«, forderte Svea ihn auf.

»Was?« Er tunkte den Mopp in einen Eimer mit schlammfarbener Brühe. »Geputzt wird immer.«

»Das meinte ich! Machen Sie ruhig weiter.«

Svea ignorierte seinen verdutzten Blick und eilte zurück in Tammes und Franzis Büro. Nachdem sie die Tür hinter sich geschlossen hatte, griff sie ihr Handy, um bei Lena Lüders anzurufen.

Die Kollegin ging nicht mehr ans Telefon.

Dann versuchte sie es eben direkt in der Leitzentrale an der Kattwykbrücke. »Hast du die Telefonnummer?«, fragte sie Tamme.

Die Schleusenmeisterin nahm sofort ab, und Svea berichtete von ihrer jähen Vermutung.

»Nein«, entgegnete die Schleusenmeisterin. Sie hatten nur die diensthabenden Kollegen gefragt, ob ihnen etwas aufgefallen war. Genau das, worum Tamme gebeten hatte. Aber sie versprach nachzuhaken, ob jemand vom Putzdienst eine ungewöhnliche Bewegung auf den Monitoren bemerkt hatte.

Svea bedankte sich und legte auf.

Tamme pfiff durch die Zähne.

»Ein Strohhalm.« Sie zuckte die Achseln. »Aber besser als nichts.« Manchmal waren es die kleinen Dinge, die eine Ermittlung weiterbrachten. Hoffte sie zumindest!

Sie sah auf die Uhr. Jetzt musste sie wirklich los zur Morgenrunde.

Während sie durch den Flur in Richtung Konferenzraum eilte, rekapitulierte sie die Ergebnisse der vorangegangenen Besprechung. Vorsichtig ausgedrückt, waren sie übersichtlich. Aber dass sie wenig Neues zum Fall Wilke mitbrachte, würde Demir mehr Raum geben, über erste Ermittlungsschritte zu Yunans Tod zu berichten.

Was hatte er auf der Abwrackwerft zu suchen gehabt?

War er etwa wieder in kriminelle Geschäfte verwickelt gewesen?

Wovor hatte er Angst gehabt?

Fragen, deren Antworten sie ersehnte. Und gleichzeitig mehr als alles andere fürchtete. Es hatte seine Gründe, dass sie in Yunans Fall als befangen galt.

4

Was Neues zum Pizzadienst? Sveas Schritte hallten noch über den Flur, als bei Tamme die Mail von Girik einging.

Er öffnete die Nachricht. Und sog die Luft ein. Der anonyme Mailschreiber hatte sich erneut gemeldet.

Fwd: [EXTERN]-Conradys schief
An: polizeioeffentlichkeitsarbeit@polizei.hamburg.de

Am 06.10.2015 um 8:45 schrieb aufraeumer@hideyour privacy.com

Kuemmert euch endlich um das, wo ihr fuer betzahlt wertet: Durchsucht Ulf Conradys schief! Da likt der Bewaiß.

Diese Orthografie! Die Buchstaben verschwammen vor Tammes Augen. Dagegen war die Legasthenie seiner Ältesten literaturpreisverdächtig. »Was ist schief?«, überlegte er laut.

»Der Turm von Pisa.« Franzi blickte an ihrem Monitor vorbei.

»Nein!« Er las die Mail vor.

»Ein Schiff?«

Könnte passen. Conrady paddelte. Aber war ein Kanu ein Schiff? Oder gehörte ihm ein weiteres Boot? Wenn sie ihn direkt danach fragten, schöpfte er womöglich Verdacht. »Was ist mit dem Schiffsregister?«

»Da müssen nur Schiffe über fünfzehn Meter Länge eingetragen werden«, fand Franzi mit wenigen Klicks heraus. Trotzdem schickte sie eine Anfrage ans Amtsgericht.

Gleichzeitig googelte Tamme: *Ulf Conrady, Hamburg, Boot*. Und landete prompt einen Treffer.

Ein Abendblatt-Bericht über das Sommerfest im City Sporthafen an der Vorsetzen. Illustriert mit zahlreichen Fotos der Jachtbesitzer auf ihren Booten. Allerdings stammte der Artikel von 2006. Die unbekannte Frau neben einem deutlich schwergewichtigeren Conrady im rosa Polohemd war laut Bildunterschrift seine Ehefrau. Die erste schätzungsweise.

»Guck dir das an.« Tamme drehte seinen Monitor in Franzis Richtung.

»Das passt nicht zu seinem Image als Naturbursche. Der hat sein Boot bestimmt längst verkauft«, mutmaßte die Kollegin.

Aber ein Anruf beim Hafenmeister bestätigte, dass Conrady immer noch Besitzer einer Motorjacht war, die gerade mal wieder im Sporthafen ankerte. Carmen hieß das PS-starke Schiff.

»Warum mal wieder?«, hakte Tamme nach.

Im Sommerhalbjahr, das bis Ende Oktober dauerte, war die Liegedauer auf einen Monat beschränkt, informierte ihn der Hafenmeister. Da Conrady die Carmen Mitte September gebracht hatte, müsse er den Liegeplatz demnächst wieder freigeben.

»War Conrady letzte Woche auf dem Boot?«

»Keine Ahnung.« So genau hatte der Hafenmeister das nicht im Blick. Aber Conrady kam öfter vorbei und raste eine Runde durch den Hafen. Warum nicht auch letzte Woche?

So viel zum Naturburschenimage!

Tamme bedankte sich für die Auskünfte. Dann beantragte er einen Durchsuchungsbeschluss. Er hoffte, dass der Richter dem aufgrund der anonymen Mail auch stattgab. Sonst mussten sie an Conradys Kooperationsbereitschaft appellieren.

Aber in diesem Fall war die diensthabende Richterin gnädig. Nach zwanzig Minuten hatte er den Durchsuchungsbeschluss auf dem Tisch.

»Kommst du mit?«, fragte er Franzi.

Er hatte gerade seinen Rechner heruntergefahren, da rief der Pförtner an und informierte ihn, dass jemand ihn dringend sprechen wolle. Ein Manfred Bodendieck.

Am Telefon?

Nein, er wartete unten im Foyer.

5

Köhlbrandbrücke, Fernsehturm, Michel … Und was war das rechts am Rand? Die Landungsbrücken? Svea trat näher an das Ölgemälde in Uta Wieneckes Büro heran. Auf rotem Grund reihten sich die Hamburger Sehenswürdigkeiten wie Wäsche auf der Leine. Rechts unten in der Ecke entzifferte sie die Initialen.

U.W. Sie strich mit dem Finger über die Farben auf der Leinwand. Malte die Chefin in ihrer Freizeit?

Svea würde sie gleich danach fragen – und dann … das Rot loben. Je besser Wienecke gelaunt war, umso positiver entwickelte sich hoffentlich das anschließende Gespräch.

Nach der Morgenrunde hatte Svea gewartet, bis der letzte Kollege den Raum verlassen hatte, dann hatte sie Wienecke um einen Gesprächstermin gebeten. Worum es ging, hatte sie nicht gesagt – und die Chefin hatte nicht gefragt. Aber sie hatte heute etwas Zeit. Am besten jetzt gleich. Schweigend waren sie nebeneinander durch den Flur gegangen, Wienecke hatte ihr Büro für Svea aufgeschlossen, sie gebeten, Platz zu nehmen – und war dann auf die Toilette verschwunden.

Svea setzte sich in den Besucherstuhl und rieb sich übers Gesicht. Wienecke wusste als Einzige im Präsidium, wie viel Yunan ihr bedeutet hatte. Was nicht unbedingt von Vorteil war. Der besorgte Blick der Chefin, während sie mit Demir über dessen erste Ermittlungsschritte diskutiert hatte, war ihr nicht entgangen. Wobei die ersten Schritte für Demir gleichzeitig die letzten waren. Der Kollege war überzeugt, dass Yunan ein – O-Ton – »dreckiger kleiner Junkie mehr« war, der sich den goldenen Schuss gesetzt hatte. Müßig, da genauer nachzuforschen.

Sveas Herz sprang immer noch in ihrer Brust wie Rumpelstilzchen ums Feuer, so hatte sie sich aufgeregt.

Ihren Hinweis, dass das Obduktionsergebnis noch gar nicht vorlag, hatte Demir ebenso abgetan wie ihre Überlegung, ob sein und ihr Fall zusammenhingen. Wie ein Dortmunder Junkie ausgerechnet auf die Abwrackwerft am Rand des Hamburger Hafens kam, interessierte ihn nicht. Genauso wenig wie die Tatsache, dass es nicht der erste Tote auf dem Gelände war.

Sie hatte Brandts Worte über den Schweden wiedergegeben, der von einem Auftragskiller umgebracht worden war. Was, wenn Yunan sich gar nicht selbst den goldenen Schuss gesetzt hatte, sondern jemand ihn dazu gezwungen hatte? Jemand, der nicht wollte, dass er mit der Polizei sprach.

Quatsch, hatte Demir sie abgewürgt. Wie sie auf so etwas käme!

Weil man Yunan mit mir gesehen hat und ihn für einen V-Mann hielt? Das hatte sie natürlich nicht gesagt. Und erst recht nicht, dass er bei ihr geschlafen hatte.

Sie hatte geschwiegen. Und sich einen Moment wie eine Co-Abhängige gefühlt. Leugnen bis zum Schluss, dass der Partner Drogen nahm. Seinen Beteuerungen wider besseres Wissen immer wieder Glauben schenken. Hatte sie sich zu unrealistischem Wunschdenken hinreißen lassen, weil sie nicht akzeptieren konnte, dass Yunan sie belogen hatte?

»Entschuldige bitte«, Wieneckes Stimme riss sie aus ihren Überlegungen. »Was kann ich für dich tun?«

Die Farben, wollte Svea sagen. Und stockte. In ihrem Büro hing als einziger Wandschmuck ein Apothekenkalender vom letzten Jahr, Franzi hatte ihn irgendwann mitgebracht. Jeder normale Mensch, der sie nur ein bisschen kannte, würde sofort merken, dass ihre Begeisterung für die Malerei vorgeschoben war. Die Leiterin eines Morddezernats erst recht.

»Es geht um Yunan.«

»Das habe ich mir gedacht.« Wienecke zog den Stuhl hinter ihrem Schreibtisch hervor und setzte sich Svea gegenüber. »Keine Sorge. Ohne ein eindeutiges Ergebnis aus der Rechtsmedizin wird der Fall nicht abgeschlossen. Alles andere wäre nicht nur unprofessionell, sondern strafbar.« Sie machte eine Pause. »Trotzdem glaube auch ich nicht daran, dass sie etwas finden werden.«

Glauben hieß nicht wissen. Aber Svea verkniff sich ihren Kommentar. Immerhin hatte Wienecke selbst das fehlende Obduktionsergebnis erwähnt.

»Was ist, wenn die beiden Fälle doch zusammenhängen?«, fragte sie stattdessen. Hansen hatte das schließlich auch vermutet.

»Bis jetzt sieht es nicht danach aus.« Wienecke setzte wieder ihren besorgten Blick auf. »Es ist normal, dass Yunans Tod dich mitnimmt. Aber das ist kein Grund, dich von deinem eigenen, komplett unabhängigen Fall abzuziehen. Du hast gute Arbeit in den vier Tagen geleistet, die du wieder hier bist.«

Hatte sie das? Ihr selbst kam es nicht so vor.

»Svea!« Wienecke streckte die Hand vor. Wollte sie ihr beschwichtigend über den Arm streichen? Svea zwang sich, nicht zurückzuzucken.

Tamme durfte das. Manchmal sogar Franzi. Aber die Chefin? Zum Glück zog sie die Hand wieder ein. Sie hatte sich nur gestreckt, bevor sie aufstand. »Wenn du nichts mehr auf dem Herzen hast, würde ich jetzt gern weitermachen.«

Svea erhob sich ebenfalls und bedankte sich. Auf dem Weg zur Tür blieb ihr Blick erneut an dem Hamburgpanorama hängen.

»Ich habe angefangen zu malen. Ein guter Ausgleich zum Job.« Wieneckes Lachen klang verlegen. »Gefällt's dir? Sei ehrlich.«

»Sieht gut aus«, sagte Svea. »Besonders die Farben.«

Während sie durch den Flur ging, spürte sie Wieneckes Blick im Nacken. Das Prickeln verschwand auch nicht, nachdem sie längst in Richtung ihres Büros abgebogen war.

Ahnte die Chefin, dass sie ihr nicht die ganze Wahrheit gesagt hatte? Hätte sie ihr gestehen sollen, dass sie Yunan getroffen hatte? Aber wenn Wienecke genauso wie Demir eine Verbindung zu ihrem Fall ausschloss, war Sveas Verhältnis zu Yunan in der Konsequenz reine Privatsache. Zumindest solange er sich, wie es jetzt aussah, selbst umgebracht hatte. Wenn nicht … konnte sie wieder neu entscheiden, was und wie viel sie preisgab.

Der Einzige, dem sie von Yunans Aufenthalt in ihrer Wohnung erzählt hatte, war Alex. Und ihr eigener Freund würde sie kaum verraten!

Oder?

6

»Die meisten Unwahrheiten kommen früher oder später ans Licht«, behauptete Tamme.

Er saß mit Bodendieck im Vernehmungszimmer. Der Kioskbesitzer hatte ausgeholt und erneut erklärt, warum er die Drogengeschäfte seines Neffen anfangs verschwiegen hatte. Offenbar nicht nur aus Angst um sein Geschäft, sondern weil Wilke ihn unter Druck gesetzt hatte. Das Bild, das nicht nur Bodendieck von dem Toten zeichnete, stellte einen zunehmend unsympathischen Charakter dar.

Bodendieck erzählte von seinen Schwierigkeiten mit Wilke. Die Unpünktlichkeit und generelle Unzuverlässigkeit. Die Drogen. Das Dealen. Tamme ließ ihn reden. Er würde schon zum Grund seines Besuchs kommen. Dafür sprachen die erdbeerfarbenen Flecken am Hals, genauso wie die Hände, die er wie einen Teigklumpen permanent knetete.

Bodendieck hustete. »Kann ich was zu trinken haben?« Offenbar brauchte er Zeit, bevor er das nächste Geständnis ablegte.

»Kaffee, Tee oder Wasser?« Tamme hatte ihn anfangs gefragt, da hatte er abgelehnt.

»Gerne Tee.« Bodendieck lächelte dankbar. Das hatte er wohl nicht erwartet. Manche Leute sagten nur unter Druck aus, manche brauchten Freundlichkeit. Bei wieder anderen wechselte es. Bodendieck gehörte offenbar zur letzten

Gruppe. Das waren die Schwierigsten. Tamme durfte nicht den Zeitpunkt verpassen, an dem er zum Ausquetschen wechseln musste. Aber jetzt bekam Bodendieck erst mal alles, was er wollte.

Er rief Franzi an. »Kannst du uns einen Tee bringen?« Besser, er ließ den Mann nicht zu lange allein.

»Mache ich.«

Als sie weiterredete, drückte er sein Telefon dicht ans Ohr. Nicht dass Bodendieck Interna mitbekam. Franzi war dabei, Conradys Liste abzutelefonieren. Bislang hatte sie erst eine Person erreicht, berichtete sie. Damit hatte Conrady schon mal ein Alibi für Dienstagabend. Die Paddelkumpel fehlten noch komplett.

»Ich helfe dir nachher.« Er legte auf und wandte sich wieder seinem Gegenüber zu. »Ihr Tee kommt gleich.«

Bodendiecks Husten hatte sich auch so beruhigt. Er sah an Tamme vorbei, sein Blick huschte hin und her. Wenn man es nicht besser wüsste, könnte man denken, hinter Tamme hinge ein Fernseher, auf dem ein Tischtennisspiel lief. Aber da war nichts als eine weiße Wand.

»Da ist noch was …« Bodendieck unterbrach sich und hustete wieder. Franzi hatte kürzlich von psychosomatischem Husten erzählt. Tamme hatte sich nichts darunter vorstellen können. Bis jetzt.

Zum Glück öffnete sich in diesem Moment die Tür, und Franzi reichte einen Becher Tee ins Zimmer. Dazu zwei Portionspackungen Kondensmilch, ein Zuckertütchen und einen Löffel. Sie hatte an alles gedacht.

Bodendieck bedankte sich überschwänglich. Er fummelte die Milchpackungen auf, schüttete den Zucker hinterher und rührte so kräftig um, dass der Löffel gegen das Porzellan des Bechers klirrte. Ein Wunder, dass nichts überschwappte. Schlürfend trank er zwei Schlucke. Dann sah er sich suchend um.

»Stellen Sie ihn ruhig auf dem Boden ab.« Aus gutem Grund stand kein Tisch zwischen ihnen. Je weniger Tamme bei der Befragung von seinem Gegenüber entging, umso besser.

Nachdem Bodendieck den Becher neben sich gestellt hatte, blickte er auf. Zum ersten Mal hielt er Tammes Blick stand.

»Niko hat nicht nur selbst gedealt, er hat auch andere angestiftet.« Angewidert spie er die Worte aus.

Tamme erwartete, dass er Hummels Namen nannte. Doch Bodendieck überraschte ihn.

»Sie haben mehrfach nach einem Jungen gefragt, der bei Niko gewohnt hat. Ich habe gesagt, dass ich davon nichts weiß, aber«, er hustete und trank einen Schluck Tee, »das stimmt nicht.«

»Okay.« Tamme lehnte sich in seinem Stuhl zurück. Dann sollte Bodendieck ihm jetzt die Wahrheit erzählen. Noch war es nicht zu spät.

Woher der Junge gekommen war, wusste er nicht. Vor ein paar Wochen hatte Wilke ihn als seinen Mitbewohner vorgestellt. »Ich habe nicht nur mit Niko gestritten, weil er gedealt hat, sondern weil er den Jungen anlernen wollte. Er war fast noch ein Kind.«

»War?«

»Seit gestern Abend ist er verschwunden.« Bodendieck stöhnte auf. »Ich mache mir Sorgen, dass ihm etwas passiert ist.«

Das war der Grund für Bodendiecks Auftauchen im Präsidium! Aber Tamme verstand nicht. Der Junge war doch schon am Samstag nicht mehr in Wilkes Wohnung gewesen. Wo hatte er danach gesteckt?

Bodendieck zögerte. »Versprechen Sie mir, dass ich keinen Ärger bekomme.«

Wie stellte er sich das vor? Aber Tamme deutete ein Nicken an.

Offenbar ging es als Zustimmung durch. Denn Bodendieck fuhr fort: »Der Junge ist am Samstag im Treppenhaus zu Wilkes Wohnung gewesen und hat Sie und Ihre Kollegen belauscht. Als er mitbekommen hat, dass Niko tot ist, ist er weggerannt.«

Die zuschlagende Tür! Sie waren so nah dran gewesen!

Danach war der Junge laut eigener Aussage in Wilhelmsburg herumgeirrt, bis er mitten in der Nacht bei Bodendieck aufgetaucht war. Der hatte ihm seitdem im Hinterzimmer seines Ladens Unterschlupf gewährt.

»Sie verstecken einen fremden Jungen einfach so in Ihrem Laden? Vielleicht hat er Ihren Neffen umgebracht!« Tamme brauste auf. War Bodendieck so dumm, oder tat er nur so? Jeder normale Mensch hätte umgehend die Polizei informiert! »Was war los mit diesem Jungen? Und wie heißt er überhaupt?« Jetzt war Ausquetschen angesagt.

»Tim?« Bodendiecks Antwort klang fragend. Offenbar dämmerte ihm, dass der Junge einen falschen Namen genannt haben könnte. Immerhin deckte sich seine Beschreibung mit der der Nachbarn; demnach war der Junge blond, blauäugig, circa eins siebzig groß, schmalbrüstig. Ansonsten wusste Bodendieck wenig über ihn, außer dass er wegen irgendetwas Angst gehabt hatte. »Er war kein böser Junge«, sagte er.

»Das haben Sie von Niko Wilke auch gesagt.«

»Ich weiß.« Kleinlaut begann Bodendieck sich erneut für seine Lügen zu entschuldigen.

Tamme winkte ab. »Hatte der Junge vielleicht Angst vor Wilkes Mörder?«

»Meinen Sie? Ich habe ihn gefragt, ob er einen Verdacht hätte – hatte er aber nicht. Ich habe trotzdem versucht, ihn dazu zu bringen, dass er mit Ihnen redet. Ehrlich!«, schob er hinterher. Doch der Junge hatte auf keinen Fall zur Polizei gewollt. Als Grund für seine Angst vermutete Bodendieck, dass er von zu Hause weggerannt war. Ein Ausreißer. Mehr nicht.

Möglich war das. Tamme würde im Anschluss die Vermisstenmeldungen checken. Spaßeshalber würde er *Tim* eingeben, obwohl er darauf wettete, dass der Name gelogen war.

Aber genauso gut konnte der Junge aus Angst vor ihrem Mörder untergetaucht sein.

Oder weil er selbst der Mörder war!

Er unterdrückte ein Fluchen. Hätte Bodendieck ihnen den Jungen rechtzeitig gebracht, wüssten sie das wahrscheinlich. Wie es aussah, bekam Bodendieck Ärger, und zwar gewaltig! Aber das verschwieg Tamme. Noch hatte er ein paar Fragen.

Was war mit einem großen Drogendeal, in den Wilke womöglich verwickelt war?

Bodendieck schwor, nichts darüber zu wissen.

Hatte er irgendeine Ahnung, wo der Junge sich jetzt versteckte?

»Nein, ich habe zuerst an Kevin gedacht, aber da habe ich schon angerufen. Da ist er nicht.«

»Kevin *Hummel*?« Tamme betonte den Nachnamen.

Bodendieck bejahte.

Was?! Hummel wusste von dem Jungen! Gab es irgendjemanden in dieser verdammten Familie, der sie nicht angelogen hatte?

»Ich habe es nur gut gemeint.« Bodendiecks Augen schimmerten feucht. Fing er jetzt vor Selbstmitleid an zu weinen? Aber er fasste sich schnell wieder. »Ich hab's versaut! Meinen Sie, dass Tim in Gefahr schwebt?«

»Ich gehe davon aus.« Tamme hatte keine Lust, ihn zu beruhigen. Das führte zu nichts. Wenn Bodendieck Angst hatte, kooperierte er offensichtlich am besten mit ihnen. Mehr wollte Tamme nicht.

»Möchten Sie Ihren Tee noch austrinken? Die Befragung ist beendet.« Er stand auf.

7

Svea lehnte neben Franzi an ihrem Dienstwagen und sah hoch zu den Containerbrücken. An einem Ausleger baumelten gleich zwei Container nebeneinander. Wie die Steine bei Tetris mussten sie in die passende Lücke an Deck des Schiffs gesetzt werden, das vor ihnen über der Kaimauer aufragte. Der Terminal Tollerort war der kleinste der vier Containerterminals im Hamburger Hafen. Wie beeindruckend mussten erst die anderen sein!

Aber sie war nicht hier, um die Kulisse zu bestaunen und über Computerspiele nachzudenken, sondern um mit Kevin Hummel zu sprechen. Seit vier Wochen arbeitete er als Lascher, war zuständig für die Befestigung der Container an Deck. Ein Knochenjob, gut bezahlt, den er hoffentlich etwas länger durchhielt – wie seine Frau gegenüber Franzi süffisant bemerkt hatte.

Heute hatte er Frühschicht. Der Pförtner hatte den Vorarbeiter angefunkt und gefragt, wo Hummel eingesetzt war, anschließend hatte sie ein Securitymitarbeiter mit dem Shuttlebus zu dem Schiff vor ihnen begleitet.

»Da kommt er.« Franzi zeigte auf die Gangway. Mit Helm und Arbeitskleidung hätte Svea ihn fast nicht erkannt.

»Was gibt's?« Er gab sich betont beiläufig. Aber das Flackern in seinen Augen zeigte, dass ihr Auftauchen ihn beunruhigte. Gut. Sie hatte keine Lust, wieder nur die Hälfte von ihm zu erfahren.

»Wir haben noch ein paar Fragen.« Ein Knall, der Containerbrückenfahrer hatte die Lücke für seine Fracht gefunden.

Sie hielt Hummel die Tür zum Rücksitz ihres Wagens auf. Im Auto musste man nicht gegen den Lärm des Containersetzens und die Motorengeräusche der Van-Carrier anschreien. Begleitet vom Shuttlebus fuhr sie zum Heck des Schiffes, raus aus dem Gefahrenbereich.

Svea ließ Franzi mit der Befragung beginnen.

»Seit wann arbeiten Sie hier?«

»Vier Wochen?«

»Und vorher?«

»Was tut das zur Sache?« Er hatte seinen Helm abgenommen und neben sich gelegt, trommelte mit den Fingern auf das Plastik.

Franzi hob die Achseln.

»Sie kriegen's ja sowieso raus. Ich war arbeitslos.«

»Das ist doch keine Schande.«

»Sagen Sie. Meine Frau sieht das anders.«

»Und wie gefällt Ihnen der Job?«

»Gut! Aber Sie sind doch nicht hier, um mit mir über meinen Job zu reden?«

»Doch«, schaltete Svea sich ein. Schließlich eröffnete der ihm gewisse Möglichkeiten. Auch wenn Franzi bei Girik nachgehakt hatte und die Kollegin Hummel bislang nicht auf dem Radar hatte.

Sie drehte sich halb in ihrem Sitz um und sah ihm in die Augen. »Keine Sorge, wir haben noch ein paar andere Themen vorbereitet. Sonntag haben wir Sie nach einem Jungen gefragt, der bei Ihrem Halbbruder gewohnt hat. Sie haben geantwortet, dass Niko allein gewohnt hat. Bleiben Sie dabei?«

»Was soll das denn jetzt?« Er nahm seinen Helm und fasste an den Türöffner, rüttelte an dem Hebel. »Sperren Sie mich ein?«

Noch nicht. »Das ist die Kindersicherung. Meine Kollegin öffnet Ihnen gern die Tür.« Pause. »Aber dann müssten wir Sie zur Fortsetzung des Gesprächs aufs Präsidium laden.«

»Scheiße!« Er warf sich zurück in den Sitz.

»Nicht wenn Sie aufhören, uns anzulügen.«

Hummel schnaubte. »Was war noch mal die Frage?«

»Der Junge. Warum haben Sie uns verschwiegen, dass Sie ihn kannten?«

Stille.

»Herr Hummel, sollen wir Ihre Frau fragen?«

»Lassen Sie Elvira aus dem Spiel.«

Gerne, wenn er ihnen weiterhalf.

Fünf Minuten später hatte er die Existenz des Jungen bestätigt, er hatte ihn zwei-, dreimal bei Wilke getroffen. Seine Beschreibung deckte sich mit der Bodendiecks. Außer dass er sich nicht an die Augenfarbe erinnerte.

»Und der Name?«

»Tim, glaube ich.«

Tamme hatte keinen Tim in den Datenbanken gefunden, auf den diese Angaben zutrafen. Aber wenn sie der Junge wäre und unerkannt untertauchen wollte, hätte Svea sich nicht nur einen falschen Namen zugelegt, sondern auch die Haare gefärbt. Und farbige Kontaktlinsen gab es mittlerweile bei jedem Optiker. Wichtiger war, dass er offenbar wirklich existierte – und jetzt verschwunden war.

Sie mussten alles daransetzen, ihn zu finden, er war eine Schlüsselfigur in ihrem Fall. In welcher Hinsicht auch immer.

Hatte Hummel eine Idee, wo er sich versteckte?

»Keine Ahnung.« Er wusste ja nicht mal, dass der Junge anschließend bei Bodendieck gewohnt hatte. Geschweige denn, dass er von da weggelaufen war.

»Ich hab genug Stress mit meiner Frau. Da muss ich mich nicht noch um Nikos Findelkinder kümmern.«

Kümmern nicht. Jetzt war Franzi wieder dran. »Aber vielleicht haben Sie trotzdem eine Ahnung, wo er sich aufhält?«, fragte sie mit bonbonsüßer Stimme.

»In seinem Zelt?« Bevor Tim bei Wilke gewohnt hatte, hatte er gezeltet. Hatte zumindest Wilke ihm erzählt.

»Auf einem Campingplatz?«

Hummel schüttelte den Kopf. »Wild. Irgendwo in einem Naturschutzgebiet.« Genaueres wusste er nicht.

Wie viele Naturschutzgebiete gab es in Hamburg? Sveas Telefon klingelte.

Vukovic.

»Ist es wichtig? Sonst rufe ich gleich zurück.«

Es war wichtig.

Svea ließ Franzi mit Hummel im Wagen und stieg kurz aus.

»Wir haben etwas entdeckt.« Vukovic war in anderer Angelegenheit am Neißehafen unterwegs. Dabei hatte er eine herrenlose Anglertasche oberhalb der Kaimauer gefunden. »An sich nichts Ungewöhnliches«, meinte er. »Anders als die Schleifspuren im Dreck daneben. Und etwas, was aussieht wie getrocknetes Blut.«

Ihr Tatort? In jedem Fall sollte sie es sich mal ansehen.

Vukovic gab Svea die Koordinaten durch. »Wir warten hier auf euch.«

Svea saß gerade wieder im Auto, als es am Seitenfenster klopfte.

Der Vorarbeiter.

Sie ließ das Fenster herunter, er zeigte auf Hummel. »Ich muss ihn mal wiederhaben.«

Svea wechselte einen Blick mit Franzi. Die Kollegin nickte.

»Kein Problem.« Im Grunde waren sie fertig.

Der Vorarbeiter orderte den Shuttlebus, der Svea und Franzi zum Ausgang bringen sollte. Er selbst würde mit Hummel zu Fuß zum Schiff zurückgehen.

»Bis zum nächsten Mal«, verabschiedete Hummel sich von Franzi, als er aus dem Wagen ausstieg. Ein Flirtversuch?

Hoffentlich nicht. Die Kollegin lächelte. Sie hielt ihr Smartphone im Schoß, die Finger huschten über den Bildschirm.

»Hamburg hat über dreißig Naturschutzgebiete«, informierte sie Svea. »Fast zehn Prozent der Landesfläche.«

Da konnten sie lange suchen.

Als der Shuttlebus näher kam, startete Svea den Motor und wendete den Wagen. Erst jetzt entdeckte sie den Angler wenige Meter hinter dem Zaun. Breitbeinig hatte er sich an der Kaikante aufgebaut und warf seine Rute aus. Neben ihm an einem Hocker lehnte eine längliche Tasche, die ihm bis zum Bauch reichte und aussah wie eine Gewehrtasche. Wahrscheinlich verstaute er darin seine Angeln. Auf dem Boden daneben stand ein Rucksack. Einen Eimer für die Fische sah sie nirgendwo. Aber Taschen hatte er jedenfalls genug.

Sie war gespannt, was sie am Neißehafen erwartete.

8

Tote.

Unzählige. Bedeckt von Sägemehl. Eingepfercht in eine kleine Plastikdose.

Riesenmehlwürmer. Lagerung bei 10-20°, las Svea auf dem Deckel. Sie hockte vor einer camouflagefarbenen Anglertasche, etwa zehn Meter von der Kaikante entfernt zwischen zwei Büschen. Hinter ihr verlief die Straße. Bis Samstag war es deutlich wärmer gewesen. Stand die Tasche schon länger hier? Dem Geruch nach kam es hin.

Neben dem Fach mit der Wurmdose gab es zahlreiche kleine Fächer mit Haken, Blinkern, Nylonseilen und diversen anderen Angelutensilien. Keine Waffen, nicht mal ein Messer. In einer vorn aufgesetzten Extratasche steckte eine zusammengeklappte Brotscheibe in Pergamentpapier, dazwischen eine verschwitzte Käsescheibe.

So eklig wie unauffällig. Zumindest der Inhalt der Tasche.

Svea kam wieder hoch und trat zu Franzi und Vukovic, die sich weiter vorn an der Kaikante unterhielten. Auf der gegenüberliegenden Seite des Hafenbeckens erkannte sie zwei Angler. Linker Hand hinter dem Neißehöft ragten die Containerbrücken vom Terminal Tollerort auf, an dem Franzi und sie gerade gewesen waren. Etwas über einen Kilometer in nordöstlicher Richtung lag die Ellerholzschleuse.

»Angler gibt es hier reichlich«, versicherte Vukovic. Aber dass jemand seine Tasche einfach so im Industriehafen stehen ließ, kam eher selten vor. Er hatte jedenfalls vorher noch keine herrenlose Tasche im Hafen gefunden.

»Hat Wilke geangelt?«, überlegte Svea laut.

»Keine Ahnung.« Aber in der Wohnung hatte es keine entsprechenden Hinweise gegeben, bestätigte Vukovic ihr.

»Frag bei Bodendieck nach«, bat sie Franzi. Der hatte Wilke noch am besten gekannt.

Während Franzi telefonierte, wandte sie sich an den Kollegen: »Weshalb warst du eigentlich hier?«

Er schwieg. Kratzte sich an dem Feuermal auf seiner Wange, bis es glühte.

»Geheim?«, hakte Svea nach. Sie betrachtete die etwa dreißig Zentimeter breite und knapp zwei Meter lange Spur im Schotter, die an Vukovic vorbei bis an die Kante führte. War hier etwas entlanggeschleift und ins Wasser gestoßen worden? Ein großer Fisch? Oder ein Mensch?

»Nee. Ich musste pinkeln.« Vukovic war auf dem Nachhauseweg gewesen, er hatte längst Feierabend.

»Danke für die Überstunden.« Sie gab sich keine Mühe, die Ironie zu verbergen. »Macht fünfzig Euro.« Wildpinkeln war verboten. Wenn Männer sich neben ihr im Fußballstadion umdrehten, um an den Zaun zu pinkeln, war das widerlich. Aber allein in freier Natur hatte sie sich selbst schon ins Gebüsch gehockt. Wen störte das?

»Und du meinst, das ist Blut?« Sie beugte sich über drei Steinchen, die an der Spitze braun verkrustet waren. »Könnte stimmen. Aber wir brauchen auf jeden Fall ein Spurensicherungsteam.« Sie dachte daran, wie Tamme bei einem ihrer

Fälle Blutflecken auf der Straße mit Schokoladeneis verwechselt hatte.

Sie rief im LKA 3 an und forderte ein Team an.

Als sie wieder aufgelegt hatte, war auch Franzi fertig mit Telefonieren.

»Wilke mochte nicht mal Fisch. Geschweige denn, dass er geangelt hat«, gab die Kollegin wieder, was Bodendieck ihr erzählt hatte.

»Schade.« Wie zur Bestätigung kreischte über ihnen eine Möwe auf.

»Vorausgesetzt, das hier hat überhaupt was mit dem Mord an Wilke zu tun: Vielleicht ist dann der Mörder Angler?«, schlug Franzi vor.

Aber wie viele Angler waren in Hamburg registriert? Wenn der Besitzer der Tasche überhaupt einen Angelschein hatte. So kamen sie nicht weiter.

»Meint ihr, das ist euer Tatort?«, hakte Vukovic nach. Dann könnten sie sich womöglich die aufwendigen Dummyversuche sparen, die er für morgen angesetzt hatte. Vukovic trat von einem Fuß auf den anderen. Er wollte offenbar dringend nach Hause.

»Du kannst gern los, und wir halten dich auf dem Laufenden.« Aber bevor die Kollegen von der KTU nicht die Proben analysiert hatten, wollte Svea die Dummyversuche nicht absagen. Und ob das was vor morgen wurde?

Sie sah Vukovic hinterher, wie er zwischen den Büschen verschwand und die Böschung Richtung Straße erklomm. Über ihnen kreisten jetzt gleich drei Möwen. Bei einer zappelte etwas Längliches im Schnabel. Ein Fisch? Die Möwe ließ ihn fallen, er platschte ins Wasser. Mit einem Aufschrei schoss sie hinterher – und kam schimpfend wieder hoch. Der Fisch war schneller gewesen. Ob er noch lange lebte mit den Verletzungen durch den Schnabel? Svea bezweifelte es.

Franzi hatte sich ein paar Meter entfernt auf einen Poller gesetzt und starrte aufs Wasser. Svea hockte sich neben sie.

»Guck mal da.« Franzi zeigte auf die gegenüberliegende Seite zu den beiden Anglern. Einer von ihnen wedelte mit seiner Angel und riss sie zurück. Hatte etwas angebissen?

»Vielleicht ist Conrady Angler. Als Schiffsbesitzer ist das doch naheliegend.«

»Meinst du?« Svea war nicht überzeugt. Aber sie griff zum Handy, um Tamme anzurufen.

»Hast du schon etwas gefunden?«

Tamme verneinte.

Sie hatte nichts anderes erwartet, informierte ihn über die Schleifspuren und die Anglertasche. Und berichtete von Franzis Vermutung.

»Das ist eher so ein Luxusboot. Sieht mir nicht danach aus, als würden hier Fische ausgenommen.« Aber Tamme war gerade erst angekommen. Er würde sich melden, wenn er etwas Verdächtiges fand. Und dann wäre es ein Leichtes, Conrady Fingerabdrücke abzunehmen. Er klang zuversichtlich.

Svea dachte an Hansen. Ob er ihr diese Stelle gezeigt hätte, wenn sie ihre Hafentour wie geplant fortgesetzt hätten? Sie beschloss ihn anzurufen, auch um ihm von Hummel zu erzählen.

Während sie dem Klingeln lauschte, zog auf der gegenüberliegenden Seite der zweite Angler etwas aus dem Wasser. Ein armgroßes Tier, das wild zuckte. Bis er es an Land holte und ihm einen Schlag auf den Kopf gab. Womit, erkannte Svea aus der Entfernung nicht.

Sie wandte den Blick ab. Jäh zappelte ein Gedanke in ihrem Kopf auf. Ging es bei ihrem Fall gar nicht um Drogen? Was, wenn sie von Anfang an auf der falschen Fährte waren? Waren sie zu verbohrt und wollten das Offensichtliche nicht sehen?

Dass Hansens Mailbox angesprungen war, merkte sie erst, als es piepste. Sie legte auf.

Wessen Fingerabdrücke die Spurensicherung wohl auf der Anglertasche fand? Und waren die Flecken im Schotter Blut, Schokolade – oder etwas ganz anderes?

9

»Unverschämtheit! Ich kann auf meine Jacht, wann ich will!«

Tamme hörte Conradys Geschrei bereits von Weitem. Er eilte über die Promenade an der Vorsetzen die Brücke hinunter auf den Ponton des Sporthafens. Am Übergang zum Steg, an dem die Carmen lag, fing ihn der Hafenmeister ab.

»Ich hab ihn nicht aufhalten können.«

»Kein Problem.« Dem lautstarken Protest nach hatten die Kollegen vom PK 14 mehr Erfolg gehabt. Tamme lief auf den Steg, gefolgt vom Hafenmeister. Er war in der Agentur vorbeigefahren, um Conrady mit dem Durchsuchungsbeschluss zu überraschen. Stattdessen hatte ihn die Aussage der Assistentin überrascht, dass Conrady sich spontan freigenommen hatte und zu seinem Boot gefahren war. Um Spuren zu beseitigen? Es war noch gar nicht so lange her, hatte die Assistentin hinzugefügt, sie hatte sich gewundert, dass Tamme ihrem Chef nicht im Foyer begegnet war.

Er hatte sofort im PK 14 an der Caffamacherreihe angerufen, damit die Kollegen ausrückten und Conrady davon abhielten, etwaige Beweismittel zu vernichten. Und er hatte den Hafenmeister über den Polizeieinsatz informiert. Das war vor knapp einer Viertelstunde gewesen.

»Sie stecken dahinter!« Conrady hatte ihn bemerkt und stürzte auf ihn zu.

»Wir würden uns gern auf Ihrem Boot umsehen.« Tamme zog den Durchsuchungsbeschluss hervor. »Es besteht Grund zur Annahme, dass sich ein wichtiges Beweismittel auf Ihrem Boot befindet.«

»Das kann doch alles nicht wahr sein!« Conrady schüttelte den Kopf. Aber Tammes Anblick schien ihn zumindest für den Moment zu beruhigen, er sprach in normaler Lautstärke.

»Moin.« Tamme begrüßte die beiden Schutzpolizisten, die sich vor dem Boot postiert hatten. »Einer von euch bleibt an Deck mit ihm.« Er wies auf Conrady. »Der andere sichert mit mir das Objekt.« Nicht dass sich jemand Bewaffnetes darauf versteckte. Er wandte sich an den Hafenmeister: »Warten Sie bitte hier am Steg.« Bei der anschließenden Durchsuchung sollte er als Zeuge dabei sein.

Tamme machte einen Schritt auf das Boot und forderte Conrady auf, ihm zu folgen.

Die Carmen war das größte Schiff in dem kleinen Hafen. Schwanenweiß mit blank poliertem Deck, auf dem eine Sitzgarnitur aus frisch lackiertem Teakholz festgeschraubt war. Das war etwas anderes als die Polizeiboote. Widerstrebend gestand Tamme sich ein, dass es ihm gefiel. Keine Ahnung, wie hoch die Liegegebühr war, aber mitten in der Stadt mit Blick auf Hafencity und Elbphilharmonie zu ankern, war bestimmt nicht billig. Manchmal machte Geld doch glücklich.

Er nickte Conrady zu. »Sie setzten sich da auf die Bank.«

Als Conrady stattdessen an eine hölzerne Kiste trat, pfiff er ihn zurück. »Sie fassen nichts an.«

»Da sind Plaids drin, mir ist kalt.«

Tamme sah auf das Messingthermometer an der Kajütenwand. Vierzehn Grad. Naturfreund war Conrady wohl nur in Mecklenburg. Wenn überhaupt.

Er öffnete die Kiste und nahm die oberste Decke vom Stapel. Kaschmir?

»Hier, bitte«, er warf sie Conrady zu.

Ebenso wie der ältere der beiden Schutzpolizisten zog er sich Handschuhe und Schuhüberzieher über. Er hatte schon die Tür zur Kajüte geöffnet, als sein Telefon klingelte.

Svea. Sie wollte wissen, ob Conrady Angler sei.

Bei der Vorstellung, dass an Deck der Carmen Fische ausgenommen wurden, lachte Tamme auf. Nachdem er aufgelegt hatte, wandte er sich trotzdem an Conrady: »Angeln Sie?«

»Wer kommt denn auf so eine Idee?«

Tamme nicht, aber seine Chefin. Offenbar lag sie falsch.

Er ließ Conrady in der Obhut des jungen Kollegen zurück. Zusammen mit dem älteren betrat er die Kajüte. Und blieb abrupt stehen.

Der Brief lag mitten auf dem Tisch. Unübersehbar.

Computerschrift, ein DIN-A4-Blatt mit Faltknicken, daneben ein aufgerissener Umschlag.

Ulf, wie lange willst du dich verstecken? Stell dich endlich! Damit nicht noch mehr Unschuldige verdaechtigt werden.

Es grueßt ein ehemaliger Freund

Tamme pfiff durch die Zähne. Ein Drohbrief! War das der Beweis, den der anonyme Mailschreiber angekündigt hatte? Im Gegensatz zu demjenigen beherrschte der Briefautor die deutsche Rechtschreibung.

Der Kollege streckte die Hand vor.

»Nicht anfassen!«, hielt Tamme ihn zurück. Er zog sein

Handy aus der Tasche und schoss ein Foto. Dann forderte er ein Spurensicherungsteam an.

Währenddessen warf der Kollege schon mal einen Blick in die Schlafkabinen. Anschließend krochen Tamme und er in jeden Winkel, um sich zu vergewissern, dass sich niemand auf dem Boot versteckte. Als Letztes öffnete Tamme die Tür zum Toilettenraum.

Er musste den Kopf einziehen, die Deckenhöhe betrug höchstens eins neunzig.

Aus einem Impuls heraus, weil ansonsten alles sauber und akkurat wirkte und nur der Mülleimerdeckel schief saß, nahm Tamme ihn ab.

Der Eimer war leer. Bis auf ein silbrig glänzendes kleines Stahlrohr, etwa fünfzehn Zentimeter lang, mit einem Gewinde an einem Ende.

»Ist das ein Schalldämpfer?«, fragte der Kollege hinter ihm.

»Sieht so aus. Selbst gebastelt.« Tamme kniete sich vor den Eimer. Er schoss mehrere Fotos, dann hielt er das Maßband in seinem Handy an das Loch im Schalldämpfer. »12,5 mm Durchmesser. Das passt zum Kaliber unserer Projektile.«

Er kam so ruckartig wieder hoch, dass er sich den Kopf stieß. Das gab eine Beule. Aber der Fund war es wert.

An Deck hatte Conrady sich bis zum Hals in sein Kaschmirplaid gehüllt. Als Erstes zeigte Tamme ihm das Foto des Drohbriefs. »Was ist das hier?«

»Woher soll ich das wissen?«

»Der Brief lag auf Ihrem Tisch. Wie ist er dahin gekommen?«

Conrady lachte hysterisch auf. Er behauptete, den Brief

in diesem Moment zum ersten Mal zu sehen. Gestern Abend war er zuletzt auf dem Boot gewesen, da hatte nichts auf dem Tisch gelegen.

Aber wie war der Brief dann auf das Schiff gelangt?

Tamme wandte sich an den Hafenmeister auf dem Steg: »Haben Sie jemanden gesehen?«

Kopfschütteln.

Wurde der Hafen videoüberwacht?

Erneutes Kopfschütteln.

Ein Poltern. Conrady warf die Decke ab und stürzte auf die Kajütentür zu.

»Stopp!«, rief Tamme.

Keine Reaktion.

Als der jüngere der beiden Schutzpolizisten hinterherstürmte, streckte Conrady den Arm vor, um ihn zur Seite zu drängen. Doch der Kollege war stärker, hielt ihn fest und legte ihm Handfesseln an.

»Was soll das denn? Bin ich hier im falschen Film?«

»Ganz ruhig! Wir nehmen Sie in Gewahrsam, weil Sie die Amtshandlungen der Polizei stören.« Tamme führte Conrady zurück zu der Bank. »Sie bleiben hier jetzt sitzen! Und erklären uns, wie die Sachen auf Ihr Boot gekommen sind. Der Brief. Und das hier.« Er hielt ihm sein Handy mit einem Foto des Schalldämpfers vors Gesicht.

»Gehört mir nicht.«

»Aber vielleicht haben Sie's in den Mülleimer geworfen?«

»Ich!! War!! Das!! Nicht!!« Hinter jedem Wort gefühlt zwei Ausrufezeichen. Als würde seine Aussage wahrer, je nachdrücklicher er sie vorbrachte.

»Um herauszufinden dass Sie das nicht waren – denn Sie

sagen ja, Sie waren es nicht –, würden wir gern Ihre Fingerabdrücke nehmen. Dann kann man nämlich ausschließen, dass Sie den Schalldämpfer in der Hand gehabt haben.«

»Bitte?«

»Ist nur in Ihrem Sinn, um Sie zu entlasten.«

»Dafür müssen Sie mich aber losmachen.«

Musste er nicht, aber Conrady hatte sich offenbar beruhigt. Weil er sicher war, dass sie keine Abdrücke fanden?

Tamme holte Stempelkissen und Zehnfingerbogen aus seiner Tasche hervor und bat die beiden Kollegen, sich rechts und links von Conrady zu postieren. Erst dann löste er die Handfesseln.

Als er den ersten Finger auf den Bogen drückte, traf die Spurensicherung ein. Während Tamme bei Conrady an Deck blieb und ihn befragte, durchsuchten die Kollegen das Boot.

Mehr Beweisstücke als die, die Tamme schon entdeckt hatte, fanden sie allerdings nicht. Aber das reichte. Sowohl auf Brief und Umschlag wie auch auf dem Schalldämpfer konnten sie Fingerabdrücke sichern.

»Nicht von mir«, sagte Conrady.

Aber was bewies das? Er konnte die Sachen natürlich mit Handschuhen angefasst haben.

10

Also doch Conrady? Hatte sie sich derart getäuscht? Mit dem Telefon am Ohr ging Svea vor ihrem Bürofenster auf und ab. Der Wählton dröhnte in ihrem Gehörgang, während sie darauf wartete, dass Hansen abnahm.

Wo steckte der Kollege? Seit Stunden war er nicht zu erreichen. Stand der Zugriff wegen des Heroinschmuggels kurz bevor – oder war sogar im Gange?

Dann könnte sie es lange probieren. Nachdenklich legte sie auf.

Sie wüsste gern, was Hansen zu Conrady sagte. Bis jetzt hatten sich ihre und seine Einschätzung in Bezug auf mögliche Verdächtige meist gedeckt. Würde er genauso ungläubig reagieren wie sie? Oder war sie die Einzige?

Bis Tamme sie von Conradys Jacht zurückgerufen und über den Fund des Schalldämpfers und den Drohbrief informiert hatte, hatte sie den Inhalt der zweiten Mail angezweifelt. Allerdings leugnete Conrady nach wie vor, Wilke überhaupt gekannt zu haben. Geschweige denn, dass er sich zu der Tat bekannte. Was erwartete sie?, hatte Tamme sie abgebügelt. Zack, hatte er aufgelegt.

Ratlos hatte er sie zurückgelassen. War sie doch nicht so fit, wie sie dachte? Am besten, sie machte Schluss für heute. Franzi hatte auf der Rückfahrt plötzlich Zahnschmerzen bekommen und war gar nicht erst mit hochgekommen, sondern gleich weiter zum Zahnarzt gefahren. Tamme war vermutlich noch länger auf der Jacht beschäftigt.

Aber statt ihr Telefon in den Rucksack zu stecken, ihre Jacke anzuziehen und den Raum zu verlassen, setzte sie sich an ihren Schreibtisch.

Sie fuhr den Computer wieder hoch. Rief zum x-ten Mal die beiden Mails auf, die Conrady beschuldigten. Noch immer hatten sie keine Ahnung, wer der Schreiber war. Müde klickte sie auf das Foto des Drohbriefs, das Tamme ihr geschickt hatte. Und starrte so lange darauf, bis die Schrift flimmerte.

Irgendetwas stimmte damit nicht. Bloß was? War er zu offensichtlich platziert gewesen? Damit man ihn auch garantiert fand?

Sie schloss einen Moment die Lider. Die Buchstaben tanzten weiter auf ihrer Netzhaut.

Du siehst Gespenster, schalt sie sich und riss die Augen wieder auf. Prompt schrak sie zusammen. Demir stand vor ihr.

»Was hast du gesagt?«

Nichts! Wo war er so plötzlich hergekommen? Sie hatte keine Schritte gehört.

»Du hattest doch recht mit deinem Zweifel.«

Bitte? Wie hatte Conrady so schnell seine Unschuld bewiesen? Bei dem Tempo kam sie nicht mit.

Aber es ging nicht um Conrady, sondern um Yunan. Der Obduktionsbericht – für morgen angekündigt – war vor einer halben Stunde eingetroffen. Und hatte Demir einen frühen Feierabend vereitelt.

»Darf ich mich setzen?«

Ohne ihre Antwort abzuwarten, griff er den Besucherstuhl und klappte ihn auf. »Wie es aussieht, wurde Yunan Turan ermordet.« Er machte eine Pause und setzte sich umständlich. »Es tut mir leid.«

»Hmm«, brummte sie. So leicht ließ sie ihn nicht davonkommen. »War's das?«

Erst als sie seinen irritierten Blick bemerkte, drang der Inhalt seiner Worte zu ihr durch.

Ermordet?

Yunan?

Sie schrie auf. Sie hatte es geahnt! Jemand hatte ihn gezwungen, sich den goldenen Schuss zu setzen!

Demir schüttelte den Kopf. Yunan war nicht an einer Überdosis gestorben.

»Woran dann? Insulin?«

»Nein. Das Heroin hat ihm jemand nach dem Tod versucht zu injizieren, vermutlich, um einen goldenen Schuss vorzutäuschen. Hat natürlich nicht geklappt, weil die Vene platt war. Das Zeug ist einfach um die Einstichstelle herum im Gewebe gelandet. Tja, dumm gelaufen.« Todesursächlich war etwas anderes gewesen.

»Was denn?« Musste Demir es so spannend machen? Sah er nicht, wie sie litt?

»Jemand hat ihm in den Gaumen geschossen. Die Bleipatrone – Kaliber .22lfB – ist im Kleinhirn stecken geblieben und hat einen Infarkt ausgelöst. Die fehlende Tatwaffe spricht für Fremdeinwirkung, genauso wie die Fesselspuren an Hand- und Fußgelenken.«

Oh nein, der Arme!

Während Demir fortfuhr und die Details der Verletzungen

schilderte, raste ihr Herz noch schneller als heute Morgen. Diesmal jedoch nicht aus Wut über ihn. Welches Schwein hatte Yunan umgebracht? Derselbe Täter, der Wilke in die Brust geschossen hatte?

»Irgendwelche Hinweise auf die Tatwaffe?«

»Pistole, Revolver, Gewehr.« Er zuckte die Achseln. »Das kann alles sein.« Blei verformte sich stärker. Anders als bei einem Mantelgeschoss mit Kupferlegierung gab es deshalb keine Riefen, die man dem Lauf einer einzelnen Waffe zuordnen konnte. »Aber eins ist trotzdem klar«, setzte er an. »Er wurde nicht mit derselben Waffe erschossen wie Wilke, es ist ein viel kleineres Kaliber. Es spricht weiterhin nichts dafür, dass die beiden Fälle zusammenhängen.« War bis eben die Zerknirschtheit aus ihm herausgeflossen wie klebrig süße Soße, klangen seine Worte schon wieder bestimmt.

»Hier kannst du alles nachlesen.« Zum Abschied legte er ihr eine ausgedruckte Mail auf den Tisch. Der Obduktionsbericht.

»Danke«, sagte sie. Sie wusste, dass er das nicht tun musste.

Als sie das erste Blatt aufnehmen wollte, klingelte ihr Telefon.

Die KTU.

Die Kollegen hatten zwar noch nicht die Anglertasche, dafür aber die Plastiktüte samt Inhalt untersucht. »Wir haben Niko Wilkes DNA außen an den Handschuhen nachgewiesen.«

»Und innen?«

»Nichts.«

Wie konnte das sein?

»Zwei Handschuhe übereinandergezogen?«, schlug die Kollegin vor. Außerdem hatten sie unbekannte Fingerabdrücke an der Tüte gefunden.

Von Wilkes Mörder? Sobald Tamme Conradys Abdrücke hatte, mussten sie einen Abgleich vornehmen. Oder stammten sie von dem Seemann, der die Sachen gefunden hatte?

Um Letzteres auszuschließen und weil sie immer noch nicht wussten, wo der Mann die Tüte aus dem Mülleimer gefischt hatte, rief sie im Anschluss bei Nadette Villaflor an. Zwar ging die Seelsorgerin gleich ans Telefon, aber den Seemann von den Philippinen hatte sie leider nicht erreicht. Und sie machte Svea wenig Hoffnung, dass sich das schnell änderte. Manchmal lebten die Seeleute auf winzigen abgelegenen Inseln ohne Handyempfang.

Svea bedankte sich trotzdem noch mal, dass Villaflor an die Tüte gedacht hatte. Jetzt wussten sie zumindest, dass Wilke nicht im Affekt erschossen worden war. Dann hätte der Täter kaum Handschuhe getragen.

Keine fünf Minuten später, sie hatte den ersten Absatz des Obduktionsberichts überflogen, klingelte erneut ihr Telefon.

Die Leitzentrale an der Kattwykbrücke. Ein Kollege der Schleusenmeisterin rief an wegen des Putzdiensts. »Ich reiche Sie mal weiter«, verabschiedete er sich.

»Ich habe erst ein Tier vermutet«, sagte die Putzfrau. Samstagvormittag hatte sie Staub auf den Monitoren gewischt. Währenddessen hatte sie beobachtet, wie etwas in die Schleuse hineintrieb. Bis der Schleusenmeister sie vorhin befragt hatte, hatte sie sich nichts dabei gedacht. Aber jetzt war sie sich fast sicher, dass sie einen Menschen gesehen hatte. Ganz sicher kam er aus Richtung Westen.

Dort, wo sie die Anglertasche gefunden hatten!

Sveas Müdigkeit war jäh verflogen. Das Gefühl, wenn sich die ersten Puzzlesteine fügten. Sie hatte es vermisst!

Bloß dass es diesmal gleich wieder getrübt wurde.

Yunan!

Sie hatte gewusst, dass er kein Junkie mehr war. Auch wenn ihr Demirs Selbstgewissheit zwischenzeitlich die Sinne umnebelt hatte wie ein aufdringlicher Raumduft.

Wer hatte ihren Ex auf dem Gewissen?

In ihre Überlegungen hinein kam eine SMS von Tamme. Die Fingerabdrücke an Drohbrief, Schalldämpfer und Tüte stammten nicht von Conrady. Die Kollegen hatten sie im Computer durchs Programm laufen lassen und konnten sie niemandem zuordnen.

Dieser Fall war wirklich zum Verzweifeln! Kaum löste sich ein Rätsel, tauchten gleich die nächsten auf.

11

»Ramba!«, rief Tamme. »Ramba!« Er kniete auf dem Rasen vor dem Rhododendron, umklammerte die Taschenlampe. Mit der freien Hand hob er einen tief hängenden Zweig an und richtete den Lichtstrahl unter den Busch.

Nichts.

Genauso wenig wie unter der Eibe und hinter den Hortensien. Und unter, hinter, an, auf und in allen anderen Büschen im Garten.

Als er sich hochdrückte, knirschten seine Knie.

Wo steckte dieses Mistkaninchen? War es vor seinem eigenen Namen weggerannt? Vielleicht versuchte er es mal mit »Bommel«. So hätte er es genannt. Nach dem Kaninchen, das er als Kind gehabt hatte. Aber ihn hatte ja niemand gefragt.

»Da hab ich überall schon gesucht.« Imke stand in der geöffneten Terrassentür, in ihren Bademantel gehüllt, auf dem Kopf einen Handtuchturban.

»Und, was hast du gefunden?« Er hörte selbst, wie genervt er klang. Aber wenn sie schon wusste, dass das Kaninchen nicht mehr in ihrem Garten war, wieso hatte sie ihn dann eine Stunde lang auf Knien herumrutschen lassen? In der Zeit hätte er längst den Zaun kontrolliert – und vor allem noch im Hellen das Gehege repariert. Damit sie das andere Kaninchen keinen weiteren Tag im Stall einsperren mussten.

»Ich dachte, dass vier Augen mehr sehen als zwei«, rechtfertigte Imke sich. »Wie bei der Polizei.«

Er schnaufte auf. Bei der Arbeit ließ man ihn aufrecht stehen und gehen! Dass er auf Conradys Jacht hatte herumkrabbeln müssen, war eine Ausnahme gewesen. Allerdings eine, die sich gelohnt hatte, im Gegensatz zu diesem Einsatz hier! Zwar hatte er Conrady nicht länger festhalten können. Und die Fingerabdrücke auf der Plastiktüte, die im Hafen gefunden worden war, stammten nicht von ihm. Aber was sagte das schon? Ein Mörder, der extra zwei Paar Handschuhe anzog, wäre kaum so dumm, seine Abdrücke im Anschluss auf dem Müllbeutel zu hinterlassen. Anders als Svea glaubte irgendetwas in ihm trotzdem an Conradys Schuld. Er war gespannt, was die Untersuchung des Schalldämpfers ergab. Und dann würde er Conrady ganz schnell in U-Haft stecken lassen!

»Was machen wir denn jetzt?« Imke nahm das Handtuch ab und fuhr sich durch die nassen Haare. Das Blond schimmerte anders als sonst.

Zu hell für seinen Geschmack. Hatte sie etwa mit Färben angefangen? Hoffentlich nicht seinetwegen!

»Ich suche jetzt den Gartenzaun ab.« Er wandte sich um, ging quer über den Rasen und drückte sich an der Eibe vorbei.

Während er die Taschenlampe von rechts nach links schwenkte, arbeitete er sich systematisch durchs Gebüsch, immer am Zaun entlang.

Rund um ihr Grundstück hatte er Maschendraht an den Latten befestigt. Allerdings hatte er ihn nicht in den Boden eingegraben wie beim Gehege. Wozu auch? Wenn die Kaninchen frei im Garten herumliefen, war immer jemand dabei. Und sobald sie anfingen zu buddeln, wurden sie verscheucht.

Nur heute nicht.

»Bommel«, flüsterte er. Wo steckst du?

Ein Rascheln ließ in innehalten. Er lauschte. Tapsen, ein leises Grunzen. Da vorn, am Zaun! Er sprang vor, Zweige brachen, kratzten die Haut an seinem Arm auf. Er ignorierte das Brennen und leuchtete dorthin, wo es jetzt immer lauter raschelte und knackte.

Ein Igel.

Seine Stacheln waren aufgestellt, er schien den Draht zu betrachten, der an einer Stelle nach oben gebogen war. Als Tamme sein Gewicht verlagerte und ein Zweig brach, senkte der Igel den Kopf. Schnaufend schob er sich unter dem Zaun hindurch und verschwand im angrenzenden Wald.

Tamme sah ihm ins Dunkel hinterher. Dann bückte er sich, um den Draht herunterzuziehen. Und hielt inne.

Irgendwo dort draußen war auch das Kaninchen. Wenn er den Draht wieder befestigte, würde es nicht mehr zurückkommen können.

»Lass dich nicht auffressen, Bommel«, murmelte er und drückte sich durchs Gebüsch, zurück in den Garten.

Im Schuppen suchte er einen Bauscheinwerfer und die Kabeltrommel. Nachdem er das Licht aufs Gehege gerichtet hatte, hob er den Blumenkasten heraus und stellte ihn zurück auf die Terrasse.

Zeit, einen Graben um den Zaun auszuheben und einen Buddelschutz einzulassen, hatte er frühestens am Wochenende. Jetzt holte er erst mal eine Rolle Draht, zwei Pflöcke, eine Schaufel und den Werkzeugkasten aus dem Schuppen und machte sich daran, die Lücke im Zaun provisorisch zu verschließen.

Damit zumindest das andere Kaninchen morgen wieder im Gehege herumhoppeln konnte.

Zamba!

Am besten tauften sie es um, bevor es ebenfalls verschwand.

12

»Ich bin in zehn Minuten bei dir«, versprach Alex.

Nein! Sveas Faust schloss sich um das Messer. Sie strich die Erdbeermarmelade so fest auf das Knäckebrot, dass es in der Mitte brach. »Ich muss mal allein sein.« Sie beugte sich vor zur Kaffeemaschine. Obendrauf lag, auf Lautsprecher gestellt, ihr Handy.

Alex hatte mehrfach angerufen, durch Zufall immer genau dann, wenn sie telefoniert hatte. Deshalb hatte sie es erst jetzt bemerkt. Und gleich zurückgerufen. Telefonieren war okay, mehr nicht. Es war gut, dass sie gestern bei ihm übernachtet hatte, sie hatte sich einfach zu schlecht gefühlt. Aber jetzt musste sie allein sein, mit sich, ihren Gedanken und Gefühlen. Und mit ihrem Sofa, auf dem Yunan gelegen hatte. Hatte er irgendetwas gesagt, was sie auf die Spur seines Mörders führte?

»Alles okay?«, fragte Alex.

»Alles okay!«

»Na dann.« Er klang nicht überzeugt.

»Nein, nichts ist okay.« Sie klappte das Knäckebrot zusammen wie einen Doppelkeks. »Ich kann's dir erst morgen erklären.« Hoffentlich.

Wenn sie ihm verriet, dass Yunan ermordet worden war, würde er sofort kommen. Egal wie sie sich dagegen stemmte. Ehrlicherweise lag es weniger daran, dass seine Nähe sie eventuell vom Nachdenken abhielt. Vor allem fürchtete sie sein Verständnis – und was es in ihr auslöste.

Es ist ihm egal, dass es andere Männer in deinem Leben gibt.

Er hängt noch an seiner Frau.

»Ich muss jetzt was essen, und dann gehe ich ins Bett.« Krachend biss sie in ihr Brot.

»Ich liebe dich.«

Sie hatte schon aufgelegt, als der Inhalt seiner Worte zu ihr durchdrang. Zu spät. Mit einem klebrigen Marmeladenfinger tippte sie *Ich dich auch*. Und löschte es sofort wieder. Morgen würde sie ihm alles erklären. Sie legte ihr Handy auf den Küchentisch.

Als sie sich bückte, um einen Krümel aufzuheben, stieß sie mit dem Ellenbogen gegen das Bullauge der Waschmaschine. Die Wäsche! Sie hatte sie gestern morgen angestellt – und in der Maschine vergessen. Sie öffnete die Tür und schnupperte. Ging noch. Aber musste dringend aufgehängt werden.

Sie schob sich den letzten Bissen Knäckebrot in den Mund und wusch sich die Hände. Holte den Wäscheständer aus der Kammer und klappte ihn auf. Dann zerrte sie den feuchten Klamottenhaufen aus der Maschine und warf ihn direkt obendrauf.

Kleine weiße Stippen klebten überall. Hatte sie ein Taschentuch mitgewaschen? Jetzt holte sie doch den Wäschekorb aus dem Schlafzimmer, stieß den Haufen hinein und ging damit auf den Balkon. Als sie ihre Jeans über dem Geländer ausschüttelte, schneite es.

Das Klingeln ihres Telefons ignorierte sie, schlug als Nächstes ein Sweatshirt aus. Hatte Alex was vergessen?

Wenn er noch mal fragte, ob er kommen solle, würde sie Ja sagen. Aber erst machte sie die Wäsche fertig.

Zurück in der Küche, stellte sie den Korb neben dem Wäscheständer ab. Dabei huschte ihr Blick hinüber zu ihrem Handy. Auf dem Display stand eine fremde Nummer.

Doch etwas, was mit ihrem Fall zu tun hatte? Als sie zurückrief, fiel ihr fast das Telefon aus der Hand, so überrascht war sie, wer am anderen Ende abnahm.

Emine. Ihr Telefon war kaputt, sie rief vom Handy ihres Mannes an. Dass Svea es mehrfach bei ihr versucht hatte, hatte sie gar nicht bemerkt. Sie meldete sich aus einem anderen Grund. »Ich muss dir eine traurige Mitteilung machen. Yunan ist tot.« Sie klang gefasst. Ein Polizist aus Hamburg hatte sie angerufen. Sie erinnerte seinen Namen nicht mehr.

Demir, vermutete Svea. Warum hatte er ihr nichts davon gesagt? Aber Emine wusste noch nicht, woran Yunan tatsächlich gestorben war. Svea erzählte ihr, dass er ermordet worden war.

»Irgendwann musste es so kommen!« Sie schien sich wenig Illusionen über ihren Bruder gemacht zu haben.

»Hast du eine Idee, wer das getan haben könnte?«

»Ich weiß nicht.« Emine wand sich. »Er hat so viel erzählt. Manchmal glaube ich, dass die Drogen sein Gehirn kaputtgemacht haben. Er hat Dinge gesehen, die es nicht gab.«

Er hatte sich geduckt, als das Auto an ihnen vorbeigefahren war. Hatte er unter Verfolgungswahn gelitten? Aber immerhin hatte ihn wirklich jemand umgebracht!

»Emine!«, flehte sie. »Was hat er dir erzählt?«

»Er wollte als Kronzeuge aussagen. Gegen …«, Emine lachte verschämt, »Arian Hoti.«

Svea kannte den Namen aus ihrer Dortmunder Zeit. Ein Drogenboss, den sie nie drangekriegt hatten. War Yunan umgebracht worden, damit er nicht gegen Hoti aussagte? Sie erinnerte sich, dass er angeblich bei der Polizei gewesen war – und ihm niemand geglaubt hatte. War er an einen korrupten Kollegen geraten, der mit Hoti gemeinsame Sache machte?

»Ich will dir keine Angst machen«, meinte sie. »Aber wenn dich jemand von der Dortmunder Polizei anruft, sag nicht, dass du es von mir weißt.«

Nachdem sie sich von Emine verabschiedet hatte, wählte sie sofort Demirs Nummer. Vergeblich. Er ging nicht dran.

Was jetzt? Bis morgen warten?

Aber wenn sie es auf Emine abgesehen hatten?

Spontan beschloss sie, jemanden von der Kriminalinspektion 2 in Dortmund anzurufen. Auch wenn es schon spät war.

»Svea!« Ihr ehemaliger Kollege Watzke freute sich, von ihr zu hören. Bis sie ihm erklärte, dass es um Hoti ging.

»Dazu darf ich dir nichts sagen.«

Das wollte sie auch gar nicht. Aber sie durfte ihm etwas sagen.

Schweigend hörte er zu. Bedankte sich am Ende. »Melde dich, wenn du mal in Dortmund bist.«

Hoffentlich hatte sie keinen Fehler gemacht. Was, wenn Yunan tatsächlich paranoid gewesen war? Oder doch etwas mit Wilke zu tun gehabt hatte? Dann wäre sie am Arsch!

Sie ging gar nicht erst ins Bett.

Sie würde kein Auge zutun.

Sie ging zu ihrem Wagen.

Wohin sie fuhr, wurde ihr erst bewusst, als sie aus dem Elbtunnel kam und die Köhlbrandbrücke links liegen ließ.

13

Tamme lag auf dem Sofa, ein Kissen im Nacken, und starrte an die Wand. Fahles Mondlicht schien durchs Terrassenfenster, ließ die Schatten der Bäume auf der Tapete tanzen.

Nachdem er sich im Bett über eine Stunde von rechts nach links gewälzt hatte, war er entnervt aufgestanden und ins Wohnzimmer umgezogen. Raus aus dem Schlafzimmer. Weg von Imke. Er hatte angenommen, dass ihre Nähe ihn vom Schlafen abhielt. Offenbar ein Irrtum. Oder der Abstand war zu klein. Jedenfalls lag er hier unten ebenfalls wach.

Der Fall ließ ihm allerdings auch keine Ruhe. Immer wieder rekapitulierte er in Gedanken seine letzte Begegnung mit Conrady. War dessen Verhaftung wirklich nur noch Formsache, wie er Svea gegenüber behauptet hatte? Was, wenn es doch stimmte, dass Conrady den Schalldämpfer vorhin zum ersten Mal gesehen hatte? Wie ein hungriges Kaninchen an einer Möhre fraß der Zweifel an Tammes Überzeugung. Ließ sich durch nichts aufhalten. Lag es daran, dass nachts alle Sorgen doppelt wogen? Das war mittlerweile sogar wissenschaftlich bewiesen. Bloß was dagegen half, hatte bislang niemand herausgefunden.

Ein Bier?

Mit einem Ruck setzte er sich auf und ging in die Küche.

Als er wieder zurückkam, die geöffnete Flasche in der Hand, huschte etwas über die Terrasse.

Das Kaninchen!

Es hoppelte auf die Tür zu, blieb auf der Fußmatte sitzen und starrte zu ihm herein. Im Mondlicht leuchtete sein Fell wie die Blüten der Nachtkerzen.

Vorsichtig setzte er einen Schritt vor den anderen, stellte das Bier auf der Fensterbank ab.

Gleich hab ich dich!

Seine Hand lag noch nicht am Türheber, da sprang es auf, machte eine halbe Drehung in der Luft, landete auf allen vieren und flitzte los.

Er riss die Tür auf, rannte über den Rasen – und sah gerade noch, wie es im Gebüsch verschwand. Offenbar hatte es keine Lust, wieder ins Gehege gesperrt zu werden.

Schwer atmend blieb er stehen.

»Lauf!«, flüsterte er. »Lauf!« Er war sich nicht sicher, ob er das Kaninchen meinte, oder sich selbst. Die Worte waren ohne sein Zutun aus ihm herausgefallen.

Er drehte um, griff sich sein Bier, stellte sich auf die Terrasse und trank. Dabei legte er den Kopf in den Nacken. Auge in Auge mit den Kratern des Mondes. So weit, wie er wegwollte aus seinem Leben, brauchte er mindestens eine Raumkapsel.

Als er Schritte hinter sich hörte, drehte er sich nicht um.

»Tamme, was ist los?« Imke legte ihm die Hand auf den Arm. Ihre Stimme klang sanft und freundlich, nicht so nörglerisch wie zuletzt. War sie noch nicht richtig wach? Sofort schalt er sich für seine Boshaftigkeit.

Genauso wie das »Lauf!« aus irgendeiner Ecke seines Unterbewussten hervorgesprungen war, brachen jetzt die Worte aus ihm heraus: »Das funktioniert nicht mehr mit uns.« Er schüttelte ihre Hand ab.

Kein Aufschluchzen, kein Schreien, nicht mal Widerspruch. Nur zwei Worte: »Ich weiß.« Mit hängenden Armen stand sie neben ihm.

Als wüsste sie es schon länger.

Ungläubig sah er sie an. Er fröstelte. »Lass uns reingehen.«

»Ich mach uns einen Tee, okay?« Sie verschwand in der Küche.

Kein Bier, kein Prosecco? Aber vielleicht war es gut, einen klaren Kopf zu bewahren, bei dem, was es zu besprechen gab.

»Na gut, ich nehm auch einen«, murmelte er und hockte sich aufs Sofa.

Wenig später stellte Imke zwei Tassen zwischen ihnen auf dem Tisch ab, setzte sich gegenüber in den Sessel. Und schwieg.

Genauso wie er.

»Sag's ruhig«, meinte sie irgendwann. »Ich kann's aushalten.«

Aber womit sollte er anfangen, bei dem Durcheinander in seinem Kopf? Er nippte an dem Tee. Als er die Tasse wieder abstellte, schwappte ein Schwall auf den Tisch. Er wischte ihn nicht weg.

»Ich glaube, ich liebe dich nicht mehr.«

»Mir geht es ähnlich.«

Wie jetzt? Hatte er sich verhört? Sie hatte doch die ganze Zeit so getan, als wäre sie frisch verliebt in ihn!

»Ich hab es gewollt. Mehr als alles andere! Für uns. Und vor allem für die Kinder.« Aber sie hatte ihre Gefühle nur gespielt. In der Hoffnung, dass sie sich dadurch wirklich einstellten. Das Einzige, was dabei herausgekommen war,

war jedoch das Gefühl, eine schlechte Schauspielerin zu sein. »Es tut mir so leid!«

Nicht Imke fing als Erste an zu weinen, sondern er.

Als die Tränen getrocknet waren, stand sie auf, setzte sich neben ihn aufs Sofa und nahm seine Hand. Gemeinsam starrten sie ins Dunkel.

Sie hatten alles versucht. Es hatte nicht gereicht.

14

»Bo, bist du da?« Svea klopfte an die Tür von Hansens Hausboot, unter ihr schwankte die Gangway. Weiter rechts am Steg lag sein Kahn vertäut. Es schien ihr, als wäre es Wochen her, dass sie damit den Hafen erkundet hatten, so viel war seitdem passiert.

Sie hielt inne. Hatte sie da etwas im Innern gehört? Schritte? Poltern? Oder war es von einem der Nachbarn gekommen? Das Boot nebenan lag im Dunkeln. Aber drei Boote weiter flackerte bläuliches Licht hinter einem Bullauge.

Sie klopfte erneut. Wartete. Lauschte.

Es blieb ruhig. Sie trat zurück auf den Steg, wandte sich in Richtung Straße. Ihren Wagen hatte sie etwa fünfhundert Meter entfernt vor einer Baustellenabsperrung stehen lassen müssen.

War es auf dem Hinweg auch so dunkel gewesen? Ihre Schritte hallten auf dem Kopfsteinpflaster, dröhnten in ihren Ohren. Emine hatte sie geraten aufzupassen. Dabei galt das für sie genauso! Was, wenn man sie zusammen mit Yunan gesehen hatte? Sie ging schneller.

Wie war sie bloß auf die Idee gekommen, mitten in der Nacht bei Hansen vorbeizufahren? Auch wenn sie nicht bis morgen warten wollte, um ihm von Emines Anruf und den Wendungen im Fall Wilke zu berichten, hätte sie ihn vorher anrufen müssen. Womöglich übernachtete er woanders. Was wusste sie von ihm? Er hatte von einer Tochter erzählt. Eine Frau hatte er nicht erwähnt. Als sie gestern auf dem Boot gewesen war, hatte sie den Eindruck gehabt, er würde allein dort wohnen. Nur was hieß das schon? Er konnte eine Freundin haben, bei der er regelmäßig schlief.

Genauso wie Alex bei ihr. Wenn sie ihn ließ. Sie hatte ihm versprochen, ins Bett zu gehen, stattdessen besuchte sie einen anderen Mann! Dass der nicht zu Hause war, tat nichts zur Sache.

Aber vor morgen früh würde sie Hansen wahrscheinlich nicht erwischen, um mit ihm über den Fall zu reden. Statt allein im Harburger Hafen herumzuirren, sollte sie nach Hause fahren und versuchen zu schlafen.

Was sie auf halbem Weg zu ihrem Wagen umkehren und zu Hansens Boot zurücklaufen ließ, konnte sie im Nachhinein nicht erklären. Angst, dass ihm etwas passiert war?

Sie drehte den Türknauf, es war nicht abgeschlossen. Zwei kurze Blicke nach rechts und links, ob sie jemand beobachtete. Rasch trat sie ein und schaltete das Licht an.

Der Wohnraum sah genauso aus, wie sie ihn erinnerte. Der Sessel, die Eckbank. Nur dass auf dem Tisch davor eine Bratpfanne, ein Teller und ein halb volles Bierglas standen. Der Schaum hatte sich noch nicht aufgelöst. Bis vor Kurzem hatte hier jemand gesessen, gegessen und getrunken. Dazu passte auch die Glut im Kaminofen. Sie spürte ihren Herzschlag, berührte instinktiv ihre Waffe. Gut, dass sie wenigstens daran gedacht hatte.

»Bo?«, rief sie.

Keine Antwort.

War er auf der Toilette? Sie sah sich um. Neben einem Stehpult, auf dem sich die Papiere stapelten, führte eine schmale Schiebetür ins Heck des Bootes.

Eine Hand schon am Türgriff, blieb ihr Blick an dem Schreiben hängen, das zuoberst auf dem Stapel lag.

Ein computergeschriebener Brief. *Hiermit kuendige ich zum naechstmoeglichen Zeitpunkt …* Hansen wollte nicht mehr länger Mitglied im ADAC sein.

Aber das war es nicht, weshalb sie stockte und das Schreiben in die Hand nahm.

Die anonymen Mails fielen ihr ein, der Drohbrief. Auch wenn die Mails voller Tippfehler waren, hatten sie eins gemeinsam mit dem Brief und dem Kündigungsschreiben.

Die Umlaute fehlten.

Das Blut pulsierte bis in ihre Fingerspitzen. Sie legte das Schreiben zur Seite, zog den Laptop unter dem Briefstapel hervor und klappte ihn auf. Er war zwar eingeschaltet, aber passwortgesichert. Das, wonach sie suchte, sah sie trotzdem sofort: Wo bei ihr ö, ä und ü auf den Tasten stand, gab es hier Semikolon und Doppelpunkt, das @-Zeichen und eckige Klammern.

Sie sog die Luft ein.

Hatte Hansen die anonymen Mails geschrieben?

Aber warum?

Er hatte Conrady nicht mal gekannt, bis sie ihm gegenüber die Mails erwähnt hatte. Und selbst wenn … Nein, das konnte nicht sein! Außerdem schrieb auch Alex seine SMS neuerdings nicht nur in Großbuchstaben, sondern ohne Umlaute.

Alex.

Hatte er … Sie dachte den Gedanken nicht zu Ende. Jetzt reicht's! Komm mal runter!, ermahnte sie sich selbst. Dass jemand seine Texte am Computer oder Handy ohne Umlaute schrieb, kam öfter vor. Auch ohne englische Tastatur. Dadurch wurde man nicht automatisch zum Verdächtigen.

Zufall, redete sie sich ein. Sonst nichts! Schlug den Laptop zu, legte ihn zurück und tat, was sie längst hätte tun sollen: Sie schob die Tür auf und inspizierte den Raum dahinter.

Ein schmales Bett, ein Spind, ein Nachttisch. Rechts ein halb aufgezogener Vorhang. Dahinter eine Duschkabine, ein Waschbecken und eine Toilettenschüssel.

Von Hansen keine Spur.

Sie öffnete den Spind, fasste unter seine Pullover, hob die Bettdecke an und lugte unters Bett. Staubflocken, ein zusammengeknülltes Papiertaschentuch, ein Kronkorken. Nichts, was ihn in irgendeiner Art verdächtig machte.

Jäh verspürte sie Skrupel. Was tat sie hier eigentlich? Was, wenn er zurückkam und sie erwischte, wie sie seine Sachen durchwühlte? Aber für Reue war es jetzt zu spät, besser, sie beeilte sich.

Eilig zog sie die Schublade des Nachttischs auf.

Ein zusammengefalteter Beutel aus dicht gewebtem hellgrauen Stoff, als Verschluss eine Kordel. Tampen, dachte sie, als sie ihn daran hochhob. Offenbar hatte Hansen seine Tasche, anders als behauptet, wiedergefunden. Und gleich irgendetwas darin verstaut.

Sie fasste hinein. Fühlte Metall. Und zuckte zurück.

Hastig zerrte sie ihren Sweatshirtärmel bis über die Finger und griff durch den Stoff in den Beutel.

Ein Revolver! Nicht irgendeiner, sondern ein extrem seltener Winchester. Das Korn an der Mündung war weggeschliffen und ein Gewinde daraufgeschnitten. Für den Schalldämpfer, den sie gefunden hatten? Auch ein Zufall?

Jäh stach der Zweifel zu.

Aber wenn das die Tatwaffe war, was hatte der Schalldämpfer dann auf Conradys Jacht zu suchen? Hatten sich vorhin die ersten Puzzlesteine gefügt, fegten ihre Entdeckungen sie wieder vom Tisch. Und schlimmer: Teile eines anderen Puzzles mischten sich auf einmal darunter. Wie passte das alles zusammen? Gab es einen größeren Rahmen, der noch unsichtbar war?

Ein Scheppern hinter ihr ließ sie zusammenschrecken. Eine Tür schlug zu. Wenn Hansen sie erwischte, wie sie sein Zuhause durchwühlte, konnte es ungemütlich werden. Sie wollte sich hinter den Vorhang ducken, als Schritte über den Steg knallten.

Sie lief zurück in den Wohnraum und riss das Fenster auf. »Bo, bleib stehen!«

Er reagierte nicht, sprang in seinen Kahn, machte ihn los.

»Bo!« Sie rannte zur Tür, rüttelte an der Klinke. Abgeschlossen. Also durchs Fenster.

Ein Motor heulte auf. In dem Moment, in dem sie vom Sims auf den Steg sprang, legte Hansen ab. Fluchend sah sie ihm nach.

»Was 'n hier los?« Ein älterer Mann im Schlafanzug stolperte von der Veranda des benachbarten Hausboots. Er war barfuß.

»Günni?«

Er nickte.

»Ist das Ihr's?« Sie ging ihm entgegen und wies auf die kleine Motorjacht, die vertäut neben seinem Boot lag. Der schicke große Bruder von Hansens Kahn, *Knuth* stand in Schnörkelschrift am Bug.

Er nickte.

»Knuth ist beschlagnahmt. Verfolgen Sie das Boot da hinten!« Sie zeigte zum Ende des Hafenbeckens, wo Hansen auf eine niedrige Brücke zusteuerte.

»So?« Günni sah an sich herunter.

Genau so! Wenn er sich umzog, holten sie Hansen nie ein. Und allein traute sie sich nicht zu, sein Boot zu steuern. Dann könnte sie gleich hierbleiben.

Als sie losfuhren, war Hansen trotzdem längst aus ihrem Sichtfeld verschwunden.

Hinter der Brücke drosselte Günni den Motor. »Wo jetzt lang?« Svea musste sich entscheiden. Er konnte nicht nur geradeaus weiterfahren, rechts und links zweigte ein Kanal ab.

»Wo geht's Richtung Elbe?«

»Süderelbe«, berichtigte Günni sie und zeigte nach links. Aber würde Hansen ausgerechnet dorthin fahren? Auf dem breiten Strom wäre er weithin sichtbar. Besser konnte man sich in einem der Kanäle verstecken.

Was jetzt?

Sie hätte längst Unterstützung von der WS anfordern sollen. Sie zog ihr Telefon hervor, rief beim Lagedienst an, gab ihren Standort durch und beschrieb Hansens Boot. Möglicherweise war er bewaffnet.

Dann nickte sie Günni zu. »Weiter geradeaus.«

Verfallene Lagerhallen säumten das Ufer. Dahinter ein alter Speicher. Überall wucherte Gestrüpp, wuchs an manchen Stellen sogar aus der Kaimauer. Schwarz schwappte das Wasser gegen die brüchigen Ziegel. Hinter einer Schute blitzte etwas Weißes auf.

»Stopp!«

»Das ist nicht Bos Boot. Liegt immer da. Gehört Hinnerk.« Ohne das Tempo zu mindern, fuhr Günni vorbei.

Er hatte recht. Jetzt erkannte sie auch den kleinen Aufbau in der Mitte, der bei Hansens Kahn fehlte.

Wenige Meter weiter fing der Motor an zu stottern. Ein letztes Röcheln. Mitten im Kanal blieben sie stehen. Günni hatte vergessen, Sprit nachzufüllen. Bis zum Ufer waren es an jeder Seite über zwanzig Meter.

Er hob ein Paddel vom Boden auf.

Erstaunlich flink bugsierte er sie zur Kaimauer. Ob ihm öfter der Sprit ausging? Aber wie kamen sie jetzt nach oben an Land? Sie fasste den Stängel einer Pflanze, die aus der Mauer wuchs, und zog daran. Putzbröckchen rieselten hinab. Keine gute Idee.

»Du kannst an den Streichdalben hochklettern. Halt dich an den U-Profilen fest.« Er wies auf die rostigen Pfeiler, die alle paar Meter die Mauer stützten. Im Licht ihrer Handytaschenlampe erkannte Svea kleine Vorsprünge im Stahl. Daran sollte sie sich festhalten?

Günni vertäute das Boot an einem Haken in der Mauer. Rost bröselte ab, aber es schien zu halten. Svea fasste gerade prüfend an eins der Profile, als Motorengeräusch näher kam. Ein Schlauchboot der WS. Sie hob beide Arme und winkte.

An Bord waren zwei Kolleginnen. »Das Küstenstreifenboot ist auf der Elbe unterwegs«, berichtete die ältere der beiden. »Die Aluwanne in den Kanälen.« Bis jetzt hatten sie Hansen nicht erwischt. Vielleicht war er längst an Land. Aber auch von seinem Kahn gab es keine Spur.

Die Jüngere schenkte Günni einen Ersatzkanister mit Sprit, trotzdem stieg Svea in das Schlauchboot um. Bis Günni aufgetankt hatte, konnte es dauern.

Zum Abschied bedankte Svea sich noch mal bei ihm für seine Hilfe. »Wenn Kosten entstanden sind, melden Sie sich.«

Sie mussten sich so schnell wie möglich Hansens Hausboot vornehmen. Hatte sie vorhin mit ihm als Rauschgiftspezialisten den Fall besprechen wollen, war er plötzlich selbst Teil davon. Nur wie? Hatte er die anonymen Nachrichten verfasst? Oder steckte er tiefer in der Sache drin?

Auf dem Rückweg durch den Kanal forderte sie als Erstes ein Spurensicherungsteam und Verstärkung vom PK 46 in Harburg an. Dann rief sie beim Kriminaldauerdienst an und ließ Hansen zur Fahndung ausrufen. Als Letztes versuchte sie es bei Tamme.

MITTWOCH, 07.10.2015

1

Er hatte einen Fehler gemacht. Nicht den ersten! Aber hoffentlich den letzten. Die Krankheit war schuld. Er konnte sich nicht mehr so konzentrieren wie früher.

Dabei musste er jetzt seine Kräfte sammeln.

Ein allerletztes Mal.

Um seine Rache zu vollenden, bevor er starb.

Das war er Jessica schuldig.

Süße kleine Jessica!

Nur wegen ihr hatte er Wilke umgebracht. Das Schwein, das sie auf dem Gewissen hatte.

Drecksdealer!

Ihn aus dem Weg zu räumen, war längst überfällig gewesen. Ein Schwein weniger! Aber das reichte nicht. Das sagte ihm nicht nur sein Verstand, er spürte es mit jeder Faser seines Körpers. Wenn es ihm nicht gelang, den Nächsten auf der Liste auszulöschen, wäre alles umsonst.

Er tat's für Jessica.

Von Wilke hatte sie den ersten Schuss bekommen. Das hatte ihm ihre Freundin erzählt. Lona, das käufliche kleine Luder. Für hundert Euro hatte sie ihm alles über Jessica erzählt, was er wissen wollte. Und noch viel mehr. Es hatte ihn Mühe gekostet, sein Bild von Jessica wieder rein und schön zu malen.

Aber er hatte es geschafft.

Jessica. Sein Unschuldsengel.

Wilke hatte sie nicht nur angefixt, er hatte ihr den Stoff verkauft, an dem sie gestorben war.

Mit ihrem Tod war sein Herz explodiert.

Aber Jessica war kein dreckiger kleiner Junkie gewesen! Egal was die anderen sagten. Egal was seine Ex-Frau behauptete. Marion hatte ja keine Ahnung!

Jessica war seine süße kleine Tochter.

Und Wilke ihr Drecksdealer!

Drecksdealer!

Er atmete so tief ein, wie es seine kaputte Lunge zuließ. Das Fluchen tat ihm gut.

Noch besser würde es ihm gehen, wenn er endlich den Nächsten auf der Liste erwischte.

Das Schwein hatte Lunte gerochen und sich vor ihm versteckt. Er hatte zwar schnell herausgefunden, wo. Schließlich war er Profi. Aber bevor er zugreifen und es erledigen konnte, war es ihm erneut entwischt.

Es war klüger als Wilke. Aber nicht klug genug!

Er wusste, wo er suchen musste.

Und diesmal durfte es nicht davonkommen! Mehr würde er nicht schaffen, das spürte er.

Er hatte eine letzte Chance. Und er würde sie nutzen.

Zwei Schweine weniger.

Was könnte ein Vater seiner Tochter Schöneres schenken?

2

Durch das geöffnete Fenster drang Handyklingeln ins Schlafzimmer. Tamme zog sich das Kissen über den Kopf.

»Geh endlich ran«, murmelte er. Aber es schrillte weiter in seinen Ohren. Nicht genug, dass der Idiot von Nachbar ihn am Wochenende mit seiner Kettensäge um den Mittagsschlaf gebracht hatte, jetzt hatte der Kerl sein Telefon über Nacht draußen liegen lassen! Hoffentlich fing es an zu regnen, und das Ding ging kaputt!

Dass das Klingeln nicht von draußen gekommen war, begriff Tamme erst, als das Licht anging und Imke neben dem Bett stand, sein Handy in der Hand. Im selben Moment piepste es. Der Anrufer hatte eine Nachricht auf der Mailbox hinterlassen.

»Ich glaube, das war Svea. Du hast es unten liegen gelassen.« Imke legte das Telefon auf den Nachttisch.

»Entschuldige bitte.« Tamme schob das Kissen zur Seite und setzte sich im Bett auf.

»Kein Problem.« Imke gähnte. »Ich geh wieder runter. Aber …«, an der Tür drehte sie sich um, »falls du losmusst, ziehe ich ins Schlafzimmer. In Ordnung?«

»Klar.«

Imke und er hatten sich auf getrennte Betten geeinigt. Ab sofort – und für den Rest ihres Lebens. Für heute Nacht hatte sie angeboten, mit ihm zu tauschen und auf dem Sofa zu schlafen, im Gegensatz zu ihm konnte sie sich darauf ausstrecken. Aber sobald sie mit den Kindern geredet hatten, überlegten sie sich eine andere Lösung. Entweder teilten sich zwei der Mädchen vorübergehend ein Zimmer, und einer von ihnen nahm das frei werdende, oder er zog eine Rigipswand im Schlafzimmer ein. Ausreichend groß war es, zwei Fenster hatte es auch.

Möglichkeiten gab es genug.

Jetzt, wo Imke und er sich ausgesprochen hatten, gingen sie plötzlich miteinander um wie zwei Nachbarn, die sich über den Gartenzaun hinweg unterhielten. Höflich, freundlich – und vor allem distanziert. Dabei gab es den Zaun nicht erst seit heute Nacht, er war schon länger da gewesen. Zugewuchert mit falschen Vorspiegelungen von Glück und Nähe. Jetzt stand er frei.

Es war vorbei.

Endgültig.

So sehr er sich bemüht hatte, er würde Imke nie wieder uneingeschränkt vertrauen können.

Als ihre Schritte auf der Treppe verhallt waren, griff er nach seinem Handy.

Svea hatte nicht nur auf die Mailbox gesprochen. Sie hatte eine SMS hinterhergeschickt.

Komm so schnell wie möglich zu Hansens Hausboot. Telefonieren können wir von unterwegs.

Als hätte man ihn angeknipst, war er sofort hellwach. Obwohl er nur zwei Stunden geschlafen hatte, wie er beim Blick auf den Wecker begriff. Aber immerhin hatte er geschlafen, tief und fest! Nach seiner Aussprache mit Imke hatte er auf den Schmerz gewartet. Und die Wut. All die Gefühle, die ihre erste Trennung im Frühjahr ausgelöst und die ihn um den Schlaf gebracht hatten. Nichts davon war eingetroffen. Stattdessen war die Schwere verflogen, die in den letzten Wochen auf ihm gelastet hatte. Er fühlte nur eins: Erleichterung.

Er sprang aus dem Bett und schlüpfte in seine Klamotten. Auf Zehenspitzen ging er die Treppe hinab, um Imke nicht zu wecken, falls sie schon wieder eingeschlafen war.

Auf dem Weg zu seinem Wagen hörte er die Mailbox ab.

3

»Meine erste Winchester. Dank dir!« Freder Birk, der Leiter des Spurensicherungsteams, schob den Revolver in einen Beweisbeutel. Er war frisch aus dem Urlaub zurück, dies war sein erster Einsatz.

»Gern geschehen.« Svea stand hinter ihm in Hansens Schlafkammer. »Kannst du Druck bei der ballistischen Untersuchung machen? Und lass überprüfen, ob der Schalldämpfer passt.« Auch wenn sie sich sicher war, dass er zu dem Revolver gehörte, brauchten sie so schnell wie möglich Gewissheit. Dass die Waffe selten war, hieß nicht automatisch, dass sie die Tatwaffe war. Erst wenn ein Vergleichsprojektil daraus abgefeuert wurde und es dieselben Riefen aufwies, konnten sie sicher sein.

»Wird gemacht, aber ich kann dir nichts versprechen.« Freder zog den ZIP-Verschluss des Beutels zu und wandte sich zu ihr um. »Und, bist du jetzt seefest?« Dass sie anders als er nicht am Wasser aufgewachsen war, gehörte zu seinen Lieblingsthemen. Aber immer noch besser, als sie auf ihr Disziplinarverfahren anzusprechen.

»Ich mache demnächst meinen Sportbootführerschein«, hörte sie sich sagen. Dann wäre sie bei ihrer nächsten Verfolgungsjagd auf dem Wasser nicht wieder auf die Günnis dieser Welt angewiesen – und hoffentlich erfolgreicher.

Trotz ihres Fahndungsaufrufs war und blieb Hansen verschwunden. Dafür machten sie auf seinem Hausboot umso mehr Beute. In einer Mehldose im Küchenschrank hatten Freders Mitarbeiter eine Glock-Pistole gefunden, eingewickelt in einen Gefrierbeutel. Hansens offizielle Dienstwaffe war das nicht. In einer Schublade hinter dem Besteckkasten hatten mehrere Cannabistütchen gesteckt. Beschlagnahmt oder zum Eigenbrauch? In jedem Fall hatten sie in der Wohnung eines Zollfahnders nichts zu suchen.

Nur einen Drucker, mit dem das Kündigungsschreiben und womöglich der Drohbrief ausgedruckt worden waren, hatten sie bis jetzt nirgends entdeckt. Hatte Hansen etwa den Drucker im Büro benutzt? Sie musste überprüfen lassen, ob beide Schreiben aus demselben Gerät stammten. Falls ja, hatte er einiges riskiert! Andererseits hatte er – wenn es stimmte, dass er tiefer in den Fall verwickelt war – nicht nur einmal seine Entdeckung herausgefordert. Fast als legte er es darauf an aufzufliegen.

Aber warum? Die Frage schnitt in ihr Herz. Sie ließ Freder allein, ging zurück in den Wohnraum und setzte sich auf die Eckbank.

Sie hatte Hansen vertraut. Offensichtlich ein Fehler! Denn dass Conrady den Revolver auf dem Hausboot versteckt hatte, wie Tamme gerade am Telefon vorgeschlagen hatte, schien ihr noch absurder. Conrady hätte kaum die Durchsuchung seiner Jacht und seine Ingewahrsamnahme inszeniert.

Alles sprach dafür, dass Hansen sie hintergangen hatte. Andererseits hatte sie das auch von Yunan angenommen. Bis zum Vorliegen des Obduktionsberichts.

Was konnte sie noch glauben? Gewissheiten lösten sich auf wie Wolken, die verdunsteten. Ihre Intuition brachte sie diesmal nicht weiter, hatte sie sogar zwischenzeitlich in die

Irre geführt. Dagegen half nur eins: Sie mussten handfeste Beweise finden.

Ein Motorengeräusch ließ sie aufblicken. Draußen vorm Fenster fuhr Günni an seiner Jacht vorbei. Er hatte lange gebraucht, um nach Hause zurückzufinden. Hatte er den geschenkten Sprit für eine nächtliche Spritztour genutzt? Sie sah ihm zu, wie er anlegte und im Schlafanzug zurück aufs Boot stapfte. Hinter einem Vorhang ging das Licht an – und kurz darauf wieder aus.

Sie würde jetzt auch gern im Bett liegen. Musste der erste Fall nach ihrer Zwangspause so kompliziert sein? Ein bewaffneter Raubüberfall auf eine Spielhalle in Lurup wäre ihr lieber gewesen. Die Kollegin Lüdemann hatte die Sache in einem Tag aufgeklärt.

»Guck dir das an!« Am Stehpult beugte sich einer von Freders Mitarbeitern über den Laptop. Der Bildschirm leuchtete blau.

»Woher hast du das Passwort?«

»Hansens Geburtsdatum.«

Als der Kollege mit dem aufgeklappten Laptop zu ihr herüberkam, erkannte Svea ihn wieder. Sie hatte den Mann bereits am Samstag in Wilkes Wohnung gesehen.

Er stellte den Laptop vor ihr auf den Tisch. Das Foto, das Hansen zuletzt geöffnet hatte, zeigte eine Person vor einer Haustür. Aufgenommen aus der Entfernung. War es das Haus, in dem Wilke wohnte? Und konnte das …

»Zoom bitte ran.«

Neben der Tür baumelte die Leuchte mit der Hausnummer an einem Kabel aus der Wand. Auch wenn Svea die Nummer nicht lesen konnte, schien es Wilkes Haus zu sein.

Aber vor allem die Person vor der Tür weckte ihre Aufmerksamkeit. Ein junger Mann, blond, circa eins siebzig groß, in verwaschener Jeans und Kapuzenpulli. Schmalbrüstig kam auch hin. Nur die Augenfarbe ließ sich nicht erkennen. Blau? Der Junge, der bei Wilke gewohnt hatte? Es sah ganz danach aus.

Sie mussten das Bild so schnell wie möglich Bodendieck und Hummel zeigen. Am besten übernahm das einer der Schutzpolizisten, die draußen vor dem Steg den Einsatzort bewachten. Sie bat den Kollegen, sich darum zu kümmern. Konnte er eine Kopie des Fotos auf einen Speicherstick ziehen?

»Kein Problem.« Er holte den Stick aus seinem Koffer und kopierte das Foto darauf. Den Laptop ließ er ihr da.

Woher hatte Hansen das Foto? Hatte er es selbst geschossen?

Versteckte der Junge sich gar nicht vor der Polizei, sondern vor Hansen? Wenn er überhaupt noch lebte. Im schlimmsten Fall hatte Hansen ihn längst umgebracht, und sie zogen ihn demnächst aus irgendeinem Hafenbecken.

Aber sie hoffte, dass er irgendwo in einem neuen Versteck hockte. Oder schlimmstenfalls vor Hansen auf der Flucht war.

Trotzdem mussten sie alles daransetzen, den Jungen zu finden. Ein Fahndungsaufruf reichte nicht mehr.

Aber sie konnten schlecht die ganze Stadt nach ihm absuchen.

Svea sah aus dem Fenster. Im Osten färbte sich der Himmel pastellrosa. Nicht mehr lange, und die Sonne ging auf.

»Scheint ein schöner Tag zu werden.« Freder war fertig mit der Schlafkammer und setzte sich neben sie auf die Bank. »Einer der letzten, an denen man die Natur genießen kann.«

Wenn man keinen Mord aufzuklären und einen Vermissten zu finden hatte. Svea war müde. Wo steckte der Junge bloß? Sie schloss einen Moment die Augen.

Was hatte Hummel erzählt? Tim hatte gezeltet, bevor er bei Wilke untergekommen war. Im Naturschutzgebiet. Einem von über dreißig, die es in Hamburg gab. Wobei ja nicht mal das sicher war, es konnte sich genauso gut um Niedersachsen oder Schleswig-Holstein handeln. Anschließend hatte er bei Wilke in der Küche campiert – und wahrscheinlich seinen ganzen Besitz neben sich liegen gehabt. Zumindest hatte das Matratzenlager danach ausgesehen. Und noch etwas hatte auf dem Küchenboden gelegen.

Svea sprang auf.

Wo steckte Freders Mitarbeiter? War er noch draußen bei den Kollegen von der Schutzpolizei?

Auf dem Steg kam ihr der Gesuchte entgegen.

»Erledigt«, informierte er sie. Einer der Kollegen war unterwegs zum PK 46, um das Foto auszudrucken. Anschließend fuhr er damit zu den Zeugen.

Als er einen Schritt zur Seite machte, um an ihr vorbeizugehen, legte Svea ihm die Hand auf den Arm.

»Einen Moment noch. Erinnerst du dich an die Wohnung an der Harburger Chaussee? Die Pflanzenbrösel auf dem Küchenboden?«

»Klar, warum?«

»Weißt du, was das war?«

»Schierlings-Wasserfenchel.« Die Antwort kam prompt.

»Kann man rausfinden, wo der in Hamburg wächst?«

»Das muss man nicht rausfinden, das ist bekannt.« Er schüttelte Sveas Hand ab, wollte los.

Ging es auch weniger überheblich? Gerade am Tisch war er so freundlich gewesen. War zwischendrin etwas passiert? Aber Svea verkniff sich einen Kommentar. Falls es wieder vorkam, würde sie ihn auf den verbesserungswürdigen Umgangston mit Vorgesetzten hinweisen.

»Mir nicht«, sagte sie stattdessen nur.

»Elbvertiefung?«, versuchte es der Kollege. Als moderierte er eine Quizshow und würde Svea bei der Antwort auf eine Frage helfen.

Bevor sie etwas entgegnen konnte, holte er aus und erklärte, dass der Schierlings-Wasserfenchel eine für den Tidensüßwasserbereich der Elbe endemische Pflanze war, das hieß, er kam nur hier und nirgendwo sonst auf der Erde vor. »Mittlerweile gilt er als vom Aussterben bedroht.«

Die Kontroverse um die Elbvertiefung hatte Svea mitbekommen. Die Zeitungen waren zurzeit voll damit. Aber offenbar hatte sie immer den Namen der seltenen Pflanze überlesen, die durch das Ausbaggern der Fahrrinne gefährdet war. Hätte sie den Zusammenhang sonst schon früher vermutet?

Sie zog ihr Smartphone hervor und googelte *Schierlings-Wasserfenchel* und *Naturschutzgebiet*. Das dritte Suchergebnis war ein Wikipedia-Artikel. Sie scrollte nach unten, klickte auf *Vorkommen* und las:

Weltweit einzigartig wächst der Schierlings-Wasserfenchel nur noch vom Hamburger Holzhafen bis etwa zur Staustufe Geesthacht. Die größten verbliebenen Bestände befinden sich im Jahre 2015 im Naturschutzgebiet Heuckenlock an der Süderelbe.

Sie blickte auf, der Kollege stand immer noch neben ihr: »Wo ist das Heuckenlock?«

»Hinter der A1, am anderen Ufer der Süderelbe. Meinst du, dass Hansen sich da versteckt?«

»Keine Ahnung. Aber da hat der Junge womöglich früher mal gezeltet. Vielleicht ist er wieder dorthin zurück.«

Obwohl er schwieg, sah sie seinem Gesicht an, dass er an ihren Überlegungen zweifelte.

Aber wie war der Schierlings-Wasserfenchel sonst auf den Küchenboden gekommen, wenn nicht durch das Gepäck oder die Schuhe des Jungen? Selbst wenn ihre Gedankenkette mehr als ein loses Glied aufwies, eine andere Chance hatten sie nicht. Sie mussten schnellstens zum Heuckenlock fahren.

Wo blieb Tamme? Als er sie von unterwegs angerufen hatte, hatte er merkwürdig aufgekratzt geklungen. Sie hatte ihm eine kurze Zusammenfassung gegeben und ihn gebeten, Franzi einzusammeln. Das war mittlerweile über eine Stunde her. Würde er überhaupt kommen? Für einen irrwitzigen Moment befürchtete sie, dass er mit Hansen unter einer Decke steckte. Was, wenn auch er sie hinterging?

»Svea!« Tamme tauchte hinter dem Transporter der Spurensicherung auf, der in der Zufahrt zum Steg parkte. Neben ihm ging Franzi. Ob sie noch Zahnschmerzen hatte oder nicht, war ihr nicht anzusehen.

Auf der Autobahn hatte es einen Unfall gegeben, und er hatte einen Umweg über Wilhelmsburg fahren müssen. »Du guckst so, als würdest du mir nicht glauben.« Er klang irritiert.

»Nein, warum?« Sofort verscheuchte sie ihren Zweifel wieder. Wenn sie einem im Präsidium rückhaltlos vertrauen konnte, dann Tamme. Die Geschehnisse um Yunan und

Hansens Lügen hatten ihre Gewissheiten offenbar stärker erschüttert, als ihr zunächst klar gewesen war.

Neben ihr räusperte sich der Kollege von der Spurensicherung. »Brauchst du mich noch? Sonst geh ich wieder rein.«

»Erst mal nicht.«

So knapp wie möglich informierte sie Tamme und Franzi über die Lage.

»Sicher?« Tamme sah sie genauso zweifelnd an wie Freders Mitarbeiter.

»Nein«, sagte sie. »Sicher bin ich nicht. Aber wenn Hansen nichts zu verbergen hätte, wäre er kaum vor mir geflohen.«

»Vielleicht hatte er dringend etwas zu erledigen«, schlug Tamme vor. Was war mit der Heroinlieferung, bei der die GER zugreifen wollte?

Was war mit den Sachen, die sie auf dem Boot sichergestellt hatten?, wollte sie entgegnen. Da erschien Freders Mitarbeiter schon wieder in der Tür des Hausboots. Auf dem Arm balancierte er den Laptop wie ein Tablett mit Getränken.

»Hier sind zwei merkwürdige Mails.« Er kam zu ihnen herüber und tippte mit der freien Hand auf den Bildschirm.

Svea las.

Kein Zweifel, das waren die beiden anonymen Mails! Warum hatte Hansen sie nicht gelöscht? Er war entweder dumm – oder sich seiner sehr sicher.

Sie trat zur Seite, damit ihre Mitarbeiter ebenfalls lesen konnten.

»Vielleicht ist's ihm auch einfach egal«, meinte Franzi.

»Wieso das?«, fragte Tamme.

»Weil er nichts mehr zu verlieren hat?«, schlug Svea vor.

»Hm.« Tamme nickte. »Wenn das stimmt, ist Hansen besonders gefährlich.«

Offenbar kam er endlich von Conrady ab!, registrierte sie dankbar. Denn hätte der den Laptop mit Fakemails präpariert? Wohl kaum!

»Wollen wir dann los?« Svea nickte Tamme und Franzi zu. Sie durften keine Zeit mehr verlieren.

4

Yannick hielt die Luft an und betrachtete die Fliege. Ihr Rücken schimmerte grün wie die Uludağ-Dosen in Manni's Kiosk. Sie krabbelte auf dem Haufen herum.

Als er im Sommer hier gezeltet hatte, war er öfter einem Reh begegnet, auch zwei Füchse wohnten hier.

Der Gestank zog ihm in die Nase. Allzu lange schien es nicht her zu sein, dass das Tier hier hingeschissen hatte. Er hatte den Haufen übersehen, als er sich in der Eile hinter den umgestürzten Baumstamm geduckt hatte.

Er hatte im Schlafsack gelegen und gedöst, da hatte ein Geräusch ihn aufgeschreckt: Schritte. Er war sofort aufgesprungen und weggerannt.

Irgendjemand war da draußen.

Feuchtigkeit kroch unter seine nackten Füße. Kalt und klamm. Erst nur ein Kitzeln, das wieder wegging. Dann floss es um seine Zehen, die er in den Boden gekrallt hatte.

Das Wasser. Hoffentlich stieg es nicht höher. Als er das erste Mal sein Zelt hier aufgebaut hatte, war es nachts bis in seinen Schlafsack geschwappt. Danach hatte er sich eine trockene Stelle am Rand gesucht. Das war sowieso besser, weil sich kaum ein Wanderer hierhin verirrte. Oder dieser nervige Naturschützer, der ihn beschimpft hatte und anzeigen wollte.

Aber am besten hatte es ihm bei Niko gefallen.

Niko.

Sein Freund.

Jetzt war er tot.

Ein Knacken ließ ihn aufhorchen. Ein Keuchen. Ganz in der Nähe. Er duckte sich tiefer hinter den Baumstamm, legte sich flach auf den Boden. Das Wasser sickerte in seinen Pulli und in seine Hose. Er zitterte und spannte alle Muskeln an. Bloß nicht bewegen! Vielleicht war es kein Naturschützer, sondern der Mann vom Jugendamt.

Der Mann war am Montagabend im Kiosk aufgetaucht, als Yannick sich etwas zu trinken aus dem Kühlschrank holen wollte. Auch wenn er in seinem ausgeleierten Pulli als Hafenarbeiter durchging, hatte er sich auf eine Art umgesehen, die Yannick sofort alarmiert hatte. Der Mann hatte mehr im Sinn, als nur die Keksrolle zu kaufen, die er betont umständlich aus dem Regal gezogen hatte! Yannick hatte auf der Stelle umgedreht und war zum Hinterzimmer zurückgeschlichen. Durch den Spalt in der Tür hatte er mitbekommen, wie der Mann den neuen Verkäufer gefragt hatte, ob er einen Jungen kannte, blond, etwa so groß – er hatte seine Hand quer vor die Nase gehalten. Yannick hatte die Luft eingesogen, es ging tatsächlich um ihn! Nein, keine Ahnung, hatte der Verkäufer zum Glück gesagt, er hatte seinen ersten Tag und Yannick noch nicht kennengelernt. Als der Mann immer weiter nachfragte, war der Neue richtig ärgerlich geworden.

Kein Wunder! Der Tonfall des Mannes hatte Yannick an die Frau aus Halle erinnert. Wie sie redeten, diese Leute! Als wäre er ein verschrecktes Kaninchen, das man nur einmal streicheln und mit einer Möhre füttern musste – und dann war alles wieder gut, und es konnte zurück in den Stall. Von wegen! Die hatten ja keine Ahnung, was bei ihm zu Hause los war. Nie im Leben ginge er dahin zurück. Und wenn er, bis er achtzehn war, auf der Straße lebte. Es gab Schlimmeres.

Er zuckte zusammen. Das Knacken! Da war es wieder. Es kam näher. So bewegte sich kein Tier. Als er das Husten hörte, war er ganz sicher, dass es der Mann war. Im Kiosk hatte er genauso gehustet. Als würde er gleich seine Lunge ausspucken.

Kurz war es still. Nur das Wasser gluckste im Priel. War der Mann stehen geblieben? Oder sogar umgekehrt?

Yannick atmete auf.

Doch als er sich hochdrückte, um nachzusehen, huschte etwas Blaues durchs Gebüsch vor ihm. Der Seemannspulli. Das weiße Haar über dem knittrigen Gesicht. Der Mann vom Jugendamt! Aber warum hielt er eine Pistole in der Hand?

Yannick sprang auf. Wollte weglaufen.

Nur wohin?

Um ihn herum stieg das Wasser. Von vorn kam der Mann. So fühlte sich das Reh, wenn der Jäger die Waffe anlegte.

5

Breitbeinig stand Svea in der Aluwanne und hielt sich am Mast fest. Der Fahrtwind zauste ihr Haar. Am Ufer glitten Wiesen vorbei, ein schmaler Sandstrand. Die Landschaft war wie ausgewechselt, seit sie unter der Eisenbahnbrücke hindurchgefahren waren. Als hätte jemand die Industriekulisse beiseitegeschoben und das wahre Elbufer freigelegt.

»Geht es schneller?«, rief sie gegen den Motorenlärm an.

Der Bootsführer verneinte. Weil Gefahr im Verzug war, fuhr er bereits doppelt so schnell wie die erlaubten zweiundzwanzig Stundenkilometer. Mehr gab die Maschine nicht her.

Aber da vorn kam schon die Autobahnbrücke. Gleich danach begann das Heuckenlock. Mit etwas Glück versteckte sich der Junge dort.

Sie mussten Hansen zuvorkommen!

Svea hatte versucht, ein SEK anzufordern. Aber die Kollegen hatten gerade einen anderen Einsatz. Zu warten, bis sie wieder frei waren, dauerte in diesem Fall zu lange. Deshalb saßen hinter Svea zwei weitere Wasserschutzpolizisten in der Aluwanne. Franzi folgte mit drei Kolleginnen im Schlauchboot. Tamme fuhr mit den Kollegen vom PK 46 über Land. Zwei der Schutzpolizisten bewachten weiterhin das Hausboot, falls Hansen wider Erwarten dorthin zurückkehrte und sich wunderte, was die Spurensicherung bei ihm zu suchen hatte.

Einer der beiden Kollegen hinter ihr tippte ihr auf die Schulter. »Drüben im Schweenssand wächst übrigens auch dieser Fenchel.«

Was? War das auch ein Naturschutzgebiet?

Er nickte.

Mist! Hatte sie etwas überlesen? Sie zückte ihr Handy. Laut Wikipedia gab es im Heuckenlock das größte Vorkommen.

»Lasst uns erst dorthin. Wenn wir nichts finden, gucken wir weiter im Schweenssand.« Wenn es dann nicht zu spät war.

Das Handy vibrierte in ihrer Hand, bevor es klingelte.

Die KTU. Konnte sie noch drangehen? Da vorn tauchte die Bucht auf, in der sie anlegen würden. Aber vielleicht war es wichtig.

»Die Spuren an den Schottersteinen sind Blut«, informierte sie die Kollegin. Dieselbe, die ihr am Sonntag die Analyse der Rauschmittel aus Wilkes Wohnung übermittelt und dabei auch den Schierlings-Wasserfenchel erwähnt hatte. »Und zwar von Niko Wilke.«

Sie hatten ihren Tatort!

»Und die Fingerabdrücke an der Anglertasche?« Unter dem Boden der Aluwanne knirschte es, der Bootsführer hatte am Ufer des Priels angelandet. Sie musste auflegen!

»Unbekannt.«

Das wäre auch zu schön gewesen! Sie drückte das Gespräch weg, steckte ihr Handy ein und sprang an Land. Zwischen zwei dicken Kieseln sank sie in den braunen Matsch des Watts. Schnell machte sie drei Schritte nach vorn, bis sie festen sandigen Grund unter den Füßen hatte.

Am anderen Ufer legte das Schlauchboot mit Franzi und den Kolleginnen an. Bevor sie losgefahren waren, hatten sie verabredet, sich aufzuteilen. Laut Karte durchschnitt der Priel das Gebiet des Heuckenlocks, erst weiter hinten gab es eine Brücke, die beide Seiten verband.

Svea würde mit den Kollegen den wilderen westlichen Teil durchkämmen, Franzi und ihre Begleiterinnen den östlichen, durch den ein Wanderweg führte. Sollte einer von ihnen den Jungen entdecken – oder Hansen –, funkten sie sich an. Und wenn nicht, würden sie sich an der Brücke wiedertreffen. Von dort sollte später auch Tamme zu ihnen stoßen.

Die Bootsführer blieben hier bei den Booten.

»Da haben wir ihn ja!« Der Kollege, der ihr auf die Schulter getippt hatte, zeigte ans Ufer.

Einen Moment dachte Svea, er hätte den Jungen entdeckt. Wollte schon losstürzen. Aber da war niemand. Nur ein paar Pflanzen, die von der Flut überspült wurden, eine verblühte Dolde ragte noch aus dem Wasser heraus. Eine wilde Möhre?

»Das ist Schierlings-Wasserfenchel.« Der Kollege zuckte die Achseln. »Unscheinbares Gestrüpp. Aber selten.«

Hier wiederum wucherte er im Überfluss. Genauso wie das hohe Schilfgras am Ufersaum des Priels. Und irgendetwas, was aussah wie riesige Rhabarberblätter.

Wo lang? Hielten sie sich zu nah am Ufer, würden sie im Schlick einsinken. Besser, sie folgten dem Pfad, der hinter zwei umgestürzten, von der Tide blank gewaschenen Baumstämmen in den Auwald hineinführte.

Svea ging voran, balancierte über das glitschige Holz, bedacht, nicht auszurutschen. Die beiden Kollegen folgten dicht hinter ihr. Zwischen knorrigen Weiden standen die Brennnesseln hoch am Wegrand. Aus einem morschen Stamm wuchs Springkraut, ein paar späte Blüten leuchteten pink.

Märchenwald.

Dass sie vorher noch nie hier gewesen war!

Nach etwa dreißig Metern machte der Weg einen Schlenker zurück in Richtung Priel. Vor ihnen raschelte und knackte es.

Stopp! Mit erhobener Hand bedeutete Svea den Kollegen stehen zu bleiben. Sie griff ihre Pistole und lauschte. Das Rascheln kam aus dem Schilfgürtel vor ihnen. Wurde lauter, ging über in Flügelschlagen.

Jäh erhob sich ein Graureiher zwischen den Halmen und flog davon.

Dem Ausatmen des Kollegen hinter ihr war die Erleichterung anzuhören.

Sie wollte schon weitergehen, da lenkte eine Windbö ihren Blick zurück auf das wogende Grün. Hatte sich da etwas bewegt? War der Reiher von jemandem aufgeschreckt worden, der sich im Schilf versteckte?

Als sie vorsichtig näher ging, blitzte etwas Weißes auf.

Das war kein Tier.

Sie hielt inne. Lauschte erneut. Außer dem Rauschen des Windes und dem Gurgeln des Wassers war es still.

Vorsichtig ging sie näher, als eine erneute Windbö einen Moment ein kleines Boot freilegte.

Hansens Kahn! Verlassen im Uferschlick.

Sie unterdrückte einen Fluch. Hoffentlich kamen sie nicht zu spät.

Bo, wo steckst du? War er schon heute Nacht in Richtung Heuckenlock gefahren? Oder erst kürzlich hier angekommen?

Sie sah sich um.

Umgestürzte Bäume, zwischen denen das Wasser in großen Pfützen waberte. Dornige Büsche mit brombeerähnlichen Früchten. Hopfenranken. Da hatte sich niemand durchgeschlagen.

Weiter auf dem Pfad!

Nach wenigen Metern stießen sie auf drei Schuhabdrücke im Schlamm.

Sie eilten weiter. Bestimmt fünf Minuten.

Wie eine träge Schlange wand sich der Pfad durch den Auwald. Hinter einem letzten Knick öffnete er sich abrupt zu einem kleinen Platz unter einer Blätterkuppel. Der Boden war erhöht und mit Treibholz und Reisig bedeckt, in einer Ecke lag ein olivgrünes Bündel.

Ein leerer Schlafsack.

An einen Baumstumpf lehnte ein Rucksack. Daneben frische Bananenschalen.

Wer hatte hier übernachtet?

Der Junge?

Hansen?

Oder jemand ganz anderes?

Schnell weiter!

Aber wohin? Außer dem Weg, der geradeaus weiterführte, zweigten noch zwei schmale Trittpfade ab.

Was jetzt?

Immer mindestens zu zweit, hatte sie in der Ausbildung gelernt.

So weit die Theorie.

Praktisch mussten sie sich trennen.

Svea folgte dem Pfad links, die beiden Kollegen jeweils einer der anderen Spuren. Alle fünf Minuten würden sie sich anfunken. Wenn jemand sich nicht meldete, liefen sie zurück zur Lichtung und dann in die Richtung desjenigen.

»Und wenn zwei Leute sich nicht melden?« Der Schultertipper.

»Das wird nicht passieren!« Sie bemühte sich um Nachdruck. Zumindest äußerlich. Hansen war höchstwahrscheinlich bewaffnet, der Junge womöglich auch. Und ob es Komplizen gab? Aber wenn sie das Leben des Jungen nicht riskieren wollten, mussten sie sich beeilen. Tamme und seine Leute würden hoffentlich bald dazustoßen. Dann bildeten sie Zweierteams.

Sie ging los. Nach kurzer Zeit verlor sich der Pfad im Gebüsch.

Sackgasse.

Umkehren?

Da bemerkte sie die abgeknickten Zweige, die Bruchstellen saftig und frisch. Als hätte sich erst kürzlich jemand hier durchgedrückt.

Sollte sie die Kollegen rufen? Aber vielleicht war es auch ein Tier gewesen. Außerdem hatten sie sich aus gutem Grund getrennt: damit ihnen nicht an anderer Stelle etwas Wichtiges entging.

Mit ihrem Unterarm als Schutzschild drückte sie sich durch das dornige Gebüsch. Dahinter schlängelte sich der Pfad weiter.

Als sie um die Kurve bog, prallte sie zurück.

Nicht mal zehn Meter entfernt, halb verdeckt von einem umgestürzten Stamm, stand der Junge. Er war nicht allein. Direkt hinter ihm ragte eine Gestalt auf.

Hansen. Er hatte einen Arm um den Jungen gelegt, fixierte ihn im Klammergriff. In der anderen Hand hielt er eine Pistole, die Mündung auf die Schläfe des Jungen gerichtet.

»Komm ruhig näher!«, rief Hansen. Als würde er sie einladen auf ein Bier.

Sie machte einen Schritt nach vorn. Langsam. Tastend. Die Hand an der Pistole. Ihr Herz pochte unter der Schädeldecke. Der letzte Funkkontakt mit den Kollegen war schon ein paar Minuten her. Wenn sie sich jetzt nicht mehr meldete, wären die beiden hoffentlich schnell hier.

»Was ist, traust du dich nicht? Keine Sorge, ich tue dir nichts. Aber lass die Waffe los!«

»Wenn du den Jungen loslässt.«

»Guter Witz! Du kannst zugucken, wie ich ihn erledige.« Er lachte meckernd. Hustete. Spuckte aus.

»Was hat er dir getan? Er ist noch ein Kind!«

»Abschaum!« Hansens Gesicht war wutverzerrt. War das derselbe Mann, der sich Montagabend so rührend um sie gekümmert hatte? Dem sie vertraut hatte. Gegenüber dem sie mehr von sich und ihrer Vergangenheit preisgegeben hatte als gegenüber jedem anderen Kollegen.

»Ich tue es auch für dich.«

Was redete er da?

»Das Schwein hat es verdient! Erst saufen, kiffen, schnüffeln, koksen, irgendwann Heroin. Wenn das Geld ausgeht, der erste Bruch. Dealen.« Seine Worte kamen abgehackt. »Das solltest du als Yunans Ex doch am besten wissen.«

Was hatte Yunan mit der Sache hier zu tun?

Hatte Hansen ihn auf dem Gewissen? Jäh durchzuckte es sie.

Aber er drückte die Pistolenmündung in die Haut des Jungen. »Ich muss das Schwein hier beseitigen. Das bin ich Jessica schuldig.«

»Wer ist Jessica?«

»Das musst du schon selbst herausfinden. So klug bist du doch.« Wieder dieses irre Lachen. Panik stieg in ihr auf. Wo blieben die Kollegen?

»Aaaaaaah!« Hansen schrie auf, hielt sich den Arm. Sofort zog sie ihre Waffe.

»Das Schwein hat mich gebissen!«

Der Junge sprang zur Seite, versank nach wenigen Schritten im Schlick, stand bis zur Hüfte im Wasser. Hansen zielte auf seinen Rücken.

»Leg die Waffe hin!« Sie stürzte auf ihn zu.

»Auf keinen Fall!«

Er machte einen Schritt zurück, stolperte. Ein Schuss löste sich, die Kugel sauste gen Himmel. Hansen taumelte. Die Pistole fiel aus seiner Hand. Sein Hinterkopf schlug auf einen Stein.

Reglos blieb er liegen. Blut sickerte aus der Wunde in sein Haar.

Die Waffe im Anschlag, trat Svea neben ihn. Suchte seinen Puls.

Vergeblich.

»Svea!« Der Schultertipper brach durchs Gebüsch. »Scheiße, was ist denn hier passiert?«

»Tot.« Sie blickte auf.

»Hast du ihn erschossen?«

Sie schüttelte den Kopf. Wo war der Junge?

Er stand im Wasser und beobachtete sie. Jäh riss er die Arme nach oben, versuchte eine überhängende Wurzel zu greifen.

»Du bleibst hier!« Der Kollege stürzte zu ihm, zog ihn an Land. Nachdem er ihm Handfesseln angelegt hatte, schob er ihn zu dem umgestürzten Baumstamm. »Hinsetzen!«

Svea hockte sich daneben. Der Junge blickte zwischen seine Füße.

»Was wollte er von dir?«

»Keine Ahnung.« Ein Flüstern.

»Wer ist Jessica?«

»Woher soll ich das wissen?«

Er zitterte. War nass, völlig unterkühlt. Brauchte frische Klamotten.

»Sind das dahinten dein Schlafsack und dein Rucksack?«

Er nickte.

»Wie heißt du?«

Zögern. »Tim.«

»Und wirklich?«

Schweigen.

Sie hörte das Heulen der Sirenen. Es kam näher. Das musste Tamme sein! »Wir nehmen dich gleich mit aufs Präsidium.«

DONNERSTAG, 08.10.2015

1

Gegen Tote wurde nicht mehr ermittelt. Aber das war in ihrem Fall auch nicht nötig. Während sie gestern Morgen im Heuckenlock gewesen waren, hatte die Spurensicherung auf Hansens Hausboot weitere Hinweise entdeckt, dass er Niko Wilke erschossen hatte.

Ein Sonnenstrahl brach durch die Wolken, zuckte über die handgeschriebene Liste, die kopiert vor Svea auf dem Schreibtisch lag.

Für Jessica.

Jessica war Hansens Tochter gewesen. Seine einzige. Vor acht Jahren war sie an einer Überdosis gestorben. War das der Grund für Hansens tödlichen Hass auf Drogendealer? Echte – und vermeintliche?

Niko Wilke war die Nummer eins auf der Liste. Tim – von dem sie mittlerweile wussten, dass er Yannick Bugk hieß – die Nummer zwei. Ulf Conradys Namen hinter der drei hatte Hansen durchgestrichen. Der Platz hinter der vier und der fünf war frei.

Alles richtig gemacht, hatte Wienecke gestern gesagt. Svea hatte zu einer Erwiderung ansetzen wollen, aber dann geschwiegen. Ihre inneren Zweifel gingen niemanden etwas an. Und tatsächlich, hätte sie nicht spontan entschieden, allein weiterzugehen, hätte Hansen den Jungen vermutlich umgebracht. Es war um Sekunden gegangen.

Jetzt war Yannick in der Obhut des Jugendamtes und bereits auf dem Rückweg nach Halle, wo er gemeldet war. Er hatte Stress mit seiner Mutter gehabt, war weggelaufen und nach Hamburg getrampt. Wie es aussah, würde er in eine Wohngruppe kommen, bis er nächsten Sommer achtzehn wurde.

Warum Conradys Name nach ihm auf der Liste stand, blieb ein Rätsel. Vor allem, warum Hansen ihn wieder durchgestrichen hatte. Tamme hatte gestern mit dem Agenturbesitzer gesprochen. Der beharrte auf seiner Aussage, weder Hansen noch Wilke zu kennen.

Aber Hansen hatte sich Conradys Namen kaum zufällig aus dem Telefonbuch herausgesucht, um ihn dann in den anonymen Mails zu beschuldigen und zwei Beweisstücke auf seinem Boot zu platzieren. Die Fingerabdrücke an Drohbrief und Schalldämpfer hatten sich eindeutig Hansen zuordnen lassen. Zudem hatte die ballistische Untersuchung ergeben, dass der Winchester-Revolver die Tatwaffe war. Mit ihm waren die Projektile abgefeuert worden, die in Wilkes Wirbelsäule gesteckt hatten.

Es gab eine Verbindung zwischen Hansen und Conrady! Dessen war Svea sich nach wie vor sicher. Nur welche?

Das Klingeln ihres Handys unterbrach ihre Überlegungen.

Nadette Villaflor, die Seelsorgerin aus der Seemannsmission. Sie hatte den Seemann von den Philippinen erwischt. Endlich! Er hatte ihr den Mann beschrieben, der die Tüte weggeworfen hatte.

»Viel ist es nicht.« Villaflor lachte entschuldigend. »Die Beschreibung passt auf einige Leute, die hier im Hafen rumlaufen.«

Svea hörte Papierrascheln.

»Weiße Haare und ein blauer Pullover, etwa eins neunzig groß.«

Von wegen nicht viel. Svea bedanke sich für Villaflors Einsatz.

Auch wenn die Aussage nicht mehr offiziell zu Protokoll gegeben werden musste – worüber Villaflor fast ein wenig enttäuscht schien –, bestätigte sie die Untersuchungen der KTU. Die Fingerabdrücke an der Handschuhtüte stammten von Hansen. Wienecke hatte zudem einem DNA-Abgleich zugestimmt. Die unbekannte DNA in den Handschuhen war ebenfalls seine.

Nur die Abdrücke an der Anglertasche ließen sich weiterhin niemandem zuordnen. Ein dummer Zufall, dass sie unweit des Tatorts im Gebüsch gestanden hatte. Die KTU würde sie ins Fundbüro geben. Vielleicht meldete sich der Besitzer dann.

Svea nahm sich wieder die Liste vor. Die freien Plätze hinter der vier und der fünf.

Hatte Hansen vergessen, Yunans Namen dort einzutragen? Aber eine entsprechende Waffe, die zu dem Projektil in seinem Kopf gepasst hätte, hatten sie weder auf dem Hausboot noch in dem Kahn im Heuckenlock gefunden. Die Pistole, mit der er den Jungen bedroht hatte, war seine Dienstwaffe gewesen.

Auch sonst sprach nichts dafür, dass der Mord an Yunan auf Hansens Konto ging. Nirgendwo in Hansens Unterlagen tauchte sein Name auf oder ein Foto. Genauso wenig wie ein Hinweis darauf, dass er mit dem Dortmunder Rauschgiftdezernat in Kontakt gestanden hatte und dadurch auf Yunan gestoßen war.

Sie stand auf und trat ans Fenster. Noch war sie allein im Büro. Franzi würde später kommen. Tamme hatte sich heute freigenommen. Schockiert hatte Svea gestern von Imkes und seiner erneuten Trennung erfahren. Aber er war gefasst gewesen, heute würde Imke sich spontan ein Haus in der Nachbarschaft angucken, er wollte mitgehen zur Besichtigung. Hoffentlich war er danach immer noch so gefasst. Manchmal kamen die Gefühle erst mit Verspätung an. Das befürchtete sie auch in Bezug auf Yunan. Nach dem ersten Entsetzen über seinen Tod wartete sie darauf, dass sich ein Abgrund in ihrem Herzen auftat, wie damals nach ihrer Trennung.

Ein leises Pochen breitete sich von ihrer Schläfe aus. Kein Wunder nach der Anstrengung der letzten Tage. Sie legte ihre Stirn an die kühle Scheibe. Unten auf dem Parkplatz stieg ein Mann aus einem Passat.

Demir?

Sie musste ihn dringend fragen, ob es etwas Neues zu Yunan gab. Ob der Dortmunder Kollege schon etwas herausgefunden hatte?

Aber der Mann war nicht Demir. Als er sich in ihre Richtung wandte und auf die Treppe zum Präsidium zusteuerte, erkannte sie ihren Irrtum.

Sie löste sich von der Scheibe.

Musste sie sich wohl gedulden. Demir war weder in der Morgenrunde aufgetaucht, noch war er in seinem Büro gewesen, als sie im Anschluss dort vorbeigegangen war. Offiziell anrufen wollte sie ihn nicht. Nach wie vor galt sie als befangen in Yunans Fall. Auch wenn klar schien, dass er nichts mit Wilkes Tod zu tun hatte, war er immer noch ihr Ex und der Mann, dessen Apothekeneinbruch eine Rolle in ihrem

Disziplinarverfahren gespielt hatte. *Um nicht zu sagen, dass er der Hauptgrund dafür gewesen war.*

Sie setzte sich wieder.

Wahrscheinlich war Yunans Tod für Hansen nur eine weitere Gelegenheit gewesen, um von sich abzulenken. Genauso wie er sich die erwartete große Heroinlieferung ausgedacht hatte, um den Verdacht stärker auf mögliche Konkurrenten von Wilke zu lenken. Das war ihr gestern im Gespräch mit Girik schlagartig klar geworden. Die Kollegin wusste nichts von dem Einsatz, hatte erstaunt auf Sveas Bemerkung reagiert.

Aber warum hatte Hansen das Ganze erfunden? Um einen Grund zu haben, über den Stand der Ermittlungen informiert zu werden? Sie dachte an ihre erste Begegnung mit ihm zurück, als er im Besprechungsraum am Togokai nach seiner Tasche gesucht hatte. Nur ein Vorwand? Und als sie mit ihm unterwegs gewesen war, hatte er telefoniert wegen des Einsatzes.

Hatte er wirklich?

Im Grunde hatte sie nur seine Worte mitbekommen. Er hätte genauso gut in seine Faust sprechen können, am anderen Ende war niemand gewesen.

Dabei hätte Svea ihn wegen seiner Erfahrung im Hafen womöglich auch so in ihre Ermittlungen miteinbezogen. Aber er hatte wohl auf Nummer sicher gehen wollen, dass ihm nichts entging.

Und sie war von vorn bis hinten auf ihn hereingefallen! Ob es an den Augen gelegen hatte?

»Hallo, da bin ich«, rief Franzi aus dem Nebenzimmer. Sie hielt zwei Becher in der Hand. Einen Tee für sich, einen Kaffee für Svea.

»Kommst du zu mir?«, lud Svea sie ein.

Sie bot der Kollegin ihren Klappstuhl an und brachte sie auf den neuesten Stand. Als alles zu ihrem Fall besprochen war, bat sie Franzi, sitzen zu bleiben. Ein anderes Thema war nach wie vor offen.

»Ich kündige«, kam Franzi Sveas Frage zuvor. Sie legte den Kopf schief, als wartete sie besorgt auf die Reaktion.

»Schade!« Als Franzi gesagt hatte, es ginge ihr gut, hatte Svea gehofft, das bezöge den Polizeidienst mit ein.

Zu wann?, wollte sie fragen. Da klingelte das Telefon auf ihrem Schreibtisch.

Die Zentrale.

Conrady wartete in der Leitung, um Tamme zu sprechen. Würde Svea anstelle ihres Mitarbeiters das Gespräch annehmen?

Sie hielt den Hörer zu und wandte sich an Franzi: »Ich komme gleich noch mal zu dir.« Dann ließ sie den Kollegen Conrady zu ihr durchstellen.

»Ich habe eine Ahnung, warum Bo Hansen es auf mich abgesehen haben könnte«, begrüßte er sie.

Woher kannte er Hansens Namen? In der Zeitung stand nur »Bo H.«, genauso wie die Polizei durfte die Presse keine vollständigen Namen angeben.

Zumindest nicht offiziell.

Aber ein Journalistenfreund von Conrady hatte gequatscht. Und da war es ihm wieder eingefallen: »Vor Jahren hatte ich eine Praktikantin. Jessica Hansen. Ihr Vater war Rauschgiftfahnder beim Zoll.« Conrady hatte sie nach einer Woche rausgeschmissen, weil sie zu viel Drogen konsumiert hatte, auch in der Agentur. Einen Monat später hatte er wieder von ihr gehört, als eine Mitarbeiterin ihm von ihrem Tod erzählt hatte.

Nachdenklich beendete Svea das Gespräch. Womöglich hatte Hansen Conrady für den Tod seiner Tochter verantwortlich gemacht. Aber warum hatte er den Namen dann wieder durchgestrichen?

Sie ging zu Franzi hinüber.

»Vielleicht haben ihm zwei Tote plötzlich doch gereicht«, schlug die Kollegin vor. »Er hat keine Kraft mehr gehabt.« Der Arztbrief, den die Spurensicherung in dem Papierstapel auf dem Stehpult entdeckt hatte, legte jedenfalls nahe, dass Hansen auch ohne seinen Sturz nicht mehr lange gelebt hätte. »Was auch ein Grund sein könnte, warum er sich wenig Mühe gegeben hat, seine Taten zu vertuschen«, fügte Franzi hinzu.

Svea nickte gedankenversunken. Sie erinnerte sich an ihren spontanen Eindruck, als der Kollege von der Spurensicherung ihnen die anonymen Mails auf Hansens Computer gezeigt hatte. Hansen hatte sie nicht gelöscht, weil er nichts mehr zu verlieren hatte.

Ob seine Krankheitsdiagnose womöglich sogar der Auslöser für ihn gewesen war, zum Mörder zu werden? Sie würden es nicht mehr erfahren, konnten lediglich Vermutungen anstellen.

Aber was nutzte das noch?

Wichtiger war Franzis Kündigung. Warum war die Kollegin erst jetzt damit herausgerückt? Hatte sie ihr genauso wie Hansen etwas vorgemacht? Wollte sie nicht mit ihr reden, war ihr immer wieder bewusst ausgewichen? Waren auch die Zahnschmerzen nur vorgespielt, deretwegen sie vorgestern früher gegangen war?

»Ich war wirklich beim Zahnarzt«, sagte Franzi.

Als könnte sie Gedanken lesen.

Sie wäre eine gute Psychologin. Auch die wurden bei der Polizei gebraucht.

Svea sah Franzi an.

Vielleicht änderte die Kollegin ihre Meinung und nahm die Kündigung zurück. Noch hatte sie über zwei Monate Zeit.

2

»Wollen Sie beide hier einziehen?« Die Frau starrte Tamme an. Die Hände in die Taille gestemmt, hatte sie sich in der Haustür aufgebaut.

»Dürfen wir reinkommen?« Tamme stellte einen Fuß auf die Eingangsstufe.

»Äh, na klar.« Die Frau trat zur Seite. »Es ist nur …«, sie wandte sich an Imke, »Sie haben am Telefon von sich und den Kindern gesprochen.«

»Das stimmt.« Imke streckte zur Begrüßung die Hand vor. »Mein künftiger Ex-Mann guckt sich das Haus trotzdem mit an. Es sind ja auch seine Kinder, die dann zur Hälfte hier wohnen.«

Wie flüssig ihr der neue Beziehungsstatus über die Lippen ging. Tamme spürte ein Ziehen im Magen. Aber die Entscheidung war richtig. Sie mussten es nur noch den Kindern mitteilen.

Imke hatte zufällig von einer Nachbarin erfahren, dass das Haus am anderen Ende der Siedlung zu vermieten war, und sofort einen Besichtigungstermin vereinbart. Statt Trauer hatte ihn Erleichterung durchströmt. Spontan hatte er angeboten mitzukommen. Die Bausubstanz konnte er als ehemaliger Handwerker am besten beurteilen. Zwar wurde das Haus erst mal nur vermietet, aber Imke müsste die Heizkosten tragen. Undichte Fenster und eine schlechte oder nicht vorhandene Dämmung konnten da leicht ins Geld gehen – das sich durch die Scheidung ganz sicher nicht vermehrte.

Aber hier schien alles in Ordnung, das hatte er schon von außen geprüft.

Abgesehen von der Vermieterin.

Während die Frau ihnen die Küche präsentierte, stellte sie eine Frage nach der nächsten. Was war Imkes Beruf? Arbeitete sie halbtags oder ganztags? Wie hießen die Kinder, wo gingen sie zur Schule, waren sie im Sportverein?

Eine polizeiliche Vernehmung war nichts dagegen.

Imke antwortete geduldig, allerdings nicht ganz wahrheitsgemäß. Oder hatte er nicht mitbekommen, dass Rike Turmspringen trainierte und Bente demnächst auf eine Schule für Hochbegabte wechselte?

Als die Frau ihnen den Rücken zukehrte und sich zum Backofen bückte – drei Backbleche gleichzeitig, dank Umluft –, zwinkerte Imke ihm verschwörerisch zu.

»Dafür ist unsere Kleine minderbegabt und geht in die Förderschule«, ergänzte Tamme. Marit würde es hoffentlich verzeihen.

Imke stieß ihm den Ellenbogen in die Seite. »Die Küche gefällt mir gut.«

»Weiter ins Wohnzimmer? Oder erst ins Obergeschoss?« Die Frau ging voran in den Flur. An der Treppe hielt sie inne.

»Nach oben«, entschied Imke. Das Wohnzimmer war ihr relativ egal. Aber wenn bei den Kinderzimmern etwas nicht stimmte, könnte sie das Haus gleich vergessen.

Drei kleine und ein winziges Zimmer. Die orange-braun gemusterte Tapete war das geringste Problem, fand Tamme. Aber wenn überhaupt, ging der Raum als halbes Zimmer durch. Offenbar kannte die Frau die offiziellen Bestimmungen nicht, denn in die Anzeige hatte sie »vier Zimmer im Obergeschoss« geschrieben. Ein Grundriss war nicht beigefügt gewesen. Mit Absicht?

»Lass uns gehen, das Haus passt nicht.« Wenn man hier ein Bett reinstellte, war der Raum voll.

»Nicht so schnell.« Imke fasste ihn am Arm.

Die Frau guckte zwischen ihnen hin und her. Er sah das Funkeln in ihren Augen. Wartete sie darauf, dass sie sich stritten? Den Gefallen tat er ihr nicht.

»Übertapezieren geht schnell. Das mache ich dir«, sagte er stattdessen.

Angeführt von der Frau, gingen sie wieder nach unten.

»Passt«, befand Imke noch auf der Treppe.

Meinte sie das ernst? Aber der große Vorteil des Hauses war, dass es nur zwei Straßen entfernt von ihrem Haus stand, Luftlinie vielleicht hundert Meter. Perfekt, um die Kinder im Wechselmodell zu erziehen. Außerdem wurde das Haus vermietet. Die meisten anderen aus dem Internet wurden zum Kauf angeboten.

Wenn Imke wollte, könnte sie zum nächsten Ersten einziehen.

Die Frau blieb am Fuß der Treppe stehen. Das Haus gehörte ihrer Freundin in den USA, erzählte sie. Die wolle es nicht verkaufen, weil es ihr Elternhaus war. Aber bevor die Freundin nicht in Rente ging, würde sie sicherlich nicht zurück nach Deutschland kommen, wenn überhaupt. Die letzten Mieter hatten sich hier sehr wohl gefühlt. Eine Familie mit zwei Kindern. Leider hatte die Firma, in der der Mann zehn Jahre lang beschäftigt gewesen war, von einem auf den anderen Tag Insolvenz anmelden müssen. Der Mann hatte zwar schnell einen neuen Job bekommen. Allerdings in München.

Das war ein bisschen mehr Information, als Tamme unbedingt brauchte.

»Zu weit zum Pendeln.« Die Frau winkte sie weiter ins Wohnzimmer.

Tamme scannte den Raum. Groß genug war er, aber über den fleckigen Teppich würde er nur ungern barfuß laufen.

»Der kommt selbstverständlich raus«, sagte die Frau. »Ich lasse das Parkett abschleifen.« Sie hob eine Teppichfliese an. »Gucken Sie mal hier.«

»Sofort.« Eine Bewegung im Garten hatte Tammes Aufmerksamkeit geweckt. Er trat an die Scheibe. Mitten auf der Wiese hockte ein Kaninchen und mümmelte an einer Möhre. Sein Fell war weiß wie das von Ramba.

»Ist das Ihr Kaninchen?«, wandte er sich an die Frau.

»Nein, das kommt nur ab und zu hier vorbei.« Weil es hungrig schien, hatte die Frau ihm zwei Möhren auf die Wiese gelegt. Eine hatte es schon komplett vertilgt. »Es ist mir sozusagen zugelaufen.«

Zugelaufen? »Uns ist ein Kaninchen weggelaufen.«

»Darf ich mal?« Ohne die Antwort abzuwarten, schloss Imke die Terrassentür auf und hockte sich an den Rand der Wiese.

»Ramba! Ramba, komm her.«

Das Kaninchen ließ die Möhre los und hoppelte auf Imke zu. Zwei Meter vor ihr stoppt es. Bevor Imke es packen konnte, sprang es in die Luft, macht eine halbe Drehung und flitzte ins Gebüsch.

Seufzend drückte Imke sich hoch.

»Ist es wirklich Ramba?«, fragte Tamme.

Imke nickte.

»Wann haben Sie das Kaninchen das erste Mal gesehen?«, fragte er die Frau.

Vorgestern Nachmittag hatte sie die Fenster geputzt, da hat es plötzlich auf dem Rasen gehockt.

Das kam hin. Seit Dienstagmorgen war Ramba verschwunden.

»Ramba ist das Kaninchen meiner Tochter Rike«, erklärte Imke.

Tamme verkniff sich ein »die Turmspringerin«. Warum versteckte sich Ramba ausgerechnet hier? Fast könnte man denken, das Kaninchen hätte die Trennung vorausgeahnt.

»Ich habe im Keller einen Käfig gesehen. Vielleicht können wir es noch mal anlocken«, schlug die Frau vor.

Tamme wartete, bis sie verschwunden war. »Mir ist sie zu neugierig«, flüsterte er.

»Du musst hier ja nicht einziehen«, meinte Imke. Sie fand das Haus okay. Und für die Kinder wäre es ideal. Aber morgen Abend guckte sie sich trotzdem noch eine Wohnung jenseits des Berner Heerwegs an. Und Samstag ein Reihenhaus.

Eine Träne löste sich aus ihrem Auge, sie ließ sie laufen.

»Ich schmeiß dich nicht raus.« Tamme zog ein Taschentuch hervor und wischte über ihre Wange.

»Ich weiß.« Sie stellte sich auf die Zehenspitzen und küsste ihn auf die Wange. »Danke.«

»Hhhm.« Hinter ihnen räusperte sich die Frau. »Hier ist der Käfig.«

3

»Dampfschiffsweg?« Alex las das Straßenschild. »Wo führst du mich hin?«

»Wart's ab.« Sie hatte ihn von zu Hause abgeholt und gefragt, ob er Lust habe auf einen kleinen Spaziergang. Mehr hatte sie nicht verraten. Sie wollte seine unmittelbare Reaktion sehen.

Vor zehn Minuten hatte sie den Wagen am WSPK 3 geparkt. Gerade waren sie am Harburger Fährhaus vorbeigegangen, einem lang gestreckten Bungalow mit Segelmast auf dem Dach. Im Inneren wurde laut Speisekarte Currywurst mit Pommes serviert. Vielleicht würde sie demnächst öfter hier einkehren.

Nach einem Abzweig flankierten Lagerhallen die schmale Straße.

Als ihr Telefon klingelte, hoffte sie auf Demir. Sie hatte sich doch noch dazu durchgerungen, ihn anzurufen, nur keine Nachricht auf seiner Mailbox hinterlassen. Aber er würde ja ihren Namen sehen.

Auf dem Display stand *Unbekannt*.

»Ja?«

»Watzke hier.« Der Kollege aus Dortmund. »Hat dein Kollege Cem Demir dir Bescheid gesagt? Ich habe mehrfach mit ihm gesprochen.«

»Nein. Was gibt's?«

»Du hast recht gehabt mit deinem Verdacht. Wir haben Yunan Turans Mörder gefasst.«

Uff! Sie setzte sich auf den nächsten Poller am Straßenrand. Mit einer Handbewegung bat sie Alex um Entschuldigung, sie musste kurz telefonieren. Während er ein Stück die Straße zurückging, offenbar um die Speisekarte des Fährhauses genauer zu studieren, lauschte sie Watzkes Bericht.

Einer von Arian Hotis Handlangern hatte gestanden. Er war beauftragt worden, Yunan von seiner Aussage gegen Hoti abzubringen.

»Egal mit welchen Mitteln.« Watzke räusperte sich. Unter anderem hatte Hotis Scherge einen Kollegen von der Dortmunder Polizei bestochen, an den Yunan sich gewandt hatte. Der Beamte – er war heute Mittag sofort suspendiert worden – hatte Yunan gedroht, ihn wegen Verleumdung zu verknacken, wenn er seine Aussage nicht zurückzog.

Mit Erfolg.

Als Yunan anschließend nach Hamburg gekommen war, hatte der Mann ihn bis vor ihre Haustür am Osdorfer Born verfolgt.

Sie sog die Luft ein.

Die Angst in Yunans Augen … Endlich wusste sie den Grund dafür. Zu spät!

»Als Turan am Morgen deine Wohnung verlassen hat, hat der Mann ihn ins Auto gezerrt und zur Abwrackwerft gefahren. Den Rest kennst du.«

Leider.

»Gut, dass du dich gemeldet hast!« Watzke bedankte sich. Jahrelang hatten sie vergeblich gefahndet. Jetzt gab es zum ersten Mal stichhaltige Beweise gegen Hoti! »Das ist der Durchbruch. Wir werden ihn lange festsetzen können!«

Immerhin etwas.

Sie bat Watzke, sie weiterhin auf dem Laufenden zu halten, und verabschiedete sich.

Warum war Yunan in Hamburg gewesen? Wirklich nur, um mit ihr über seine Aussage gegen Hoti zu sprechen? Sie würde es nicht mehr erfahren. Aber mit Wilke – wie Hansen ihr hatte einreden wollen – hatte er offenbar tatsächlich nichts zu tun gehabt.

»Was Schlimmes?« Alex' Stimme riss sie aus ihren Gedanken. Er stand vor ihr.

Ja. Und Nein. Sie zog die Schultern hoch. Es machte sie immer noch fassungslos, dass Yunan umgebracht worden war. Aber es war gut, dass man seinen Mörder gefasst hatte. Vielleicht war Yunan nicht umsonst gestorben – und Hoti ging es jetzt endlich an den Kragen.

Stockend fasste sie Watzkes Worte zusammen.

»Das tut mir leid.« Alex umarmte sie.

»Ist schon okay.«

Sie sog seinen Geruch ein. Sandelholz. Herb, ein bisschen nach Mandeln. Anders als beim Anblick von Yunans Leiche fühlte sie sich jetzt merkwürdig gefasst. Hatte man irgendwann genug getrauert? Immerhin erfuhr Yunan jetzt Gerechtigkeit. *Vielleicht hatte er sie nur so lange in ihren Träumen verfolgt, weil sie ihm ansonsten keinen Platz in ihrem Leben eingeräumt hatte.*

»Lass uns weitergehen.«

Falls sich doch noch ein Loch in ihrem Herzen auftat,

dann war das so. Hauptsache, sie verheimlichte es nicht mehr. Vor sich selbst – und vor Alex.

Sie sah ihn an, wie er neben ihr ging. Alex war nicht Hansen! Ihm sollte sie vertrauen!

»Warum bin ich auf Hansen hereingefallen?«, murmelte sie. Eine Frage, die sie sich seit vorgestern Nacht bereits x-mal gestellt hatte. Bis jetzt ohne zufriedenstellende Antwort. Weil sie keine gute Polizistin war?

»Bist du wirklich auf ihn hereingefallen?« Alex klang irritiert. »Warum bist du umgekehrt in der Nacht, als du ihn nicht auf seinem Boot angetroffen hast? War das nicht genau deine Intuition, von der du meinst, dass du sie verloren hast?«

Intuition – oder einfach nur ein ungutes Gefühl, dass mit ihm etwas nicht stimmte? Zu dem Zeitpunkt hätte es genauso gut sein können, dass Hansen das nächste Mordopfer war. Nachdenklich schwieg sie.

Sie kamen an einen Abzweig. Hinter einer Brachfläche zu ihrer Linken schillerte Wasser. Der Überwinterungshafen? Nicht mehr lange, dann waren sie am Ziel.

»Er hat nicht nur dich getäuscht«, fuhr Alex fort. »Aber du hast als Erste seine Täuschung durchschaut.«

»Meinst du?« Noch war sie nicht überzeugt.

Hinzu kam dieser Stachel aus Eifersucht. Alex hatte kein Wort darüber verloren, was sie in der Nacht bei Hansen gesucht hatte. Warum war sie noch mal losgefahren, obwohl sie ihm gesagt hatte, sie würde ins Bett gehen?

»Lach mich bitte nicht aus.« Abrupt blieb sie stehen und sah ihn an. Sie musste raus aus dieser Abwärtsspirale aus Misstrauen und Schweigen. »Es verunsichert mich, dass du nie eifersüchtig bist.«

Er lachte, dann guckte er ernst. »Ich glaube nicht, dass man mit Eifersucht jemanden halten kann. Eher im Gegenteil.«

»So einfach?«

Ja, so einfach.

Da war der Weg zwischen den Lagerhallen! »Hier entlang.«

Von dieser Seite kam sie zum ersten Mal auf den Steg. Günnis Boot glänzte rosig in der Abendsonne. Als Alex und sie vorbeigingen, trat er gerade auf die Veranda. Heute trug er einen Blaumann. Zum Gruß tippte er an die fleckige Kapitänsmütze auf seinem Kopf.

»Alles okay bei Ihnen?« Er hatte sich nicht wieder bei ihr gemeldet, seit sie sein Boot beschlagnahmt hatte.

»Bestens, danke noch mal für den Sprit.«

»Was passiert denn jetzt damit?« Er zeigte auf das Nachbarboot.

»Mal sehen.« Sie ging weiter. »Tschüs, bis bald.«

Vor der Gangway zu Hansens Hausboot blieb sie stehen.

»Nimmt dich sein Tod so mit?« Alex legte den Arm um sie.

»Ich muss dir etwas zeigen.« Sie machte sich los und zog die Mappe aus ihrem Rucksack. Hielt ihm die Kopie des handgeschriebenen Dokuments hin, das die Kollegen in Hansens Schreibtisch im Büro gefunden hatten.

Ein Testament.

Hansen vererbte ihr sein Hausboot mitsamt dem Kahn.

Alex pfiff durch die Zähne. »Nimmst du das Erbe an?«

»Ich denke noch drüber nach.« Konnte sie es sich überhaupt leisten? Wie hoch war die Erbschaftssteuer? Dazu musste erst mal der Verkehrswert berechnet werden.

»So ein Boot an sich ist nicht so teuer, das meiste ist die Liegegebühr«, schätzte Alex. Allerdings hatte er in seinem Job als Rechtspfleger bislang kein Hausboot zwangsversteigert, schränkte er ein. Aber wenn sie wolle, könne er sich erkundigen.

Das Geld war allerdings nicht der einzige Grund für Sveas Unsicherheit. Konnte sie auf dem Hausboot eines Mörders leben? Hansens Motivation, ihr das Boot zu vererben, stellte sie vor ein Rätsel. War das Erbe als Bestrafung gedacht? Damit sein Geist sie heimsuchte?

»Als er sein Testament geschrieben hat, konnte er ja nicht ahnen, dass du ihn entlarvst, oder?«

»Stimmt.« Wenn es nach Hansens Plan gegangen wäre, hätte er erst mal in aller Seelenruhe Yannick umgebracht – und wäre irgendwann später an seiner Krankheit gestorben. Vielleicht hatte er sie durch Yunans Tod für eine Seelenverwandte gehalten. Bei dem Gedanken schüttelte es sie.

»Schön ist es hier jedenfalls«, meinte Alex. Und fügte sofort an: »Nichts gegen den Osdorfer Born. Aber so ein Hausboot hat schon was.«

EPILOG

Drei Monate später

Günni tuckerte in seinem Boot vor Sveas Fenster vorbei. Sie hob den Arm und winkte. Er grüßte zurück.

Vor einer Woche war sie endlich umgezogen in ihr neues Zuhause. Nur wenig auf dem Hausboot erinnerte noch an seinen Vorbesitzer. Als Erstes hatte sie den Grundriss verändert, die Wand zur Schlafkammer rausnehmen lassen und an anderer Stelle ein paar Quadratmeter abgetrennt. Sie hatte nicht in Hansens Schlafzimmer liegen wollen. Den Wohnraum hatte sie in einem hellen Gelb gestrichen.

Nur den Sessel hatte sie gelassen. Quasi zur Erinnerung an Yunan. Immer mal wieder setzte sich sie bewusst hinein.

So wie jetzt.

Im Ofen knisterte ein Feuer. Sie sah den Scheiten beim Verbrennen zu.

Nach der Beerdigung hatte sie doch noch mal die Trauer gepackt. Sie hatte es zugelassen und ausgehalten. Ziemlich schnell war es wieder besser geworden. Mittlerweile konnte sie an Yunan denken, ohne dass es zu stark schmerzte. Die leise Wehmut hingegen würde womöglich nie vergehen. Ein Mensch, der ihr einmal sehr lieb gewesen war, hatte sterben müssen. Viel zu früh!

Immerhin hatte sein Tod etwas bewirkt. Gegen Arian Hoti waren weitere Belastungszeugen aufgetaucht. Damit hatte die Staatsanwaltschaft genug in der Hand. Es sah gut aus, dass das Hauptverfahren bald eröffnet wurde.

Hinter ihr klopfte es an der Tür.

»Es ist offen!« Diese Gewohnheit von Hansen hatte sie beibehalten.

Aber sie stand auf, um den Besucher in Empfang zu nehmen.

»Magst du das?« Tamme streckte ihr eine Flasche Craftbier entgegen. Verkorkt wie Champagner. Es gab schließlich was zu feiern!

»Klar. Danke!« Sie stellte die Flasche auf den Küchentresen und holte drei Gläser aus dem Schrank. Alex war unterwegs, um das Essen abzuholen, er müsste jeden Moment zurück sein.

»Und, wie war's?«

»Gut! Nur du hast gefehlt.« Und Franzi natürlich. Aber ihre alte Mordbereitschaft war sowieso Geschichte. Seit heute leitete Svea die Cold Case Unit. Eine neu gegründete Ermittlungsgruppe, um ungelöste Morde und Gewaltverbrechen aufzuklären. Wienecke hatte ihr nahegelegt, sich zu bewerben. Sie selbst war nicht auf die Idee gekommen, bei den ganzen Mitbewerbern. Allen voran ein junger Kollege vom MEK, ehrgeizig, smart, selbstbewusst, vorzeigbar. Sein Fürsprecher war Bernd Zeise, der Leiter des LKA.

Aber schließlich war die Wahl auf sie gefallen. Heute hatte sie ihren ersten Tag gehabt.

Tamme war auf ihren alten Posten aufgerückt und hatte die Leitung der Mordbereitschaft übernommen. Franzi hatte tatsächlich gekündigt und reiste seit zwei Wochen durch Neuseeland. Dafür gab es zwei neue Kolleginnen.

»Vielleicht ist eine was für dich«, meinte Svea. Tamme lebte immer noch von Imke getrennt. Diesmal endgültig, die Scheidung war eingereicht.

»Die beiden sind fünfundzwanzig und dreißig. Was soll ich mit so jungem Gemüse?« Er grinste. Er wollte erst mal allein sein. Sich um seine Karriere kümmern, die er jahrelang hintangestellt hatte. Und natürlich um die Kinder, die jede zweite Woche bei ihm wohnten. Und die Kaninchen. Und Hühner hatte er auch noch.

Tamme! Er brauchte immer etwas, was er umsorgen konnte.

»Pizzaservice!« Alex stieß die Tür auf. Auf dem Arm trug er drei flache Kartons.

»Gut, dass du der Bote bist«, begrüßte Tamme ihn.

Die Pizzeria, mit der Wilke häufiger telefoniert hatte, hatte tatsächlich ein Drogentaxi betrieben.

Alex lud die Pizzen um auf drei Porzellanteller und stellte sie auf den Tisch.

Als Erstes stießen sie an.

»Auf die Leiterin der Cold Case Unit!« Tamme hob sein Glas und trank

»Und ihr Hausboot«, fügte Alex hinzu.

»Bleibst du eigentlich hier?« Tamme stellte das Glas ab und schnitt seine Pizza an.

»Ich glaub schon.« Ursprünglich hatte sie sich so schnell wie möglich einen neuen Liegeplatz suchen wollen. Das war das Schöne an einem Hausboot. Wenn man eine neue Umgebung brauchte, konnte man sein Zuhause einfach mitnehmen. Aber zum ersten Mal seit Jahren – oder überhaupt zum ersten Mal – hatte sie das Gefühl, angekommen zu sein. Ausgerechnet auf dem ehemaligen Hausboot eines Mörders. Aber damit konnte sie leben.

»Auf uns.« Sie prostete Tamme und Alex zu.

DANKE!

Auch dieses Buch habe ich nicht allein geschrieben. Die Arbeit daran wurde unterstützt durch ein »Neustart Kultur«-Stipendium der VG Wort.

Mehrere Informantinnen und Informanten haben mir wieder mit ihrem Fachwissen geholfen. Ich danke von Herzen:

Knuth Cornils und Christiane Leven von der Presse- und Öffentlichkeitsarbeit der Polizei Hamburg.

Werner Nölken, Brandrat a. D. und ehemaliger Pressesprecher der Feuerwehr Hamburg.

Elke von Berkholz, Ex-Ärztin, Autorin, Dokumentarin und Freundin, die wie immer geduldig und fachkundig meine rechtsmedizinischen Fragen beantwortet hat.

Saskia Gauthier, Rechtsmedizinerin und Krimiautorin, die mich ebenfalls sehr mit ihrem rechtsmedizinischen Wissen unterstützt hat.

Suchttherapeut Roman Kipp.

Kai Dühren, der sein Waffenfachwissen mit mir geteilt hat.

Programmierer Carsten Müller, der mich über VPN-Dienste, Logdateien und Ähnliches informiert hat. Es ist leider ganz einfach, anonyme Drohmails zu verschicken.

Sebastian Wente, der mir von der Arbeit am Containerterminal erzählt hat.

Sie alle haben sich viel Zeit für mich genommen. Eventuelle sachliche Fehler liegen allein an mir und meiner künstlerischen Freiheit.

Genauso herzlich danke ich:

Volker Biermann, ehemaliger Rauschgiftfahnder im Hamburger Hafen. Als ich im Sommer 2020 bei einem Treffen am Hühnergehege beiläufig erwähnt habe, dass mein dritter Kriband in Eppendorf spielen solle (erste Ideen waren bereits skizziert), hat er gefragt: »Warum denn nicht im Hafen?« – ja, warum eigentlich nicht?

Bea Schreiner und Hartmut Pospiech fürs Feilen am Plot.

Katrin Duggen und Rudi Steiner für ihre (Gast-)Freundschaft und die entspannte Schreibauszeit.

Volker Hase, der mir den Hafen mit seinem Bötchen von der Wasserseite zugänglich gemacht hat. Und Ute Korell für die schönen Fotos der Tour.

Burkhard Oelkers, der mir das Gelände der ehemaligen Abwrackwerft in Moorburg gezeigt hat.

Nina Sievers und Bastian Schlück von der Agentur Schlück.

Pascalina Murrone – meiner Lektorin bei HarperCollins – für ihr Engagement für Svea sowie ihre klugen, hilfreichen Anmerkungen zu Plot und Manuskript.

Der Hamburger Behörde für Kultur und Medien für den writers' room.

Klaus Dühren. Allerbester Erstleser.

Zuletzt wieder ein riesiges Dankeschön an alle Leserinnen und Leser: Ohne euch würde es dieses Buch nicht geben!